かくて謀反の冬は去り
古河絶水
こがたえみ
イラスト／ごもさわ
JN019245

かくて謀反の冬は去り
古河絶水
イラスト／ごもさわ
GAGAGA

登場人物

奇智彦（くしひこ）
王弟。"足曲がりの王子"。

荒良女（あらめ）
帝国の献上品。美しき熊巫女。

栗府石麿（くりふの・いしまろ）
奇智彦の護衛。明るいバカ。

栗府咲（くりふの・えみ）
奇智彦の側仕え。石麿の妹。

鐘宮陽火奈（かなみやの・かがな）
近衛隊の士官。蛇のような女。

打猿（うちざる）
スラム街の盗人。

幸月姫（さちひめ）
王女。奇智彦になつく。

祈誓姫（うけひめ）
王妃。幸月姫の母。

兄王（あにおう）
大王。奇智彦の長兄。

鷹原公（たかはらこう）
王弟。奇智彦の次兄。『王都の青鷹』。

和義彦（にぎひこ）
奇智彦の従兄弟。『海軍の貴公子』。

渡津公（わだつみこう）
和義彦の父。先王の弟。

稲良置（いらき）
老将軍。軍の最高責任者。

テオドラ
王国宰相。渡来人。

序幕　王権（ちから）の秘密

とつぜん王宮に召し出されたのは、夜明けも近いころだった。

前照灯を光らせた自動車が、真っ暗な屋敷街の丘をのぼる。車内には奇智彦と侍従と、運転する近衛兵の三人だけ。誰もが緊張して無言だ。車載ラジオから流れる外国音楽が場違いに明るく寒々しい。王宮正門の詰め所で身分証を見せ、玄関の車寄せに猛烈な勢いで停める。

黒い礼服姿の侍従と、褐色の軍服を着た近衛兵に先導されて、電気灯に照らされた廊下をかなうかぎりの速度で走る。黒に金糸の宮廷服を着た奇智彦の姿が、冷たい窓に映る。殺気だった近衛兵たちが角ごとに立哨している。どこからか旋翼機の羽音がする。

主寝室の両脇に控えた近衛兵が扉を開け、来訪者の名を告げる。

「王弟、奇智彦尊殿下です」

寝室に集まっていた見知った顔は、これという反応もしなかった。

海軍の制服姿の従兄弟が呆然と椅子に腰かけ、無意識に点火器の蓋を開け閉めしている。

寝間着のままの兄嫁が泣いている。天蓋付きの巨大な寝台にすがりついて。

父の死というより、取り乱す母を恐れて、姪が乳母の膝から周囲をじっと見上げている。

寝台のそばに、白衣の宮廷医師団と、榊の枝を持った巫女たちが為すすべもなく立っていた。

後ろから誰かがぶつかってきて、奇智彦はあやうく転びかける。軍服姿の次兄だった。

「長兄上！　大王！　大王陛下……」次兄はうろたえてつぶやき、周囲を見回す。

「誰か、まやかしだと言ってくれ！」

宮廷医師団の長、初老の医師が進み出た。

「残念ながら、まやかしではございません」

宮廷医師長は、もの柔らかいが有無を言わせぬ医療従事者の声で宣言する。

「大王陛下は、黄泉の国へとお旅立ちになられました」

次兄が衝撃を受け、すすり泣いてしゃがみ込む。従兄弟が立ち上がり肩を抱いてやる。そのまま思いきり抱き着かれて、軍服の肩口が涙と鼻水でべとべとになり、従兄弟の顔がこわばる。

奇智彦は気がついたら寝台のそばにいた。横たえられた長兄の遺体をのぞき込む。兄の喉にほくろがあることを初めて知った。微かな死臭がした。身体は早くも腐りつつある。

杖を、奇智彦は無意識に触った。黒く滑らかな杖。握りには銀の彫刻。

近衛隊長官の指揮杖だ。王の親衛兵を統べるちからの象徴。

たったの三週間前に、兄王からこの杖を授けられた。なのに兄はもういない。

兄が、死んだ。

王が、死んだ。

では、考えるべきことは？　奇智彦の脳は考えた。必死で考えた。答えはすぐに出る。

次、の、王、は、誰、だ、？

第一幕　誰もが欠点と共に生まれてくる。Nam vitiis nemo sine nascitur.

――三週間前。


「かくて謀反の冬は去り、我らは繁栄の春を迎えた！」

奇智彦は演説する。にこやかに、はっきりと、自信たっぷりに。

新たな近衛隊長官、奇智彦殿下の就任式典は、王宮の大集会場で行われていた。

「本日、この奇智彦が！　大王陛下より賜った近衛隊の指揮杖は、名誉と大任のあかし！」

奇智彦は大仰に、立派な大広間をぐるっと見回す。壁際には白い飾り列柱が並ぶ。国内外の要人たちが招かれている。時刻は日暮れ頃だが、電気灯の光で昼間よりもなお明るい。

「王と、王国と、豪族の皆の――、楽しい花見を邪魔せぬように、と！」

大王と招待客にごまをすると、好意的な笑いと拍手が返ってきた。問題ない。

奇智彦は適切な間をおいて、朗々と続けた。

「かくて謀反の冬は去り、文明の陽が照らし出す。道を埋める雪もとけ、芳野に咲くは山桜。今や我らの国々は電気灯に照らされて、石斧は壁の飾りとなった。戦を告げる銅鐸の音は、時を告げる午砲に――戦士たちの鬨の声は、鉄道の汽笛にとって代わられた。今や、石鏃の矢を弓につがえて荒魂(あらみたま)をたぎらせる代わりに、コンクリート造りの王宮で祝宴に興じている！」

笑顔で続けながら奇智彦は思う。だが、おれは生まれながらに、陽気な遊びには縁がない。

大広間の装飾鏡に映っているのは、きまぐれな神々に半身を奪われた忌み子(いご)。黒地に金糸、金の肩章に飾緒(しょくしょ)、勲章に飾帯(かざりおび)の宮廷服に身を包んだ、一人前のふりをした王族。

王弟、城河公奇智彦尊(きのかわこうくしひこのみこと)殿下。半人前の王子。王室の忌み子。

演説を終えて、奇智彦はお義理の拍手に包まれた。演台から大集会場の様子をそっと見る。

王宮で最も広く、豪華な、大王の威勢を国内外に見せつける建物だった。

劇場のような高い天井、王国の神々が描かれた淡緑色の壁。電気飾電灯台(シャンデリア)が夜目に眩(まぶ)しい。赤絨毯(あかじゅうたん)にならぶ椅子と二階席を、軍服や黒礼服、色とりどりの民族衣装が埋めつくしている。

奇智彦は、一番上座の神像と、玉座の兄王(あにおう)に一礼した。

演台の右手にならべられた貴賓席(きひんせき)にも一礼。会場を埋め尽くす豪族方に一礼。

就任演説を無事終えて、奇智彦は去る。演台のわきに、赤い軍服を着た男が立っている。

年は奇智彦より二つ上で、十九歳。背が高く、身体(からだ)つきは均整がとれ、肌の色は褐色。詰襟(つめえり)の赤い上衣に紺胡袴(こんズボン)。金釦(きんボタン)。白革帯(ベルト)をたすき掛けして剣と拳銃を吊(つ)るしている。宝石のような色をした瞳が油断なく周囲を警戒している。軍服は嫌味なほど似合っていた。

そして、左目の下にうすく残った刀傷が、実戦をくぐり抜けた者だと無言で語っていた。

奇智彦は慣れた調子で、そっと声をかけた。

「石麿、頼む」

すると、栗府石麿の、鋭かった瞳がへにゃりと崩れた。

「どうぞ、殿下」

双方慣れた仕草で、手を貸し借りする。

階段を降りるとき、奇智彦は右手で手すりを掴むが、王宮の大集会場にある演台は見栄えを重視したのか奥にしか手すりがない。だから一人では登れてもうまく降りられないのである。

緞帳の裏に下がったあと、石麿はいつもの調子で、奇智彦に言う。

「殿下、お帽子をお預かりします」

「持っていてくれよ。この杖も一緒にな」

奇智彦は、おのれの従士を困らせるために言う。

黒く光沢のある杖。握りも柄も石突も黒く、握りの下の銀細工だけが白い。

「あ、わかりました」

石麿があっさりと杖に手を伸ばすので、奇智彦は右手を杖に伸ばし引き止めた。

「石麿くん、この杖がなんだかわかるかな?」

石麿を怯えさせないように優しく語り掛けると、元気よく返事をする。

「指揮杖です！　殿下が近衛隊長官であられることの証です！」

「そうだ。王族の名誉職とはいえ、おれは近衛隊の最高責任者だ。この斧(おの)の銀細工は？」

「斧鉞(ふえつ)は王権と、王より賜(たまわ)りし軍権を象徴します！」

石麿は丸暗記した台詞(せりふ)を答える。

「石麿はいつも返事だけはいいな」

「はい！」

「その杖を持っていくということは……？」

「ことは？」

石麿(バカ)が可愛(かわい)げのある顔を作る。叱られるらしいぞと、うすうす気づき始めたのだ。

「王弟奇智彦殿下から、近衛隊の指揮権を奪うと、王宮の真ん中で宣言することに」

「どうぞ殿下、御杖をお持ちに」

奇智彦は取り返した杖の、握りの下を右手で持ち、左手に近づけて持たせる。左腕は腹より上にはあがらない。左手の黒い革手袋は、鍋つかみのように親指以外が一体化していた。

会場では豪族や高官たちが、盛んにしゃべり笑い、楽団が流行歌を演奏していた。

次の用事まで、二人でしばし、会場を歩きまわる。

石麿は周囲に目を配りつつ。奇智彦は身体(からだ)をかすかに左右に振って。

「殿下は相変わらず、演説が達者ですね！」

周囲のおしゃべりと、楽団が奏(かな)でる海外の流行歌に負けないように、石麿が若干声を張った。

「雄弁術の教師から教わった通りにやっただけだ。石磨、お前も一緒に講義受けたろ」

奇智彦は右手をからにして、左手には黒と銀の指揮杖だけを持つ。

「受けたかなあ。おれ半分寝てたからなあ」

「寝てたな。生徒はおれと、お前と、お前の妹の三人だけなのに、堂々と寝てたな」

「家庭教師たち、最初はすごい怒ってたんですけど、だんだん寝ても怒らなくなりました」

「おれもクビにする前、だんだん怒らなくなるから注意しろよ」

その時、近寄ってきた者がいる。招待客や王宮の従士たちの間を、軽やかにすり抜けて。

「殿下、何かお飲みになられますか」

少女が、両手に持った二つのグラスを差し出す。やはり宝石色の瞳に、褐色の肌。少しつり目気味の猫に似た目。利発そうな顔つき。色鮮やかな裳袴に白い頭飾の侍女服が似合う。

栗府咲。奇智彦の従士にして乳母子。石磨の妹。年は十五歳で奇智彦のふたつ下だった。

奇智彦は右手をグラスに伸ばした。水で割った葡萄酒に見える。

「従士をもつなら利口者にかぎる」

受け渡しのとき、指がふれる。咲の指は、細く、長く、柔軟で、冷たい。

「咲、おれの分はないのか？」

石磨がふくれっ面をしてみせる。

「あら、兄さま、居たんですか？」

咲(えみ)が、今まさに兄に気がついたかのように言う。

「ずっと居たよ！　演台のわきのあんな目立つところに！　ねえ、殿下」

「覚えてないな。半分寝てたから」

奇智彦(くしひこ)が言うと、咲がころころ笑い、石麿(いしまろ)がむくれる。

咲はグラスを兄に渡して、自分の分を取りに飲み物の台に戻った。奇智彦は笑み、一口(ひとくち)飲む。

葡萄の果汁と清水が、乾いた舌に心地よい。じつは酒は入ってない。奇智彦は下戸(げこ)だった。

奇智彦は思う。この二人の従士(とねり)といると心が和(なご)む。第一に、兄が自分の杯ではなく妹の分だと自然に思う。妹は護衛のため主人の元を離れられない兄に杯を渡す。お互いを思いやるのだ。

第二に、どちらも自然な動作で奇智彦の右側に立つ。

奇智彦の左脚は、黒胡袴(ズボン)の上から、軽銀(アルミニウム)合金の歩行補助具に覆われていた。白い添え骨つきの左足を前に出す。少々頼りない左足をささえに、右足を前に出しそろえる。また左足を出す。黒い長靴(ブーツ)は、変形した左の足裏に吸い付くよう、型取りして上げ底を施(ほどこ)してある。すべての用を右手一本でこなし、左腕はゆるくまげて横腹にそえてある。左手をおおう黒革の手袋を、人前では決してはずさない。写真を撮るときは構図を工夫していつも隠す。

王弟・城河公(きのかわこう)奇智彦は、生まれつき身体(からだ)が不自由なのである。

だから、奇智彦がこの宴(うたげ)の日、王宮の真ん中でつかみ合いの喧嘩(けんか)を演ずることになるとは、だれも予想だにしていなかった。だれよりも奇智彦本人が。

◇　◇　◇

奇智彦は演説後に会場を一巡りしてから、控え室の一つに、衣装替えの名目で入った。

あてがわれた部屋は、高級で落ち着いた装飾だった。よく磨かれた応接机に長椅子(ソファ)。布でおおった鏡。壁際には水差し。室内には奇智彦と咲、扉の外には護衛にひかえる石麿と近衛兵(このえへい)。

壁には祖父王の肖像画が掛けてあった。白髪(しらが)を美豆良(みづら)に結い上げ、白い美髯(ひげ)に黒外衣(フロックコート)姿で、王権を象徴する石斧(いしおの)を持っていた。写真と絵でしか知らない祖父を、奇智彦は数秒間ながめる。

「よし、咲、始めてくれ」

気持ちを作ってから、奇智彦はうなずく。

今夜の宴は奇智彦が主役だ。王国の文化では、主役は客に気前良く振る舞うべきとされる。この善(よ)き日のお祝いに、奇智彦の元には数多くの客が挨拶(あいさつ)に来る。親しい者からほぼ初対面の者までが、祝い、贈り物の目録を読み上げ、そして何か『お願い』をしにくるのだ。

石麿が扉を叩(たた)く。そのたびに咲が取り次ぎ、客の入室前に奇智彦の耳に口を寄せてささやく。

「谷戸(やと)のニケフォロス。帝国系渡来人(とらいじん)。王国語は話せない。次男の卒業式で面識一度」

奇智彦は脳みそを帝国語に切り替え、赤毛に顎(あご)ひげでトーガをまとったおじさんを歓迎する。

「ニケフォロス殿！　息子さんは息災かな？」

奇智彦（くしひこ）が右手を伸ばして握手すると、ニケフォロスは濃い顔をほころばせて握り返す。

「光栄です城河公（きのかわこう）！　まさか名を覚えていただけたとは！」

咲（えみ）には秀（ひい）でた特技がふたつある。几帳面さと記憶力だ。咲は王国の主だった氏族の有力者や従士（とねり）、外国要人について情報札（インデックス・カード）を作成し、その大部分を暗記していた。

そして奇智彦が偉い人に会う前に、必要な情報をすばやく耳打ちしてくれるのである。

型通りの言祝（ことほ）ぎあいの後、ニケフォロスは本題を切り出した。

「じつは殿下、折り入ってお願いしたいことが」

お願いとは、要は隣の地主との土地境界争いで、有利にはからってくれということだった。

「どうか大王陛下（だいおうへいか）にお取り成しのほどを」

丁重に礼をしてニケフォロスは辞去した。

奇智彦はにこやかに、だが手早く送り出す。まだ何人も控えている。

豪族たちは服装も顔かたちも、言葉もさまざまである。王国各地から自動車や馬、鉄道、船、飛行機を乗り継いで、今夜のためにはるばる王都まで来たのだ。奇智彦の就任祝いのために。

奇智彦の領地の代官は、領民代表団を引き連れて、地元の山賊討伐を願いに来た。

黒外衣（フロックコート）姿の毛深い豪族は、王国語のなまりが強すぎて聞き取れず、結局、帝国語で話した。

見慣れない民族衣装に黥面文身（いれずみ）の老女とは、本格的に言葉が通じず、通訳を二人はさんだ。

奇智彦は、顔もほぼ知らない豪族たちの、娘の誕生日や甥の結婚を言祝ぐ。

豪族たちは『王族の方に名を覚えられていたとは』と喜んだ。

奇智彦は、次の客を笑顔で迎える。挨拶し、お願いを聞き、陳情者たちを扉にいざなう。

去り際にみなが言う。「大王陛下にお取り成しのほどを」

十数人目をさばいて、奇智彦は咲にだけ聞こえるようにぼやいた。

「大王陛下、大王陛下、と皆が言う。おれは兄上の祝宴に迷い込んだのかな？」

咲は困ったように、つくろって笑う。

「大王陛下にお取り次ぎを願えるほど有力な知己を持てて、皆さま心強いのでしょう」

「うまい言い回しをひねり出すなあ、相変わらず」

奇智彦は長椅子の肘掛けを持ち、ぐっと力を入れて立ち上がる。客を出迎えるために。

咲は笑い、壁ぎわの水差しからグラスに清水をついだ。

「つぎの方で最後ですから」

そのとき扉が叩かれる。咲が扉を細くあけると、石麿が扉の隙間からささやく。なにやらもめていた。やがて扉が開かれ、石麿と、いくぶん居心地悪そうな近衛兵が入室してきた。

近衛兵は褐色の制服に、青い制帽を小脇に抱えていた。部屋の中ほどに進み出て姿勢を正す。

「長官——、いえ、殿下」

就任直後なので、呼び方もまだ定まっていないらしい。

近衛兵は、おでこばかり目立つ若い女だった。後ろで結わえた黒髪が、蛇の長い尻尾に見えた。髪が幾筋か、白く広い額にかかっている。洒落た金縁の眼鏡をかけていた。

褐色の軍服。青い筒形帽。襟章は交差した斧。階級章は大尉。後ろ腰に差した蕨手刀。肩から革帯をズボン吊のようにかけて、革の拳銃入れを、両脇と両腰に合計四つも吊るしていた。

若い女、近衛隊の将校、高価な眼鏡、ということは有力軍事氏族の娘ということになる。

口を開くと、その話しぶりも、落ち着いて堂々としていた。

「稲良置将軍が、予定にはありませんが、殿下にぜひご挨拶を、と」

奇智彦には、それで大体の事情が察せられた。

近衛隊は王室の親衛隊だ。軍や警察とは別組織の、大王にのみ忠誠を誓う第三の武装集団。とはいえ軍とは何かと付き合いが多いと聞く。近衛隊上層部、この近衛兵のずっと上官が、軍の高官に頼まれて急に面会予定をねじ込んだのだろう。奇智彦は近衛兵にたずねてみる。

「将軍の御用件はお聞きしただろうか」

「いえ、自分は存じておりません。しかし、お顔を見るかぎり、お怒りのご様子はありません」

話していて感じのいい女だった。説明は順序だっていたし、王族にいやな報告をする役を押し付けられた割りには慌てても気負ってもいなかった。賢くて温厚な女に見えた。しかし。

控えていた咲（えみ）が、申し訳なさそうに、奇智彦をうかがう。

「殿下、お会いになられますか」

「もちろん会うとも。いつでも喜んで、な！」

奇智彦は間髪入れずに答えた。それから、居心地の悪そうな近衛兵に向き直る。

「そなた、名はなんといったかな」

「鐘宮（かなみや）大尉であります」

「将軍をお通しする前に、五分ばかり引き留めておくれ。支度をするから」

奇智彦が言うと、でこメガネの近衛兵は感謝し、一礼して石磨（いしまろ）と共に退室した。

再び咲と二人きりになる。奇智彦は一〇秒ほど扉を見て、黙ったまま考えていた。

咲はずっと壁際に置いてあったグラスを取り、奇智彦の右手元に置いた。奇智彦は口を開く。

「あの近衛兵の名は」

「鐘宮陽火奈（かなみやのかがな）。近衛大尉。有力軍事氏族・鐘宮氏の、族長の姪（めい）です」

「見たか、拳銃入れを四つも下げていた。身体（からだ）の前面が拳銃だらけだ。重いだろうに」

「はい、殿下。重そうでした」

「どれも使い込まれて革が光っていた。日常的に撃っているのだ。たぶん人を」

「恐ろしい方です」

咲の言葉は、きっと心からのものだった。

「恐ろしい務めだ。われら王族が与えた」

「そのようなことは」

咲が口ごもる。奇智彦は黙って、冷たい水を口にふくみ、鐘宮のことを心の端に書き留める。用いるときか、殺すときのために。それもまた王族の人生の一部なのだ。奇智彦は息を吐く。

「稲良置将軍が、この奇智彦に会いに来た、と言っていたよな」

「はい。稲良置雷槌。王国大将軍。先月、十五人目の孫が誕生、男子」

奇智彦は、頭の中を整理するために、疑問を口にする。

「軍の最有力者だ。大王にも直に面会できるのに、弱小王族に何のお願いだ？」

◇　◇　◇

咲が扉を開けきる寸前、奇智彦はやや食い気味に歓迎し、人懐っこい高めの声を出した。

「大将軍どの！　お孫さんは健やかですか？」

将軍は、不意打ちを食ったような顔で奇智彦を見た。

「これは城河公……、わしの孫が何か粗相でも？」

奇智彦と咲の笑顔がこわばる。

隣にいた大佐が、素早く将軍に耳打ちして、将軍は驚いた。

「ええっ、産まれたの⁉　いつ？」

大佐が続けて説明する間、奇智彦と咲は友好的な笑顔をそつなく保った。

「城河公、信じられませんな。人情のかけらもない世の中だ。出産前に父に一言もないとは。娘にも婿にも、そんな素振りすらなかったのです、去年の今頃に会ったときは」

まだ妊娠が判明してなかったのでは、という言葉を、奇智彦はぐっと呑みこんだ。

「大佐、はやく言ってくれ。危うく出産祝いを忘れるところだった」

すでに手遅れの将軍が文句をつけ、理知的な顔つきの大佐が「すみません」と言った。

奇智彦は咲に、目くばせで伝えた。

『信じられるか、わが国の軍の最高責任者だぞ、この人』

稲良置将軍は六〇いくつの老人だった。人好きのする顔つき。勲章を目一杯つけた王国陸軍の制服。筋骨隆々の大男だった名残。年配者に多い黥面文身。白髪を短くし、顔の輪郭から巨大な口髭が飛び出している。そして、その性格のてきとうさは、王国要人の間で有名だった。

片や弱小王族、片や有力な将軍なので、互いに敬語になる。儀礼上、奇智彦は尋ねた。

「軍は壮健であられますか」

「大陸派遣軍はいかんですな。帝国軍に編入されたも同じ、王国軍側では一指も触れられん。豪族も国軍へ氏族兵を供出したがらんので、北の蛮族のおさえにも事欠く有様で。おまけに大陸派遣軍の中核は息長（おきなが）の兵です。あの氏族は昔から信用ならん。邪悪な竹の神を祀（まつ）る一族だ」

将軍は政治と宗教と民族と軍事機密をあけっぴろげに話し、奇智彦（くしひこ）は反応に困って笑った。奇智彦がとりあえず椅子を勧めると、将軍は座り、その後ろに大佐が立って控えた。

将軍は、本題とも前置きともつかないことを、とうとうと話す。

「われら王国と、帝国の『同盟国』軍、建前上は対等だが、相手は地上の三分の一を支配する大帝国です。王国内ですら帝国語が通じるし、帝国の通貨（カネ）が珍重される。しかし何故（なぜ）あんな紙切れが品物と交換できるんでしょう。昔、勝手に刷るなと怒られました。自分は刷るくせに！」

咲（えみ）が、呼吸を読んで、飲み物の盆を差し出した。将軍が当然のような顔でグラスをとる。その隙に奇智彦は確認する。咲も大佐も、困惑が顔に出ていた。

将軍はグラスを一息で干すと、やや穏やかな口調になって、奇智彦に愚痴をいう。

「今度の戦争はもう三年目です。今も同盟国軍が、大陸の『共和国』と戦っております。この戦争は王国でも不人気だが、帝国でも反戦運動が盛んだと聞きます。新任の帝国軍司令官は早く片を付けようと焦っておる。王国軍にも増派しろと矢の催促がくる。帝国の手前、嫌とは言えんが、そんな兵もカネもないのです。勝手に刷ったら怒られるし。何とかならんものか」

「この奇智彦には、その相談はちょっと手に余るような」

奇智彦の答える声には困惑がにじんだ。それを聞き、将軍はむっとして反論する。

「殿下はそう仰（おっしゃ）るが、やってやれないことなどないのです。たいてい、やりたくないか引き

合わんかどちらかだ。殿下は王族で長官です。ちからがあるのだから、後は意志さえあれば

「将軍どの、高い評価はありがたいが……、さすがに戦争の調停までは」

そのとき将軍の耳元に、お付きの大佐が素早く何事か耳打ちした。

「ああ、そうだ！　今日は殿下にお願いがあってまいりました」

奇智彦は驚いた。どうやら今までのは全部、本題と無関係だったらしい。

将軍は、呑気な口ぶりで続ける。

「実は殿下、近衛と少し行き違いがありまして。些細なことなのですが……」

「え、近衛隊が、軍になにかご迷惑を？」

近衛隊は大王直属の王室親衛隊だ。それが国軍と軋轢を起こしたのなら、一大事件である。

奇智彦の真剣な口調に、将軍は、いやいや、と鷹揚に首を振る。

「何、ちょっとしたことです。近衛隊が荷物の保管場所に、軍施設を使いたいと申し入れてきたのです。しかし軍の方では不都合がある。そこで長官である殿下に決裁いただきたいと」

将軍の説明は全体的にふわふわして怪しい。奇智彦は微笑みの下で、ひそかに緊張した。

奇智彦は相手の出方を探るべく、やや弱り顔で打ち明け話をする。

「将軍、私は今日の正午に任命されたばかりの新米長官です。そういう話なら隊の者に」

奇智彦が逃げを打つと、将軍は食い下がった。

「いや、やはりここは殿下が。殿下は何といっても近衛隊の長官でしょう」

その食い下がり方がますます怪しくて、奇智彦は警戒を固めた。

「私はまだ右も左も分からない身です。それなのに就任早々、安請け合いして口を出したら、余計こじれるのは目に見えていますよ。近衛隊の担当者に、よく言って聞かせますから」

奇智彦の言葉に、将軍は一応、満足げにうなずいた。

「ぜひ、お願いします。わしも細かい話はよく分からんので、連絡先は国軍司令部の――」

王族に頼むのだからお前は知っておけよ、と奇智彦は内心びっくりした。

そんな奇智彦の気持ちなど全然気にせず、将軍は難題がひとつ片付いた安心顔でくつろぐ。

「お互いに苦労しますなあ、城河公。今は複雑な時代です。すべてが昔とは違う」

将軍は一方的な親しみをこめて、グラスに伸ばした奇智彦の右腕に、そっと手を置いた。

「殿下の祖父王の御代には、わしも斧槍と先込銃をもって戦ったものです。すべてが明快で自然だった。敵は細切れにして山にまき、倒したクニの女子を娶って次の子を産ませればよかった。それがいつの間にか、帝国から怪し気な妖術が流れてきて、世の中がうるさくなって敵いません。議会だの飛行機だの基本的人権だの、よう分からんなんじゃもんじゃが」

奇智彦は愛想笑いで、そっと手を外そうとし、咲と大佐は割って入る機会を探った。

そんなとき、扉の外がにわかに騒がしくなった。

石麿が、誰かと声高に喧嘩している。いや違う、懇願する石麿を、誰かが怒りつけている。

居丈高な声とともに、勢いよく扉が開く。

「俺より重要な客は、王国にただ一人、大王(だいおう)だけだ！」

大佐が姿勢を正して敬礼した。稲良置(いらき)大将軍が長椅子(ソファ)から立ち上がる。

「これは、鷹原公(たかはらこう)！」

咲が素早く、奇智彦の耳元でささやく。

「王弟・鷹原公。空軍大佐。戦闘機操縦士(パイロット)。酔って拳銃乱射すること二度」

「おれの次兄(あに)」

奇智彦はいら立ちを隠してささやき返し、振り向く前に笑顔をこしらえる。

父王は王子を三人もうけた。長兄である現・兄王(あにおう)。末弟の奇智彦。そして、次兄・鷹原公。『王都の青鷹(あおたか)』。鷹原公は、記者やブロマイド売りから、そう名付けられている。

空軍藍(エアフォース・ブルー)色の布地に黒襟締(ネクタイ)の制服。肩で光る大佐の階級章、左胸にならぶ勲章、翼を象(かたど)った飛行士徽章(きしょう)。奇智彦より高い背丈と、膨らんだ自負心を、それで包み込んでいる。

背後には退廃的(デカダンス)な取り巻きの一団。子分である空軍の不良将校たち。女優と女優志望、モデルとモデル志望の女たち。画家に彫刻家、ゴシップ記者に風刺詩人、映画監督に共和主義者。

奇智彦はこの取り巻きたちを穏やかに嫌っていた。向こうが奇智彦を陰で馬鹿にするからだ。古顔の取り巻きに、髪油(ポマード)をべったり付けた精力的な腰巾着(こしぎんちゃく)がいて、鷹原公に目をかけてもらおうと無益な努力を続けていた。奇智彦は彼を内心『仕切り屋』と呼んでいる。そいつが奇智彦を指して、新顔に何かささやいていた。内容は見当がつく。〝あれが曲(ま)がり足(あし)の王子だ〟。

鷹原公は一層ぐっと自信ありげに、心持ち顔を上にそらした。

「よう奇智彦、わが弟！」

家族である奇智彦には、鷹原公の身振りの意味が読み取れる。軽率に乱入した先に、予想外の大物・大将軍がいて不意打ちを食らったが、いまさら引っ込みがつかないのだ。

奇智彦はお辞儀し、助け船を出す。

「鷹原公、まさか居らして頂けたとは」

「よそよそしいぞ、おい。次兄と呼べ」

鷹原公は大物風をふかせて低い声で笑い、握手を差し出す。奇智彦が握り返す。

「おい、奇智彦、握手は両手でしなさい」

鷹原公が言い、取り巻きがどっと笑って、写真機の閃光が光る。奇智彦は愉快なふりをした。

将軍は丁寧に暇ごいをして、すぐに去った。大佐が去り際、非礼を詫びて礼をした。

控え室は一気に狭苦しくなる。警護のために石麿も入ってきて、奇智彦の側にひかえた。

みんな立ったまま押し合いへし合いだ。空軍制服の鷹原公は、同色の男や着飾った女がたくさんいるので、青鷹というより売り籠のなかのインコに見えた。

「奇智彦、我が弟、みごとな雄弁術だったぞ」

「ありがとうございます。このあと鷹原公の演説でしたな」

「うむ。おれもお前のように喋れたらな。雄弁術の講義で半分寝ていたのが惜しまれる」

あんたもかよ、と奇智彦は思った。

「なにか、しゃべるコツはあるか？」

「コツなどありません。いつも出たとこ勝負です、鷹原公」

本当はコツの塊なのだが、人前で教えると生意気だと思われるので奇智彦はごまかした。

そのとき気づいた。取り巻きたちが何事かささやき合っている。視線の先には咲がいた。

「この子が例の？」

と、新顔の取り巻き女が、隣の女に小声で尋ねる。

それを鷹原公が聞きとめ、物知り気に笑った。

「奇智彦殿下のアフリカの恋人だ！　弱小渡来人・栗府一族の希望の星だよ。王族に呼ばれて子をなせば、次代には有力豪族の仲間入り。我が王国の氏族はみんな似たようなものだが、あとからついて走るとどうしても目立つ！」

鷹原公は自分の機知に惚れ惚れし、取り巻きはどっと笑って鷹原公にお追従した。

咲は奇智彦のやや後ろに控えたまま、鷹原公と取り巻きに、優雅に会釈をする。

石麿は静かな顔で、貴人の前なのでわずかに目を伏せ、奇智彦の傍らに立っていた。

眼の中に星が散り、首筋が熱くなる。意識して、愛想笑いを保つ。

奇智彦は静かに怒る。しかし心の片隅では、自身の怒りを突き放した目で観察している。

この兄を殴り倒してやろうか。静かに計算する、勝算はどのくらいあるか。

片方だけの腕。飛びかかれない脚。勝算は、最初からない。グラスをひそやかに握る。

鷹原公の背後から、青年の張りのある声がした。

「この方たちはインドですよ」

聞き覚えのある声に、奇智彦の意識はさっと切り替わる。

咲が奇智彦の耳元にささやく。

「渡津和義彦、海軍少佐。先王の弟君、渡津公の御嫡男」

「おれの従兄弟」と奇智彦はつぶやく。「通称、『海軍の貴公子』」

和義彦が進み出ると、取り巻きが自然と道をあけた。

鍛えた細身の体に清潔感のある髪。柔和な表情にそつのない物腰。

海軍士官の礼服姿。白地の開襟に二列釦に金糸の袖章は、いかにも颯爽としていた。

「栗府氏は、祖父王の御代にインドより渡来した一族です。元はペルシア貴族の御一門と」

和義彦の解説は、いかにも海外に詳しそうな海軍の制服も相まって、妙な説得力があった。

「奇智彦、そうなのか?」鷹原公が訊いた。

「石麿、そうなのか?」奇智彦も、思いのほか具体的な解説に驚いていた。

「咲、そうなのかな」石麿が妹に訊き、咲は『知らない』という風に目を伏せる。

奇智彦は、従士一族の家柄の詐称を察して、そっと追及をやめた。

そのとき和義彦の副官が、捧げ持っていた目録をすっと差し出した。

「公子さま」

和義彦は、ごく自然に目録を受け取って読み上げる。やりとりはこなれていた。

副官は海軍の精鋭で、所作も礼儀も完璧だ。できるやつは部下の教育も行き届いている。

目録を読み上げ終えた和義彦が、板についた仕草で奇智彦に礼をする。

「城河公、お久しぶりです。近衛隊長官の大任、まことに」

という和義彦の挨拶を、鷹原公が無思慮にさえぎった。

「和義彦どのは、帝都の軍事学問所留学から帰国したばかりだ。いま色々と案内している」

どうやら珍しい物好きの鷹原公につかまって、宴を連れまわされているらしい。

しかし和義彦は、困惑も苛立ちも、欠片も見せずに微笑んでいた。

「何も知らぬ、と言うことを知る日々でした」

海軍士官の粋な軍服を着こなし、爽やかな容貌に明るい笑顔。上品で物をよく知り、分別があり、上から可愛がられて下から慕われる。射撃の名手で、剣の腕前も一流とのこと。しなやかでたくましい肉体は、同年配にはとても見えない。きっとこの宮廷服もよく似合うだろう。

「殿下」

咲がささやいて諌め、奇智彦は和義彦に対する自分の視線が剣呑だったと気づく。とっさに石麿をにらみ、おれ何かしましたかと訊かれて、ぼやける、視力が落ちたかもと誤魔化した。

そのとき鷹原公が奇智彦の肩を抱き、集団から少し離れた。ちらり、と咲を見る。

「で、どうなんだ。恋人はもう呼ばったか？」

せまい控え室のことで、取り巻きにも栗府兄妹にも和義彦にもばっちり聞こえている。

「ははは、ご勘弁！」

奇智彦は大仰に笑ってごまかした。

「咲、本当に何もないのか？」

石麿が公然と訊き、咲が鼻にしわを寄せて石麿をにらみつけた。

鷹原公は、では、と食い下がる。昔から下世話な話が大好きなのだ。

「誰か善友がいるのか？　成程、兄の方も美男子だな」

鷹原公の目線をたどると、石麿をご覧になっていた。

「いやいや、そんな」と奇智彦は否定した。本当に何もないからだ。

「本当にか、奇智彦。本当にか？」鷹原公は何故かそこを追及する。

「兄さま、何もないですよね？」咲が、みんなに聞こえる声で、石麿に念を押す。

「え、うん……」石麿が疑惑の残る否定をして、室内に、おおう、と歓声が満ちた。

何故そこで口ごもる！　奇智彦は石麿をにらみつけ、その視線のせいで完全に誤解された。

取り巻きが歓声を上げる。何故、そんなに嬉しそうなのだ⁉

その呼吸のあいまに、和義彦（にぎひこ）がたくみに割って入り、話をそらした。

「鷹原公（たかはらこう）、そういえば、そろそろ演説の準備をなさる時間では」

それではごゆっくり、と一行は去ってゆき、あとには栗府（くりふ）兄妹と奇智彦（くしひこ）が残された。

奇智彦は石麿（いしまろ）に、お前も部屋から出ろ、と命じた。

本日の祝宴は二部構成で、前半が奇智彦の就任式、後半は豪族に戦時協力を願う式典だった。

演台のわきにある貴賓席（きひんせき）では、王族、王国宰相、帝国要人が、倦怠感（けんたいかん）に包まれて座っていた。

鷹原公の演説は、なるほど本人も言うように下手だった。身振りや発声は問題ないが、論点がやたらぶれるし「結論から言おう！」と語りだして結論を言わないのだ。そして長い。

奇智彦の膝（ひざ）の上では、飽きた姪（めい）っ子が、疲れて眠ってしまった。石麿と咲（えみ）は貴賓席の少し後ろに他の従士（とねり）と控えている。暇を持て余して、奇智彦は貴賓席の面々をこっそりと観察する。

玉座の兄王（あにおう）は温和な笑顔だった。齢（とし）は三〇歳と少しだが、老成して、賢君ぶりを振りまいていた。王冠、美髯（びぜん）、美豆良（みづら）に結った髪に、伝統衣装の衣褌（きぬはかま）がよく似合う。が、近くで見ると、視線の先は演壇の鷹原公ではなく、観客席の豪族たちだった。常に油断なく観察している。

王妃・祈誓姫（うけひめ）は退屈しきって爪を見ている。こちらも紐留め衣に裳（スカート）に結髪（けつぱつ）の伝統装束（しょうぞく）だが、あまり似合っていない。東国から輿入(こしい)れしてきた王妃は瞼(まぶた)が二重で、目鼻立ちも眉(まゆ)もくっきりしていた。気丈な顔に倦怠感を浮かべ、王妃の座を射止めたことを今だけは後悔していた。

宰相テオドラは、帝国の解放奴隷出身の渡来人(とらいじん)だった。オリーブ色の肌、濃褐色の瞳、編み込んだ褐色の髪というギリシャ系の容貌(ようぼう)で、女性用黒外衣(フロックコート)を着ている。新聞の風刺画から切り抜いてきたような、いかにもな役人姿で、退屈な式典がよく似合う。いつも無表情で考えが読み取りづらいのだが、よくよく見ると、なんと唯一、演説を理解しようと努めていた。口の中で文句を繰り返している。さすが、実務家としてたたきあげた苦労人らしい。

和義彦は背筋を正して、穏やかな顔で、じっと退屈に耐えている。

稲良置(いらき)将軍は、他の豪族や軍高官たちに交じって座っている。奇智彦の席からは見えない。

と、近衛兵(このえへい)がひとり、貴賓席の後ろから静かに近づき、宰相に耳打ちした。宰相が答える。

下がろうとした近衛兵は、拳銃(ホルスター)入れを四つ着けている。奇智彦は静かに呼び止めた。

「鐘宮(かなみや)大尉」

宰相と話した近衛兵は、控え室を警備していたでこメガネだった。

鐘宮は、奇智彦に一礼する。

「殿下」

「先ほど、宰相どのと話していたようだが」

「警備の件です。帝国側から会場の警備兵を増やすよう要請があり、許可をいただきました」

奇智彦は心当たりを探り、眉をひそめた。

「警備とは？　なにかあるのかな」

「詳しくは存じませんが、帝国側が檻を運び入れました。異国の動物を披露するのやも」

鐘宮は足早に去った。会場を歩き回り、関係者とささやく。その背中を奇智彦は目で追う。

奇智彦の膝の上で、むずがる声がした。

「くしさま、なんのお話をされていたのですか」

「これは、さちさま。起こしてしまったかな」

第一王女・幸月姫は、八歳児の鋭さで大人のごまかしを見抜いた。子供は大人が思っているより聡いのである。ぶるぶるぶる、と唇を震わせて威嚇する。乳母と違って叱らない、と知っているから遠慮なくやるのだ。子供は大人が思っているよりずるいのである。

「あの兵隊さんと、なにをお話になっていたのですか。さちにも内緒ですか」

幸月姫は兄王に似て温顔で、笑うとごく人懐い。しかし王妃に似て目が大きく顔立ちが整い、とくに今は式典のため薄化粧し目元に紅をさしているので、にらむと齢に似合わぬ迫力がある。

「さちさま、そのように眉をいからせて」

奇智彦が話をそらすと、「きゃあ！」と姫が両手で眉を隠す。

お年頃である姫は、近頃、母譲りのくっきりした眉毛が気になって仕方ないのである。

幸月姫は左右に垂らした黒髪を顔に巻き付け、眉を隠そうとする。

結髪と櫛と冠と、伝統服のあわせがずれそうになり、奇智彦は慌てて支える。

「お気になさることはありません。美しい眉だ」

奇智彦は自分で言いだしたくせに引っ込める。

「それで、あの女と何をお話になったのですか」

髪の亡霊みたいになった幸月姫がいう。

意志が強くて齢のわりに賢い子供には良くあることだが、幸月姫はかたくななのである。

幸月姫が不機嫌に体をゆするので、片腕の不自由な奇智彦は膝の上で保持するのに苦労した。石麿と咲が手を貸そうとするのを制す。歴戦の乳母をさんざん手こずらせてきた幸月姫は、何故か奇智彦にはなついていた。落ち着くのを待って、垂れたよだれを白い手布でふく。

「本当は内緒なのだが、ばれてしまっては仕方がない。これから曲馬団があるという噂です」

曲馬団と聞いて、幸月姫が目を輝かせた。

「あのびっくりするやつは出ますか」

「出たらいいですね」

何を指しているか分からないまま、奇智彦は答えた。

「道化師は出ますか？」

「ここにいるのはみな道化です」

奇智彦は本心から言った。

「ラクダも出ますか？」

「ラクダ？　ラクダはどうかな……」

帝国側が持ち込んだという檻が、ラクダが入るほど大きければ、会場にはたぶん入らない。

「でも、他の動物はいるかもしれません。さちさまはラクダの他に、どんな動物が好きですか？」

「さちはラクダが好きです！」

幸月姫はかたくなに言った。

それから幸月姫は即興でラクダの歌をうたいはじめ、乳母が駆けつけて連れて行った。

◇　◇　◇

帝国軍の新司令官も、演説は下手だった。帝国の軍服を着た初老の黒人で、だらしない所はひとつもなく、面つきには歴戦の将軍らしい精気が満ちていたが、雄弁術は下の上程度だ。

司令官は帝国語で、手元の紙を読み上げた。一本調子なのを声量で誤魔化そうとしている。

「両国の戦友としての信頼を喜び、皇帝陛下と元老院より、大王陛下に贈り物がございます」

司令官は、装飾箱から皇帝の書簡を取り出し、一礼してから読み上げる。

余、皇帝何々ウス三世は、元老院の勧告に従い、云々。お決まりの役所用語が続く。

「――目録、金貨二〇〇タレント、シリア産のラクダ一頭、そして、若く美しい女奴隷ひとり」

読み終えた司令官が目で合図すると、控えていた帝国大使館職員が、輿（こし）のたれ布を上げた。二本足で直立した熊（くま）が一頭、鎖を引きずりつつ歩み出た。

豪族たちが、おおう、とざわめく。声には困惑の色が濃かった。

奇智彦（くしひこ）も反応に困って、背後に咲（えみ）に話しかける。

「あれは、クマか？　――いや、毛皮を着た女か？」

熊の皮をまとった大女が、照明を一身に浴びている。頑丈な首枷（くびかせ）をはめられ、後ろ手に戒（いまし）められ、両足を鎖でつながれていた。見るだに興奮し、猛（たけ）っていた。拡声器（スピーカー）から太鼓の音がする。

奇智彦は、思わずそっと呟いた。

「本当に曲馬団（サーカス）が始まった……」

首枷につながる三本の鎖を三人の近衛兵（このえへい）が持ち、さすまたを持った近衛兵が二人がかりで囲み、熊の奴隷を誘導した。熊はとつぜん猛獣のごとき唸（うな）り声をあげて、近衛兵に挑みかかる。鎖がじゃらじゃら鳴り、近衛兵はさすまたをかまえたまま後ろへ飛び退（しざ）った。

豪族たちや石麿（いしまろ）が、その迫力に息をのむ。動物園の出し物みたいだ。咲は首をかしげる。

「何故（なぜ）こうも厳重なのでしょう。帝国は完全志願奴隷制のはず。これでは凶悪犯か猛獣です」

太鼓と鎖の音が響くなか、一行は女奴隷を演台の下に引っ立てた。

司令官が、ざわめきに負けないよう、いっそう大きな声で原稿を読み上げる。

「この者は、帝国領ゲルマニアにおける先年の大反乱において、古（いにしえ）の神を僭称（せんしょう）いたしました」

奇智彦は我が耳を疑った。反乱、神。今どき？

「ゲルマニア民族の神を名乗って反乱軍を率い、総督を殺害し、三州と七市を支配しました。帝国は鎮圧までに二年の年月と、将軍一人、大佐二人を失ったのです。戦いに敗れたこの者は、貨車七台分の略奪品と共に逃亡を図りました。しかし警察に見破られ、武装した巡査七人に囲まれて、五人までを素手で倒した後、捕らえられました。帝国最高法廷は死刑を宣告しましたが、皇帝陛下は慈悲深くも罪を一等減じられ、奴隷の身に落とすこととされました」

奇智彦は得心が行き、咲にささやいた。

「鎖の訳が分かったよ。あの熊は凶悪犯で猛獣だ。王国に厄介払いされてきたのだ」

『世界の東の果てにして西の果て』と揶揄される王国だが、流刑地あつかいはあんまりである。

咲は口元を押さえて、そっといぶかしむ。

「聞くだに凄まじい態です。帝国人は何故、殺さなかったのでしょう」

「現行の帝国法に死刑はない。見世物裁判だろう。一度死を宣告し、寛大にも一命を許す」

奇智彦はじっと、熊の流刑囚を見ていた。

「帝国の手で殺したら、後々まで民族英雄になってしまう。それを恐れたのだ」

そうこうする間に、司令官は、原稿の終わりの部分を読み上げていた。

「皇帝陛下は、このみごとな捕虜を、諸国の目に入れたいものだ、さすれば帝国の誉れはいや増すであろうから、とお考えになり、同盟国への贈り物とされました」

演説が終わり、皆がささやく。奇智彦は大げさに嘆息し、栗府兄妹に絡んだ。

「導火線に火のついた爆弾だな。欲しいやつなど居るのか。この会場で鎖を外して、暴れられたら流血の惨事になる。とくに、このおれはな」

奇智彦は芝居がかった調子で、うまく動かない左脚を指す。

「石麿、骨は拾ってくれよ」

「それは咲にお頼みを。おれは殿下の盾になります」

石麿のまなざしと声は思いのほか真剣で、軽口のつもりだった奇智彦は少し気まずかった。

兄王が玉座から立ちあがり、帝国語で返礼を述べた。

皇帝の賢明な判断や気前の良さをたたえ、司令官に丁重な返礼をする。

「余は、かつても、これからも変わらぬ帝国の友情に厚く感謝いたします。皇帝よりの贈り物、いずれもおとらぬ名品ぞろい、全てありがたく頂戴します。金は蔵へ、ラクダは牧場へ――」

事前に決まっていただろう台詞を言って、兄王はすこし黙った。

「どうされたのでしょう」

石麿がそっといぶかしむ。弟である奇智彦には、理由が察せられた。

「兄王は迷っておられる。熊の奴隷をこの場で解放する手はずだったのだろう。だが、鎖を外したらいかにも危ない。ことに、外したやつの身が。どうしようか、いま考えておられる」

兄王はすぐ決断した。人の上に立つものは決断が速い。

「このみごとな奴隷は、いずれ名のある、ある者へ下賜しようと思う」

名のある者と言われて、豪族たちは互いに目配せした。

やがて、王室と豪族の橋渡し役である宰相が、義務的に立ち上がった。

「帝国と言えば、最も重要な同盟国。また、この熊の奴隷は二つとない珍品。さらに嘘か真か、異国の神であるという。やはりここは、王室に連なる方にお与えになるのがよろしいかと」

みんなこんな殺戮獣は欲しくないのだ。王室の方で処遇を決めろと言っている。

兄王は、貴賓席の弟二人を見た。

奇智彦は鷹原公の方を向いた。こちらを見ていた鷹原公と目が合う。

鷹原公は弾かれたように立ち上がった。

「このような申し入れ、まことに名誉。なれど――」

なれど、の次が出てこない。何も考えないまま、反射的に立ってしまったらしい。

「なれど、奇智彦に与えたほうがよろしいのでは！」

鷹原公は根拠なく断言した後、座るでもなく、所在なさげに立っていた。

奇智彦は見る。いかにも面目ない兄王。自分で自分の首を絞める鷹原公。兄王を心配げに見やる祈誓姫。立場上、割って入ることもできない和義彦。王室と豪族の板ばさみの宰相。

奇智彦は、心の中で、大きく息をつく。

自分で自分が嫌になる。なんでこんなことを。

それから、息を吸い込む。大きな声を出すために。

「素晴らしい、い、い！」奇智彦は大げさな身振りで立ち上がり、皆がぎょっとしてこちらを見た。指揮杖（しきじょう）をつき、身体（からだ）をいつもより左右に振って、わざと目立つように熊の奴隷の前に歩みでる。

「大王陛下（だいおうへいか）の賢明なお考え、また、鷹原公のお志（こころざし）、まことに御立派！」

全員があっけにとられる。鷹原公が誰より呆然（ぼうぜん）としている。

考える時間を与えてはいけない。奇智彦は兄王を仰ぎ見て、朗々と述べる。

「その名のある奴隷に、帝国より贈られた金一〇〇タレントを与え、自身を解放させる。そして残りの一〇〇タレントを与え、望むところへ行けという。神々がたたえる徳深き行いです」

奇智彦は、神々の像と兄王、鷹原公にお辞儀して、元の椅子にさがった。

「いや、そんな」

鷹原公が言いかけるのを、察しのいい和義彦がさえぎった。

「素晴らしいお考えです！」

和義彦は立ち上がり、大げさに拍手する。豪族たちは安心半分、困惑半分でひそひそと話す。

咲（えみ）が、確信のない声で、奇智彦にささやきかける。

「いま、何が起こったのですか、殿下」

「議論の方向を変えた。熊の押し付け合いから、『熊の厄介払い』に」

「議論の方向……」咲は頭を回転させ、理解しようとつとめる。

奇智彦は、豪族世論の雰囲気を観察しながら、低い声で説明する。

「あの二〇〇タレントはそもそも、熊の奴隷解放用の金だ。昔から、国同士や王同士で奴隷を贈るとき、解放用の金も一緒に送ることがある。外国から贈られた奴隷は、殺せない。気に入らなくても罪を犯しても、殺しては外国への侮辱になるからだ。だから――」

「一度解放して、自由民として裁くのですか。あの大量の金貨は、熊を解放するための金貨」

「そうだ。熊の奴隷は、帝国では二〇〇の価値があるんだろう。帝国側は暗に、王国で熊の奴隷を解放してくれ、と金貨二〇〇枚を送ってきたのだ。解放し、そして――」

咲は、気づいた。

「王国の手で、熊を密かに殺すように？」

「この奇智彦の口からは何とも言いかねるな」

咲は、はっ、と口元をおさえた。王宮の祝宴にふさわしい話ではない。

「では、殿下のおっしゃった、あの『残りの一〇〇タレント』とは」

「熊の奴隷は帝国では二〇〇の価値がある。王国で競売にかければ、もっと高値がつくかもしれん。あんな珍しい奴隷、値段の相場なんてあって無いようなものだ。だが、今この場で、あの奴隷の値打ちは一〇〇と決まった。王の御前で、居ならぶ豪族たちの前で決まったのだ。だれも異論なんてはさめない。だから王国における熊の奴隷の価値は一〇〇だ」

　咲が目を丸くする。

「では殿下、金貨一〇〇枚分の価格操作をされたのですか。あの短い間に」

「違うぞ、咲。帝国が贈ってきた金が、たまたま金貨一〇〇枚、浮いただけだ」

　奇智彦は、満足をこめて、深く息を吐きだす。

「金貨をどうするかは王国の勝手。あの熊の奴隷に与えるのも王国の勝手。自由民となった熊が帝国への飛行機代と、帝国での生活基盤を整える費用に使っても、それは熊の勝手だ」

『交通費をやるから、黙って帝国に帰ってくれ』を、奇智彦は巧みに言い換えた。

　咲は、感心とあきれがない交ぜになった表情で思案していたが、ふと小首をかしげる。

「しかし殿下、帝国側は、流刑地代わりに熊を王国(こちら)に送ってきたのでは？」

　奇智彦は、ふふふ、と愉快に笑った。

「王国は、流刑地ではない。帝国の連中はもっと注意深くあるべきだな」

兄王(あにおう)も鷹原公(たかはらこう)も見るからにほっとしている。豪族たちも和(なご)んだ。

　しかし、帝国軍司令官と、大使館職員は、早口の帝国語でしきりに何か話していた。

やがて司令官が気まずそうに、貴賓席(きひんせき)の宰相テオドラの元にやってきた。

「売買契約書に関してお話が」

帝国大使館の職員、帝国東部風の女が、代わって詳細を述べた。

「奴隷の輸出には政府の許可が要ります。仲介業者、最終引受人、使途等を事前に報告せねば」

宰相は寡黙(かもく)に説明を聞く。不穏な空気を察して、奇智彦(くしひこ)や王族たちが心配げにのぞいた。

「この書類では使途は『贈与』です。金貨二〇〇枚で解放される場合はこれでよろしいのです。しかし金貨一〇〇枚を元奴隷に与える場合は『解放用』に区分が変わり、書類を修正せねば」

説明を聞いた王妃が、驚きとあきれのこもった顔で、全員の気持ちを代弁してつぶやく。

「なんてどうでもいい……」

「お気持ちはまことに。しかし、悪質な奴隷商人が、金品を解放奴隷に与えたことにして犯罪組織の不正資金洗浄(マネーロンダリング)を行う事件が以前ありまして、それでこのような制度に」

和義彦(にぎひこ)はかたい表情で、説明する大使館職員の顔をじっと見ていた。

「書類の修正には、時間がかかるのでしょうか」

帝国軍司令官が代わって、その問いに答える。

「外交事案ですから本国に諮(はか)らねば。考えたくはないですが、元老院に差し戻しになるかも」

全員がうなり、ため息をつく。鷹原公(たかはらこう)はいら立ち、声を荒らげる。

「そんなことになったら、決着まで一月(ひとつき)くらい平気でかかるぞ！　奇智彦よ、せっかくの兄王(あにおう)

の御采配を途中でさえぎるから、こういうことになるのだ。ねえ、長兄上！」

鷹原公は、身内だけの場では、兄王にしきりに胡麻をする人だった。

「奇智彦！　あんな熊いっそ殺しちまえ。こっそり首を刺せばバレない」

鷹原公は帝国側が居る場で、帝国語で言う。司令官たちは聞こえないふりをしてくれた。

和義彦が、たまりかねて、穏やかに制止する。

「鷹原公、帝国法では奴隷は『物』ではなく『状態』です。自分を買い戻すまでは権利の一部を制限される。言うなれば未成年や囚人、兵士のような存在。虐待は勿論、殺すなど論外です」

「では、どうしろと言うのだ。和義彦どのに何か考えがあるのか？」

「いかがでしょう、彼女に二〇〇タレントを与えて、自分を解放させては」

「飛行機代をやらずにいたら、あのクマが王国を闊歩するのだぞ！」

王妃が、少々うんざりした様子で口をはさむ。

「もうわけが分かりません。解放した後、飛行機代だけ渡せばいいではないですか」

全員が気まずく黙り、王妃は戸惑った。奇智彦が宙を見てつぶやく。

「王国で足代を用立てると、皇帝に対して、贈物が気に入らぬとつきかえす事になるかも」

今度は王妃も含めて、全員が気まずく黙り込んだ。

そのとき、ずっと黙って考え込んでいた宰相が、静かに口を開いた。

「最終引受人証明書の名義は、大王陛下個人ですか？」

大使館職員が書類をめくった。

「いえ、貴国の王室となっていますね。節税のためでしょう」

「では王室のどなたかが、皇帝から奴隷を賜っても問題はないと？」

「王国側がそれでよろしければ、書類上は」

「金貨二〇〇タレントの受取人も王室名義ですか？」

「いえ、受取人は王国外務省です」

奇智彦は、宰相の考えをだいたい察して、右手で顔を覆った。

宰相は周囲に説明する。

「王室の方のいずれかが皇帝より熊の奴隷を受け取り、大王陛下が金貨を受け取る。陛下は金貨一〇〇枚を王族に与え、王族は奴隷を解放する。その後、元奴隷に、大王より金貨一〇〇枚の見舞金を与える。そして王族は宣言する、『皇帝より贈られた奴隷を、大王より賜った金で解放した』と。大王が熊を解放したと王国の皆が考えます。また、帝国側でも書類上問題ない」

おお、と全員がどよめいた。その尊崇は、原始人が火を畏れるのに似ていた。大使館職員が『行けそうです』と言い、一同はよかったよかった、一時はどうなることかと、と口々に言った。

そして、話は振り出しに戻った。鷹原公と奇智彦、どちらが受け取るか。

◇　◇　◇

奇智彦は、鐘宮(かなみや)大尉たち近衛兵(このえへい)に付き添われて、熊の奴隷を解放すべく歩み寄っていた。

熊は厳重に戒(いまし)められて、大集会場(バシリカ)の演台前にすっくと立っていた。さすまたを持った近衛兵が熊を取り巻き、さらに外側から豪族たちが遠巻きに見守る。誰が指示したのか、熊は備え付けの照明を一身に浴びて、闇の中にひとり浮かんでいた。まるで儀式か、舞台のようだった。

奇智彦たちは豪族衆をかき分けるようにして熊に近づく。不可解な緊張が高まっていく。

子供の頃、今は亡き父王から聞いた話を思い出していた。山で熊に襲われた体験談だ。熊の威圧感、巨体が生み出す圧倒的説得力。従士(とねり)が発砲しなければ、余は熊に喰(く)われた王として名を遺(のこ)しただろう。話の細部は、父王が面白く脚色するため毎回違ったが、大体そんな話だった。

『熊の鎖を外したら殺された王子』として歴史に残るのは嫌だな、と奇智彦は思った。

人ごみを抜けて、先導役の近衛兵が左右に散り、奇智彦は熊と相対する。

熊皮の威圧感がすさまじい。いまは大人しいが、力を溜(た)めているようにも見えてこわい。

そしてデカい。身長一六三センチもある奇智彦が、見上げる高さだ。本当に女子(おなご)なのか？

奇智彦のそばに控える鐘宮大尉が、低めた声で奇智彦に耳打ちした。

「殿下、いつでもどうぞ。八ミリ弾を十二発、ふた呼吸で叩(たた)き込めます」

鐘宮が笑うと、牙(きば)のような八重歯が見えた。でこメガネと、両手に握った六連発拳銃の対比が鮮烈だ。帝国製カッシアスⅣ[4]拳銃。ごつくて、黒光りして、異様な説得力がある。

奇智彦(くしひこ)はうなずき、周囲の豪族たちの値踏みするような視線を意識する。

大使館職員が熊(くま)の毛皮を取りはらうと、おおお、と今度は好意的などよめきが広がった。

背の高い女だった。白い女だった。栗色の髪が腰まで伸びていた。胸の下で縛った白い短衣(チュニック)は肩が大きく露出しており、豊かな胸元と、美しい鎖骨が見えた。着物は袖(そで)がなく、腿丈(ももたけ)だったので、すらりとした手足がよく見えた。素足に革の革鞋(サンダル)を履いていた。熊の頭(かしら)の毛皮のせいで顔は判(わか)らなかった。そのすがたは動く神像か、異教の神に仕える巫女(みこ)と見えた。

熊を照らす光の輪の中に、奇智彦は一歩踏み込んで、胸一杯に息を吸い込む。

「名を知らぬ奴隷よ、聞こえているなら肯(うなず)いてほしい」

挑発してもよいことはないので、とりあえず帝国語で丁寧に話しかける。

ううう、と熊がうなり、頭の皮が揺(ゆ)れた。

帝国語が通じてほっとする。考えてみれば当たり前だが。奇智彦は続ける。

「私は始祖神の血に連なる者、大王(だいおう)の弟、奇智彦だ。これから熊を解放する。行く末についても保障する。神かけてそう誓うのだから、熊も皆に危害を加えぬと誓ってほしい」

熊の奴隷は、うううううう、とうなった。

是か非か測りかねて、奇智彦は何秒か反応を待った。

大使館の者が、奴隷の頭の熊皮を外すよう、しきりに手まねで合図しているのに気づいた。

奇智彦は、すぐそばに控える鐘宮(かなみや)をちらりと見た。

両方の銃口を熊に向けている。銃身はみじんも揺れない。たいした鍛錬だ、銃は重いのに。すこし勇気づけられた。いくら何でも銃には勝てまい。

奇智彦は、さらに数歩近づき、右手を伸ばして、熊の頭の毛皮をめくる。するりと脱げた。


緋色の瞳、その静謐さにすこし驚いた。


誇り高い容貌だった。狂信者や野盗の目ではなかった。予想していた残忍さや憎悪もない。ずっとうなっていたわけも分かった。熊の奴隷は補助革付の頑丈な口枷をされていたのだ。自殺防止用か、それとも飛行機の乗組員にでも嚙みついたのか。

奇智彦は口枷を外すため、後ろに回って髪をかきあげ革帯を探る。

鐘宮が近衛兵に手伝わせようとする。奇智彦はありがたく断る。

「しかし殿下、革帯が」

「ときどき不思議に思うよ。腕が二本ある者は何故、片手間の仕事に倍の手間をかけるのだ」

奇智彦は、かきあげた髪を自分の頭で止め、留め金をさぐる。汗で滑る。奇智彦は革帯の端に嚙みついて固定する。熊の奴隷がくすぐったげに身をよじる。留め金が外れた。口枷を外す。

「うべぇっ！」と言って、熊の奴隷が溜まったつばを吐きだした。

「な、前から外さなくてよかったろ」

鐘宮と近衛兵は一部始終を、感心したように見ていた。

奇智彦は奴隷の正面にまわった。奴隷は奇智彦をじっと見ていた。

「女奴隷よ、名はなんという」

奇智彦が問う。式次第でそうなっているのだ。

「我は女ではない。熊だ」

熊の帝国語には不思議な訛がある。そして、その文化では熊は美称らしい。

「熊の奴隷よ、名はなんという」

奇智彦は特にこだわりなく言った。

「汝はクシヒコというのか。妙な名だ。その手で小銃が撃てるのか。――っ！」

奇智彦が反応する前に、誰かが首枷の鎖を引き、足元を払って女奴隷を床に引き倒した。

鐘宮だった。女奴隷の頭を軍靴で踏みつけ、踏みにじり、銃口を胴体に押し当てる。

奇智彦は、とっさに止める。「まて、殺すな」

鐘宮は、拳銃を女奴隷に向けたまま、こちらを見た。

いやな目だった。蛇のような目だった。影のような目だった。不可思議な魅力もあった。

絶対に揺らがぬ自分を持っている目。状況次第で主のために殺し、あるいは主を殺す目。

端的に言うと、能力も野心も常識もあるが、ひとの心がないのだった。父王に少し似ていた。

鐘宮は事務的な声で、奇智彦に告げる。

「奴隷が王族を侮辱したのです。苦痛なき死では足りませんか」

「さいわい、侮辱には慣れている。それに帝国からの贈り物だ」

奇智彦の言葉に、鐘宮はすっとこうべをたれて下がり、去り際に熊の奴隷の無防備な脇腹になさけ容赦のない蹴りを入れた。せきこむ熊を近衛兵が起きあがらせた。奇智彦は再度問う。

「熊の奴隷よ、名はなんという」

熊はちらりと、奇智彦の左腕を見た。

「我はシニストラ、シニストリウス・マヌシウスの娘」

「やめよ、鐘宮！」

奇智彦が止め、逆さに握った銃把で殴りかかろうとしていた鐘宮がさがる。

「王国語なら、さしずめ『不吉女、左腕男の娘』だな。人のことを言えた名前か」

明らかに偽名だが、書類は後で担当者が作って奇智彦が署名するのだから、かまうまい。

じっと成り行きを見守っていた豪族たちの方を向いて、右手をひろげ、声を張り上げる。

「王弟奇智彦は、大王より賜った一〇〇タレントを身代とし、奴隷シニストラを自由民とする」

それから、芝居がかった身振りで、王侯群臣をぐるりと見まわした。

「人民の声は神の声だ！　賛同する者は、ぜひ歓呼の声を送ってほしい！」

豪族たちが歓声を上げる。雄叫びと指笛がなり、手が打ち鳴らされ、床が踏み鳴らされる。

奴隷を解放するのは美徳だし、酒を飲むよい口実になる。

歓声の中で奇智彦は、熊の奴隷改め、熊の自由民に尋ねる。

「今から鎖をはずすが、暴れないと約束するか？」

「汝の近衛兵を信じてやれ。あのでこ助は、さぞ名のある戦士なのだろう」

「鐘宮氏は王国きっての軍事氏族だ。あの者らの行進曲を聞いただけで、弱兵なら逃げ出す」

ふうん、と熊の解放奴隷は言った。鎖がすべて外れた。

美しい熊は腕を回し、肩を回し、脚を大きく屈伸させ、床の上を跳んで体をほぐした。

そして、凶暴にひとなつっこく、まさに熊のように笑って、広間にとどろく大音響で叫んだ。

「クシヒコさま、卒爾ながら相撲を一番！」

「へ？」と言う暇もあればこそ、奇智彦の足元に熊がじゃれついた。豊かな栗色の髪と地を這うような組み付きであった。踏ん張りのきかない奇智彦は、たやすく床に押し倒された。

奇智彦の脳が転倒の混乱から回復すると、大集会場の天井画が視界一杯に飛び込んできた。

息が苦しい。奇智彦は、自分の首に腕を回す熊に怒鳴った。

「どういうつもりだ！」

背後の熊の声は笑っていた。

「確かに、シニストラはひどい名だ。いかにも妙な名前だから、新しい名を賜りたい」

「なんだと？」

奇智彦は摑まれた右腕を振りほどこうとしたが、背後の腕は巌のようだった。熊の長い両脚が奇智彦の胴体に巻き付いて、大蛇のように体を絞めた。やはり振りほどけない。

鐘宮が熊の額に銃口を突きつけた。

「奴隷、その腕をはなせ。今なら命は勘弁してやる」

「奴隷ではない、自由民シニストラだ。このクシヒコさまがそう言った」

奇智彦の背後で、熊は楽しげに笑う。

「宴の席だというのに、王族方が自由民と相撲もなさらぬとは、冷たいことだ」

奇智彦は何とか気道を確保しようと身をよじる。

「手数が半分の男に勝ってうれしいか？」

「うれしくはないが、偉そうなやつをいたぶるのは楽しい」

熊の声とともに首がもっと絞まって、奇智彦は命の危機を感じる。

石麿は剣を抜いていたが、下手に斬りつけると奇智彦を刺してしまうので、遠巻きに叫ぶ。

「殿下、頭です！　背後に頭突きするのです！」

剣を持ったまま身振りで教えようとするが、奇智彦は首固めで頭が動かない。

「兄さま、早く止めて！　殿下も頑張って！」

咲の声もする。何をどう頑張れというのだ。

そのときシニストラが、他の声をかき消す大音声で叫んだ。

「王侯貴顕の皆さん、きいてほしい！　帝国では、奴隷を解放した者が保護者、解放された者が庇護民となる！　解放奴隷には、元の主人より名が与えられるしきたりだ！　クシヒコ殿下に名を賜りたいと求めたところ、今はよい知恵が浮かばぬ、考えごとをするときは、いつも相撲をするのだが、と仰せになった。そこで卒爾ながら、熊がお助け申し上げている！」

帝国語だったが、豪族たちなら大抵は理解できるだろう。教養を感じさせる言い回しに奇智彦は驚く。王宮で王族の首を絞める馬鹿と、同一人物とはとても思えない。

豪族たちは熊の言葉にどっと沸いた。余興の一部だと思っている。掛け声や野次が飛ぶ。

鐘宮は憮然と部下たちを制止し、適当な布で手の中の拳銃を隠した。王国の王権は、豪族世論の合意の上に載っている。さすがの近衛隊も豪族に嫌われてはやっていけない。

奇智彦は、無茶苦茶なことを言う熊女に抗議しようとしたが、息がつまってできなかった。

「いい名を考えたか、クシヒコ？　それとも、もう少し絞まった方が好みか？」

質問に答えるためか、腕が少し緩んだ。

奇智彦は空気をむさぼる。汗と熊と女の脂のにおいがする。

「はなせ！　王宮で熊と相撲なんかとるか！」

「名をくれたら放す！」

声だけは小娘のように、熊は笑う。

「分かった。名をやる。庇護民にする」

「なんて名だ」

「こんな状態で考えられるか！　わざを解け！」

「しかし、わざを解けば、クシヒコの気が変わるような気がするんだ。なんでだろうな」

「わざを解けば、一〇〇タレントやるぞ――ぐえっ」

首が絞まった。しかも息を吸う直前に。

「元々、我がもらう金だろ？」

背後の声が冷酷味を帯びる。帝国語で相談したのを忘れていた。

「ほら、耳もいい。こういう庇護民が欲しいだろ。名を考えたら叫べよ。みな知りたいだろ」

保護者の首を絞める庇護民など欲しいわけないだろと思ったが、いまそう言うと首の骨を折られる恐れがあったので、酸素不足の頭で必死に名を考える。

「――め」

奇智彦が言うと、熊が首を緩める。

奇智彦は大きく息を吸って――、腹の底から叫んだ。

「荒良女っ！　この者は、わが庇護民、荒良女だ！」

豪族たちは荒良女をとりかこんだ。やんややんやの大歓迎で、凱旋する将軍のようだった。杯を受けろという者もあり、また自分とも相撲をとれという者もあった。

後者の中には下心から申し出る者も相当あった。荒良女はすべてに受けて立った。

少し離れたところで、奇智彦は石麿と咲と近衛隊に囲まれ、介抱されていた。

鐘宮が、豪族に取り巻かれた荒良女をじっと見ている。蛇の瞳だった。

「殿下、あの熊を近衛隊にお任せください」

奇智彦は喉をさすって咳をし、咲が差し出す水を飲んでから、鐘宮に答える。

「いったん解放したのだから、また鎖につなぐわけにはいかない」

「王族を害した罪人です。枷をつけ、近衛隊の地下牢で責めます。必ず躾けてご覧に入れます」

奇智彦の背をさすっていた石麿が、怖い物見たさで鐘宮に尋ねた。

「具体的に、どのようになさるのですか?」

鐘宮が石麿に何事か長い台詞を耳打ちし、石麿は「そのような!?」と驚いた。

「手始めには、この程度から。徐々にやらねば罪人が死んでしまうので」

「考えておこう」

角の立たない言い回しをして、奇智彦は自分の新たな庇護民を眺めた。

豪快なゲルマニア式スープレックスで鉄道大臣を投げ飛ばし、荒良女は拍手喝采を浴びた。

第二幕　われ憎み、かつ愛す。

王宮で熊を解放してから、ちょうど五日目の、過ごしやすい午前中だった。

結局、奇智彦は、荒良女を庇護民として屋敷に引き取った。帝国への遠慮と、暴力への警戒ゆえ無下にはできなかったが、賓客扱いすると世間の邪推や屋敷内の不和を招くので、待遇は従士と一緒にした。荒良女は別に文句もつけなかった。

あれこれ身の回りの品を整えたり、貸したりして、着替えが問題になったのが昨日だ。

荒良女の体格に合う、大きいサイズの女物の服は、屋敷にはなかった。

しょうがないので、王都の外国人向け服屋まで、奇智彦の自動車で連れていくことになった。

奇智彦の車は、帝国から輸入した黒の四扉大型車だ。前部の紋章小旗は、お忍びなので外してある。奇智彦は後部座席の右側に座り、中央に石麿、左に荒良女が座る。熊に対する用心のためだが少々窮屈だった。運転と財布管理は咲の担当。助手席には追加の護衛の従士が座る。

車載ラジオから帝国語の放送が流れている。帝国公共放送が運営する国際多言語放送だった。

放送朗読員の落ち着いた、聞き取りやすい帝国語。上品な音楽。

荒良女は窓掛の隙間から、昼日中の王都の活気をしげしげと眺めていた。

奇智彦は、好奇心に負けて口を開いた。

「どうだ、熊の感想は」

「映画の背景のような街だな」

荒良女の口調は理知的で、思いのほか知性を感じさせた。王都をじっと観察している。

「東の丘に王宮。大演台つきの中央広場に面して、議事堂と官庁街、劇場、公衆浴場。十字に延びる大通りには煉瓦造りの建物。ラジオの電波塔。中央駅と港。郊外に空港。立派な王都だ」

「熊の目にかなったようで嬉しい」

「だが、立派な部分が一か所に集まっていて、狭い。帝国都市の撮影用縮小模型のようだ」

「そこは余計だ」

そのとき石麿が、ぶすりとした調子で口をはさむ。

「荒良女、車を降りたらあんまりキョロキョロするなよ。目立つ。顔かたちも、その毛皮も」

石麿はずいぶん張り切っている。護衛、兼、熊の取り押さえ係として連れてきたのだ。

奇智彦たちの車は大通りの路肩に駐車する。

店までは少し歩くが、こっちの方が広くて空いているし、車上荒らしが少ない。

奇智彦は右手で体を支え、踏み板に足をかけて、慣れた拍子で誰の手も借りずに降りた。

奇智彦は、王族にしては気取らない三つ揃いの背広姿に中折れ帽だった。とはいえ周りに儀礼用軍服の石麿たちがいるので、どこかの豪族だとは一目でわかるだろう。なにより。

熊皮をまとった荒良女が、のっそりと車から降り、悠々と周囲を見まわす。

道行く人びとは、異国の女巨人を呆然（ぼうぜん）と見あげた。王国の平均身長は低い。荒良女（あらめ）はうなる。

「なるほど、我（わえ）に合う服がないわけだ」

石麿（いしまろ）と護衛従士（とねり）が先行して大通りの人垣をわけ、奇智彦（くしひこ）と咲（えみ）と荒良女はついて行った。

王都は王国の縮図である。王国の全民族、言語、文化がここに集まる。カネや商品もだ。

上等な店の陳列窓（ショーウインドウ）は勿論（もちろん）、道に見世棚（みせだな）を突き出している露店にも活気がある。

産物は豊かだ。穀物、肉、酒、魚、野菜、雑貨、帝国の銘柄品（ブランド）の偽物。

奇智彦は無言で値札を見る。戦争の影響か、また物価が上がっている。

隣にぬっとでかい影が射す。荒良女が横からのぞき込み、訳知り顔に評した。

「海の物と山の物が、隣り合って並ぶのはよい市だ」

「熊（くま）は経済に明るいと見える」

「もちろんだ。熊は高価なものをいち早く見分け、引（ひ）っ担（かつ）いで走る」

「それは経済とは言わない」

奇智彦がぶすりと返すと、熊は楽しげに笑う。

「ところでクシヒコ、我が逃げる心配は、しなくていいのか」

「行く当てなど、どうせないくせに。それに、いま逃げたところで――」

奇智彦は、通りの先をあご先で指し示す。

中央駅へと延びる道路に、軍と近衛隊（このえたい）の検問所があった。脱走兵や間諜（スパイ）を探しているのだ。

戦争はすでに三年目、彼らもすっかり街の光景に溶け込んでしまっていた。

荒良女は、むうん、とうなって腕組みをした。

「なるほど、戦時下だな」

そのとき、誰かが荒良女を呼び止めた。奇智彦は、荒良女の熊皮越しにうかがう。

黒い詰襟制服と警邏兜が見える。巡邏の警官だ。もう孫も居そうな齢の老巡査だった。

警察には予備役軍人が多いため、戦時の今は働き盛りの警察官が召集されて人手不足なのだ。

老巡査は、明らかに怪しい荒良女に、身分証を提示しろと言った。

荒良女は、戸惑ったように老巡査を見つめたまま、奇智彦に聞いた。

「これは王国語か？　クシヒコ、この警官は何と言っているのだ？」

「街中で熊を放し飼いにするな、と言っている」

「困ったな。この警官、帝国語が全然できないのか？」

「当たり前だ。誰もが異国の言葉を話せるわけではない」

老巡査は奇智彦の声を聞きとめた。用心深く熊を迂回し、奇智彦に向かう。そして気づく。

奇智彦は身なりからして明らかに偉い。軍服姿の石麿が戻って来て老巡査に会釈する。

老巡査は、呼び止めた怪しい熊がどうやら豪族の連れだと知ると、さっと敬礼して去った。

荒良女は職質を受けた時よりも、その去り際のあっけなさに、むしろ戸惑った。

「クシヒコ、あの警官と知り合いなのか？　あれでいいのか？」

「良いわけはないよ」

奇智彦はそれだけ言い、先に立って歩き出す。荒良女は歩きながら大通りの店を見回す。

「看板はみな帝国語なのだな。横に書かれているのが王国文字か」

「そうだ。王国語の正書法だ。祖父王の御代に定められた」

荒良女は、奇智彦の隣を歩きながら、ちょっと考えた。

「奇智彦のじいちゃん……より前は、どんな文字を使っていたんだ？」

と、荒良女が誰かにぶつかりかける。フード付きのガリア外套を着た、小柄な影。

影は甲高くもガラの悪い声で「気を付けろ！」と言って、そのまま去った。

石麿が荒良女の腕をつかみ、道路の邪魔にならない方に連れて行った。

「熊！　のびのびしすぎだぞ。何も盗られてないか。この辺はスリとか多いからな」

「とられて困るものなど持っていない」

荒良女は、平気な顔でのっしのっしと歩いていく。

目当ての店の看板がようやく見えてきた時、はやし立てる声がした。

「カム！　カム！」

道端に床几を出し、昼間から濁酒を飲みつつ、小金を賭けて盤双六で遊ぶ男たちだ。

熊皮姿の荒良女を指して、盛んにはやし立て、笑っている。

「クシヒコ、どういう意味だ。『カム』とは王国語か」

「神（カム）。神（カミ）だ。この場合は熊（くま）だ」

そのとき、盤双六の男たちが石磨をさして、何か仲間内でだけ通じるらしい冗談をいった。石磨が、今はまずい仕事中だ、とばかり必死な身振りで制止すると、男たちはどっと笑う。

王都の盤双六仲間の間では、石磨は小金を持った気のいいカモとして愛されていた。

咲（えみ）は心なしか冷たい目で、盤双六をする男たちと、石磨を見る。

「兄（あに）さま、賭け事は向いてないと思いますけど」

石磨は顔をそむけ、必死に言い訳を考えていたが、やがて言った。

「取り返したらやめるから」

ムシられるやつの考え方だ、と奇智彦は思った。

隣を歩く荒良女が、妙に熱心な口調で奇智彦に尋ねる。

「クシヒコ、この国の民は熊を尊敬しているのか？」

「なぜそんなことを聞く？」

「ならば大したものだ。熊の偉大さを知るとは、高い知性を感じる」

奇智彦は黙って、今いる通りと交（まじ）わる別の通りの先、王都の中央広場を杖（つえ）で指した。

中央広場には巨大な壁画がある。極彩色（ごくさいしき）の模細工画（モザイク）で、上にいる女神から、下の大王（だいおう）に戦斧（せんぷ）が手渡されている。大王の背後には兵士や農民、労働者、巫女（みこ）、漁師、赤子を抱く母親がいる。

王権の象徴である戦斧、それを手渡す女神は、一頭の熊に乗っていた。

荒良女の声は、にわかに弾む。

「この国の主神は熊なのか？」

「ちがう、主神は女神だ。熊はみ使いだよ」

奇智彦は警戒した。この熊はきっと『宗教的に同化しやすい』とか物騒なことを考えている。

◇　◇　◇

服屋からの帰り道、車の中で荒良女は上機嫌だった。奇智彦や石麿に盛んに話しかける。

「なかなか良い国ではないか。熊が治めるに値する国だ。征服したあかつきには、みなに熊をあがめる許しをやろう。熊神の像は広場の、あの目立つあたりに建てよう」

石麿は、警戒や怒りを通りこし、少し呆れた口調でつぶやく。

「こいつ、前向きにもほどがあるだろう」

ところで、と熊は奇智彦をのぞきこむ。

「この都にはどれほど多くの人が住んでいるのだ、クシヒコ？」

「だいたい五〇万人くらいだろう」

「実にあっさりと教えてくれるな」

奇智彦は窓の外を静かに眺めた。熊は何秒か考えて、ためらっていた。

「クシヒコ、『だいたい』とは、その、つまり……数えてないのか？」

「数える方法がない。身分証のない者も多い。市内に入る食物の量から逆算して五〇万前後だ」

「すさまじい国だな」

荒良女の口調には真剣味があった。

「だが、丘の上の王宮から見たかぎり、市街地の面積はせいぜい五キロ四方くらいだったぞ。そこに五〇万人もつめこんだら、恐ろしい過密都市になるのではないか？」

「現になっている」

奇智彦が答えると、荒良女は珍しく黙りこんだ。熊皮を手で梳くように撫でながら呟く。

「相当やばい国らしいな、あんな政治的で宗教的な宣伝看板が堂々と街中にある事といい」

奇智彦と石麿が、驚きに目を見開く。お前が言うか？

熊は、むうん、とうなった。それきり黙って、奇智彦の座席の方をじっと見る。

奇智彦は気づいた。もう夕暮れ方で、奇智彦の顔がガラスに映りこんでいた。

熊が、突然つぶやく。

「顔つきは悪くない」

奇智彦は、困惑とともに、荒良女を見やる。

「悪いのは面つきだ。キツネに似ている。ヒネた内心が顔に出るのだ」

奇智彦は、どう反応したものかわからず、熊をまじまじと見やった。

「堂々と、保護者の陰口か?」

荒良女は、ちがう、褒めているのだ、と言って愉快そうに笑った。

「知っているか。熊は複雑な者が好きなのだ」

◇　◇　◇

「荒良女が、このように美しいと分かっていればな。奇智彦に譲ったのは惜しいことだ。ごらんください長兄上、この美しさを! 白い肌、健康美あふれる肉体。奇智彦のくせに!」

鷹原公は解放役を押し付けたくせに、ぬけぬけと言いはなって鶉の丸焼きにかぶりつく。

食卓の皆は笑った。一番でかい声で笑ったのは荒良女だった。奇智彦は愉快なふりをした。

荒良女を庇護民にしてから一〇日がたつ。熊は王国のことを学び、監視役つきで王都見物もした。鐘宮が監視役に立候補したが、熊が謎の失踪を遂げそうな気がしたので丁重に断った。

そうして妙に大人しかったので、奇智彦は油断して王宮の晩餐の招待を受けてしまったのだ。

まだ神話の霧さめやらぬ王国においては、宴席と食卓は非常に重視される。王族は予定表が許す限り、招かれた者は精進潔斎のうえ、王宮の母屋にある小食堂に集まっていた。

食卓には、主催する兄王と、王妃と幸月姫。鷹原公、奇智彦、和義彦たち王室関係者。宰相テオドラ、稲良置大将軍といった高官たち。それに大王が所望した熊が一頭。

小食堂は豪勢だ。正方形の卓子二つに、美しい浅緑色の卓子被。コの字形に並べた六脚の長椅子。花を浮かべた手洗い用水盤。いずれも帝国で修業した職人に作らせた立派な物だ。

壁画の主題は王国神話。兄王の席の背後には、祖父王の肖像画。

額縁の中の祖父は美豆良に美髯に黒外衣姿で、王権を象徴する石斧を持っていた。

楽団は呼ばず、音楽は蓄音機だった。戦時下で財政逼迫の折、王室費削減の一環である。

料理には贅を凝らしてある。王国の流儀で贅と言えば、肉と魚と甘味が多く、味付けが濃く、量も山盛りという意味だ。それを客同士で会話しながら食べる。だが、限度は当然ある。

荒良女の食欲は周囲に注目されるほど旺盛だった。

「いやあ、うまいうまい！」

茹でた大海老を溶かし乳蘇にどぼんと漬けてかぶりつく。

葡萄酒を飲み、蒸し魚を三口半で食べる。盛られた白い飯には一切手を付けない。

奇智彦は、背後に控える咲に耳打ちした。

「こいつを連れてきたのは、やはり間違いだった」

荒良女は骨付きの猪肉に食らいつき、腸詰を端からがつがつ食べた。隣の席を割り当てられた王妃は、三人掛けの椅子のなるたけ遠くに座り、身を挺して隣席の娘をかばう。幸月姫は魅入られたように荒良女を見ていた。荒良女のことをラクダより気に入らなければいいのだが。

将軍は面白そうに熊の食事を見ている。和義彦は対応に困っているが、食卓が違うので口も出しにくい。宰相テオドラは無表情の下で怒っている。帝国の凶悪犯を王の食卓に招くのに反対していたのだ。宰相の懸念はごもっともだが、王の一声でそれがまかり通るのが王国だった。

「クシヒコ、全然食べていないぞ。歯が痛いのか。抜いてやろうか」

「食が細いだけだ。痛くても熊の世話にはならん。歯医者に頼む」

本当は病が怖いのだ。手も足も不自由とあっては運動量に限界があるため、食う量を調節しないと体型が保てない。関係者だけの秘密だが、王室は糖尿病になりやすい血筋で、曾祖父の晩年は失明状態だったという。若干十七歳にして、奇智彦は尿に糖がおりるのを恐れていた。

「ほら、食え」

荒良女が目の前の肉の皿を引き寄せ、じっと奇智彦をみる。

奇智彦が仕方なく、押さえ棒付きの小刀で小さく肉を切ると、荒良女が低い声でささやく。

「王の食卓で、王弟の頭を摑んで肉を捻じ込んだら、みな驚くだろうな」

奇智彦は憮然と脅しに屈して、大きい方の肉片をつまみ、思いきり口に入れた。

脂、弾力、熱。ほどよく嚙みきれ、肉汁のうまみが口の中にあふれる。猪肉独特の臭みは薄い。王室の牧で団栗と果物を食べて太った猪だった。それに香辛料と手間をたっぷり使った漬汁。

「うまいか」

「うまいよ」

奇智彦は誘惑に負け、白飯に手を伸ばす。小刀をおいて、右手を水盤で洗い、皿から米をつまんで口に運ぶ。塩気と脂と飯の組み合わせは、なぜこんなに美味いのだろう。

荒良女は満足げに笑った。

「こちらでも手で食べるんだな」

「ああ、帝国式だ。いい物はみんな帝国産だよ」

荒良女はそれから感心した素振りで、奇智彦の押さえ棒付き小刀を見た。

「その小刀は、クシヒコが作ったのか？」

「作ったのは鍛冶屋だ。設計したのは俺だけど」

奇智彦は押さえ棒について、自慢半分で説明しようとしたが、熊の興味は他に移っていた。

荒良女が、新たに運ばれてきた本日の珍味、赤い切り身の載った皿を指す。

「クシヒコ、これはなんだ」

「なますだ。生のマグロだよ。氷室船を仕立てて手に入れた、大変貴重なものだ」

招待客たちは贅沢な御馳走に驚き喜んで、大王の気前の良さを口々に褒めそやす。

荒良女も神妙な顔で皿を見た。製氷機でわざわざ作った氷と、その上の赤い切り身を。

「で、どうやって焼くのだ？　焜炉が見えないが」

「生のまま、いただくものだ」

「ふむうん！　異国情緒！」

豪快に笑って、荒良女は手元のなますを全部つかんで一口で食べた。

「むぐ、よい魚だが、すこし味が薄い気がする」

「醤と山葵をつけていただくものだ」

「食べる前に教えてほしかった」

「教える前に食べるからだろ」

見かねたのか、好奇心からか、甘味の皿のとき兄王からお声がけがあった。貯古齢糖洋餅をかじり、珈琲に砂糖と牛乳をたっぷり入れ、乳油をつめた麝香瓜に鼻面をつっこんでいる熊に。

兄王は、温顔を裏切らぬ温厚な声でいった。

「食事を楽しんでもらえているかな」

「はい、陛下。まったく素晴らしい料理の数々」

荒良女は意外とまともな受け答えをして、それから乳油でべとべとの指をしゃぶる。

鷹原公がそれを好色な目で見た。奇智彦は家族の旺盛な性欲を見て悲しい気持ちになった。

兄王は鷹揚に、苦笑まじりで、荒良女に言った。

「喜んでもらえたのならうれしいが、小刀で切りなさい」

「承知しました、陛下」

荒良女も笑った。立ち上がって、食卓の皆を左手でしめす。

「で、どなたを?」

――いつの間にか荒良女の右手には、鋭利な肉切り小刀が握られていた。

食卓に恐慌が発生した。

王妃が身を挺(てい)して幸月姫(さちひめ)をかばい、鷹原公が腰を浮かせて迷い、和義彦(にぎひこ)は近衛兵(このえへい)を呼ぶ。

将軍はとっさに椅子をつかんで武器とする。宰相は卓の下に隠れた。

奇智彦は声を張り上げる。

「この場でいちばんの重要人物をだ！」

全員がぴたりと動きを止めた。荒良女は唇を吊(つ)り上げて笑う。

「誰のことかな？」

食卓のみんなが黙り、緊張の糸が張りつめる。奇智彦はわざとらしく、大仰な声を出す。

「決まっている、この見事(みごと)な洋餅(ケーキ)だ！　みんな、誰だと思ったんだ？」

兄王がすばやく笑った。

「その通り、食卓の主役は料理だ」

皆はつられてぎこちなく笑い、その場はきわどい冗談として流された。

奇智彦は、二度とこの熊を連れてくるかと神々に誓った。

王宮から辞去して屋敷に帰る車内には、けだるい沈黙がある。運転する咲(えみ)、助手席には護衛

の石麿、後部座席には奇智彦と荒良女。奇智彦は、窓の外、夜の高級住宅地を無心に眺める。おもに熊のせいで、みんな普段の倍くらい疲れていた。奇智彦の左隣で、熊が尋ねる。

「クシヒコ、まだ怒ってるのか？」

本当はまだ怒っていたが「怒ってないよ」と答えた。左側から殴り掛かられたら、防ぐすべがないからだ。乗り降りのときに右脚で踏ん張るため、奇智彦はいつも後部座席の右側に座る。

「怒ってないか？　本当に怒ってないか？」

「それは怒ってなくても怒るやつだ」

奇智彦はぶすっと言って、屋敷街の街灯を眺める。車のラジオから国営放送が流れていた。自動車が揺れて、膝の間に挟んだ指揮杖が奇智彦の胸を小突く。本当にかさばる杖だ。

熊の沈黙と視線に根負けして、奇智彦は荒良女に顔を向ける。

「王国の暮らしには慣れたか」

「ああ。このしけた街にも慣れてきた」

「しけたは余計だ。街の者と話したのか？」

「おう、王国語をだいぶ覚えたぞ」

「そうか、たとえば」

「テイコク、シンリャクシャ、バカヤロ、ヤラセロ」

「外では使うなよ」

奇智彦は釘を刺した。

「それに、その言葉はたぶん、王都から離れたら通じないぞ」

「そうなのか？」

「帝国のようにはいかん。地域で言葉が違う。一番通じるのは帝国語だが、話せぬ者も多い」

「学校とか、新聞とか、役人の書類とか、どうしているんだ？」

「苦労しているよ」

言って、奇智彦は何気なく視線を下ろす。

荒良女の脚が目にはいる。筋肉と脂肪のついた張りのある腿は、巫女服に負けぬほど白い。荒良女が足を組んだ。二本の脚がむっちりとぶつかり、ほどよい弾力で形を変える。右の太もも、巫女服の丈に覆われるか覆われないかの辺りに、ほくろが二つ並んでいた。

運転席の咲がくしゃみをして、奇智彦は我に返り、窓の向こうの景色を見ていたふりをした。

助手席に座る石麿が、そろそろ着きます、と言った。


奇智彦の屋敷は王宮のそばにある。赤い屋根に白煉瓦の二階建て。客を迎える帝国式柱廊は、やりすぎなほど太くて高くて、天を支える大地の巨人のようだ。門前の詰所で、近衛兵が咲を確認し門を開く。屋敷の塀はぶ厚く、上部には鉄製の忍び返しがある。自動車が車止めに滑り込み、奇智彦が後部座席の右側からずり降りると、整列していた従士たちが一斉に立礼する。

男五人、女二人。大半が栗府一族の者だ。

有力氏族なら、奇智彦のような弱小王族には仕えない。儀礼用軍服や礼服、侍女服を着た従士たちは、みな石麿や咲に似ていて、でも二人ほど熟れておらず、少し居心地が悪い。

奇智彦は近衛隊の指揮杖を掲げて、おどけて礼をして見せた。

段差がない中央玄関をくぐり、大会堂に入る。奇智彦は長靴に室内用の覆布をかぶせる。荒良女は革鞋を脱ぎながら、奇智彦が片手で覆布を扱うのを眺め、「器用なものだ」と呟く。

大会堂は、会食時は大食堂になり、冠婚葬祭のときは会場になり、映画の上映会もたまにする。王弟城河公に挨拶や陳情に来る人びとと、その従者が待つ空間でもある。あちこちにある長椅子や床几。赤絨毯に戦神の壁画。極彩色の始祖神の彫像。王国の女神なのに、容貌も服装もペルシア風だった。帝国の工房に依頼したら、向こうの東洋観がこんな感じだったのだ。

王族の威勢すべてを無視して、私的空間である左棟へ歩く。もうこのまま寝てしまいたい。

そんな時、咲がひかえめに訊いた。

「殿下、湯あみは如何いたしますか」

「王宮の大浴場で済ませただろう。蒸し風呂、水風呂に湯船。鷹原公の長風呂にはまい……」

奇智彦は気付く。咲の背後に、不安顔の従士がいた。咲の従姉妹か再従姉妹か、確かどっちかだ。奇智彦は嫌な予感がして、咲に、恐るおそる尋ねる。

「もうすでに、支度してくれたのか？」

「申し訳ありません、里から来たばかりの者に、伝え忘れてしまいました」

奇智彦が風呂に入らないと石炭代が無駄になる。何より従士を罰しないと示しがつかない。

奇智彦の身体はふやけてほっかほかだ。従士の少女はいまにも泣きそうだ。

奇智彦は何も言わずに風呂場の方を向く。

「咲、寝床の支度を頼む。風呂に入ったらすぐ休むから」

「クシヒコ、一緒にはいるか？」

と言って、荒良女が堂々と付いてくる。奇智彦は余裕を見せて笑った。

「……おいおい、冗談はよせ」

「いま、一瞬迷ったな」

熊はまことに容赦がない。

咲が付いてきて、割って入る機会を探った。困ったような笑顔が、なぜか怖い。

荒良女は大会堂を見回しながら、勝手に奇智彦の隣を歩く。

「それにしても立派な屋敷だな。おお、ラジオもあるぞ。何でこんなところに？」

「陳情や挨拶に見えた方々は、ここで順番を待つからだ。暇つぶしに良いだろう」

そういう名目で、大会堂を溜まり場とする従士たちのために買ったのだ。

「クシヒコ、前から思っていたが、汝、ヘロデ王のような大金持ちなのか」

奇智彦は少し考えてから「ミダス王か？」と聞き、荒良女は「そうそれ」と返した。

興味津々な様子の荒良女に、奇智彦は冗談めかして答える。

「金持ち一族のごくつぶしだ」

自分が恵まれているのだと意識するこの瞬間が、たまらなく後ろめたかった。

「王族は十六歳で成人すると、王より財産を賜る。屋敷、荘園、年金、国有企業の株と役職。おれは酒・塩・砂糖専売公社の理事だ」

するど、荒良女が急にかしこまって奇智彦の右手をとった。

「殿下、お手を！」

奇智彦は凄い力でぐいぐいと、大型犬を散歩させる子供のように引っ張られる。

「早い、早い！」

逃れようと奇智彦は身をよじった。その身体を、荒良女はまさぐる。

「銃や剣はお持ちでしょうか、お預かりいたします」

奇智彦はようやく手を振り払って、荒良女の馬鹿力からのがれた。

「持ってない！　何故、自分家で武器をあずけるんだ」

「おおう、でかい警備犬を放し飼いできる広いお庭！」

荒良女は窓を開けて番犬に餌を投げた。

「ごまをするのが早いのか遅いのか、わからんやつだ」

奇智彦が聞こえよがしに嘆いてみせると、従士たちはみな声を上げて笑った。

咲が従士の少女と、秘密を共有した者の笑みをかわす。

「荒良女さんは、石炭運びを手伝ってくれるんですよ。ね？」

咲の言葉に、従士の少女は盛んにうなずいた。咲は続けて話しかける。

「だから混浴はやめた方がよろしいかと。汚いですもの！　お湯が。石炭の粉で。ねえ」

従士の少女は前髪が揺れるほどに激しくうなずいた。

奇智彦は朗らかに笑って一人で風呂に入り、申し訳程度にお湯をかぶって上がった。

奇智彦だって男の子なのだから、あれやこれやと求めるときはある。

女奴隷ものや女神官ものの春画本を、当時はすごく大人に見えた石麿から借りたこともある。

だが、まさか荒良女と並んで寝台に腰かけるとは夢にも思わなかった。

石麿と並んで、と言われた方がまだ納得できた。

うまく動かない左腕は、定期的に動かし、揉み療治しないと筋が突っ張ってときどき痛い。

いつものように風呂上りに石麿に揉んでもらっているとき、寝室の扉が叩かれた。

石麿が応対すると、目隠しの衝立の向こうで口論があり「うぎゃ！」と悲鳴がした。

「荒良女です。武器はありません」すねをおさえて石麿が報告した。

「殴られたのか？」と奇智彦が訊くと、「殴っていない！」と荒良女が現れた。

「蹴られました」と石麿が答え、熊がまた蹴った。

荒良女は熊皮を丁寧に衣装掛けにさげた。下は巫女装束だった。寝台の枕側、読書灯の置かれた側卓子の隣に腰かける。奇智彦はすでにゆったりした寝巻に着替えていた。

成り行きの分からないまま、奇智彦は荒良女と並んで寝台に腰かけた。

女のにおいと体温。巨大で健康な肉体の、圧倒的存在感。荒良女がいつもの調子で煽る。

「おいおい、何を緊張しているんだ。まさか童貞か？」

「いや、うん、あー」

奇智彦は隣の存在感に、気まずく黙り込んでしまう。荒良女が意外そうな顔をした。

「いつもと違うな。憎まれ口をたたかない」

「家で人と話すのは苦手だ」

奇智彦は、そう打ち明ける。

「外で、大勢の前でおどけたり、目的があって人と話すのは苦にならないが、何を話してもよいとなると、何を話してよいか分からない」

「じゃあモテるわけがないな」

荒良女は血も涙もなく言い放つと、立ち上がって寝室を勝手に物色した。

冒険小説と学術本、探偵小説と古典文学が雑居する本棚。舶来品（はくらいひん）のラジオ付き電気蓄音機（レコード）。

荒良女がこちらに背を向けたまま問いかけた。

「あいつもこの寝室に招いたのか？」

「だから、石麿は招いてないって！」

「違う。あのでこメガネの近衛兵（このえへい）だ。クシヒコの馴染（なじ）みか」

荒良女は失礼な呼び方をした。

「ああ、鐘宮（かなみや）大尉か」

すぐ気づく奇智彦も、わりと失礼だった。

「まさか。名前もこのまえ知った」

「ずいぶんクシヒコに忠実だった」

「鐘宮氏の者はみな、王室に忠実なのだ。王室がまだ小さな豪族だった頃、銅鐸（どうたく）の鐘の音で軍を指揮していた時代からの親衛隊。鐘をおさめたお宮の管理を任されていたから鐘宮だ」

荒良女が寝台の上にあぐらをかく。

「鐘宮一族というのは、みな、あのでこメガネほど強いのか？」

「強いよ。それに義理堅い。祖父王が敵の城を落とし、釜茹刑（かまゆでけい）に用いる大釜（おおがま）を手に入れて、うちでも使おうと持って帰ろうとしたとき、当時の鐘宮の族長が素手で釜を叩（たた）き壊したという」

「素手!?」荒良女が眉（まゆ）をあげて驚く。「釜茹で!?」

「その族長は言った。このような酷刑を用いるようでは、民が王を尊敬しなくなる。だから釜を壊したのだ。祖父王は忠義に感動して、族長と固く抱擁を交わしたという」

「クシヒコのじいちゃんも、すごいな。世界観が……」

天を仰いだ荒良女が、寝台の天蓋に紋章を見つける。

「盾の上に交叉する……、この国の矛か？」

「王より下賜された紋章だよ。木の手盾と、銅矛だ。祖父王のみぎりには、まだ現役だった」

「青銅の矛が？」

驚く荒良女を、奇智彦は寝室の壁にいざない、壁に飾られた木の棒を見せる。荒良女は呟く。

「これは、鍬か？　いや、違うな。斧？」

「そう、石の戦斧だよ。おれの高祖父の物だ。柄の刻み目は、打ち倒した敵の数と伝わる」

「ひいひいじいちゃん!?　なら、せいぜい一〇〇年ちょっとくらい前の斧か？」

「たぶんな。当時はまだ文字も暦もなかったので、細かい年月は分からん。伝説の霧のなかだ」

「すさまじいな……。石器時代から、いきなり飛行機を乗り回すようになった民か」

荒良女は、感動に打ち震えながら、言葉をついだ。

「祖父は石斧で戦い、孫は自動車に乗って元老院で議論する。文明だ。世界の一体化だ」

「刃は三度、柄は四度交換されているが」

「我の感動をかえせ！」

熊が猛って胸がゆっさと揺れた。奇智彦はあらぬものを連想して、寝台にそっと腰かけた。

◇　◇　◇

「クシヒコも使えるのか？　武術の心得はあるだろ？　片手剣なら」

「からっきしだよ。武術のコツはこれすべて運足に尽きるらしい。足が利かんのではなあ」

挑発的に笑う荒良女に、奇智彦はそう答えた後、ふと気づいて付け加える。

「だが、武芸といえば、乗馬には自信がある」

そう聞いて、荒良女は大げさに驚いてくれる。

「馬に⁉　左腕も左脚も利かないのに、どうやって御すんだ？」

「見せてやる」

と言って、奇智彦は扉に向けて声を張り上げる。

「石麿、馬を引け！」

扉の外に控える石麿は、驚きの声を返した。

「え、今すぐですか？」

「すぐにだ。鹿毛の馬がいい」

「承知しました、殿下」

石磨（いしまろ）が遠ざかる足音がした。荒良女（あらめ）はからかいを含んだ声で笑う。

「あいつ、汝（なれ）が女を抱いている間、いつもあそこで待ってるのか？」

「自分が呼ばれる番を待ってるんだろ」

奇智彦（くしひこ）が軽口をたたくと、熊（くま）はたぶん演技ぬきで笑う。

寝室の隅の硝子戸棚（キャビネット）には、帝国酒やグラスが飾ってある。緑の小瓶を二本取り出す。栓抜き式だ。商品名は王国語で、荒良女には中身はきっとわからない。

荒良女は王冠を歯で開けた。殿方（とのがた）にひかれるかもだなんて女々しい料簡（りょうけん）は、熊には持ち合わせがないらしい。そのあと、腕の不自由な王子はどう開けるのか、熊の優しさで見守る。

奇智彦は瓶を側卓子（サイドテーブル）の引き出しに入れた。引き出しを体で押して瓶を固定し、右手で栓抜きを使う。この用途のために、引き出しには滑り止めが貼ってある。

「うまいものだ」

荒良女は感心して、瓶から一口（ひとくち）飲む。と、その眉（まゆ）根にしわが寄る。奇智彦は笑った。

「おれは酒だなんて言ってないぞ」

「酸（す）っぱい。何だ、橙（オレンジ）味の果汁水（ジュース）か？　汝、ここまで下戸（げこ）なのか」

「熊は酸いものを好まぬようだな」

奇智彦が得意げに笑うと、熊がやりかえす。

「熊は味覚も鋭いのだ、ほら」

んべ、と口を開けて舌をのばす。奇智彦はしなやかで弾力ある舌と、赤い口内にどぎまぎする。それを隠そうと、瓶を持つ手でとっさに紋章を示した。

「王国の神話に、人の女に惚れた男神の話がある。矛(ほこ)に化けて川を流れ、便所にひそみ……」

荒良女は大爆笑した。夜更かしと会話で、二人とも精神が高揚している。

今度は、奇智彦が挑発的して笑う。

「熊の物語は聞けないのか?」

「ほう、熊の知恵を試すか。いい度胸だ。ようし」

荒良女は果汁水を一口あおって話し始めた。

「二人連れが旅をしていた。森を歩いていると、巨大な熊が現れた！　一人の旅人は木によじ登った。もう一人の旅人は逃げ遅れ、地面に倒れて死んだふりをした。熊はその旅人の耳元に口を当て、森の奥に姿を消した。木の上の旅人は、安心して降りて来て、聞いた。『熊は何と言ったんだ』。死んだふりの旅人は答えた。『危ない時に自分だけ逃げる薄情者とは別れろ』」

思わず笑った。荒良女も笑った。話もそうだが、二人で笑うのがただ楽しかった。

奇智彦は、それから、ふとこぼした。

「でも、おれなら、友には逃げてほしいよ」

「ほう、そうか。なぜそう思う」

「二人いても、熊には勝てない。ならば一人生き残って、家族に死んだ様子を伝えてほしい」

ふたりで、少ししんみりしてしまった。荒良女（あらめ）が一語一語、噛（か）みしめるように言った。

「クシヒコ、汝（なれ）は優しいやつだな。それに、賢い」

荒良女の微笑には、本物の慈（いつく）しみがあふれている。

奇智彦（くしひこ）はようやく、少しだけ分かった気がする。

荒良女は良識も学識も情も、人並み以上にあるのだ。冗談や風流も解す。

しかし、欲や野望や攻撃精神や大胆不敵さも、やはり常人の枠にはおさまらない。

聖賢、慈母、盗賊を兼ねる、まさに熊（くま）のような女。荒良女とはそういう存在なのだ。

◇　◇　◇

奇智彦の寝室の次の間は、じつは丸ごと模型（もけい）部屋になっている。

『足曲がりの宝物庫』を知るものは、従士（とねり）を入れても、王都に二十人もいない。

奇智彦はそこに、荒良女を招き入れていた。石麿（いしまろ）を待つ間、時間をつなぐために。

小さな機関車と、山里の模型。切手ほどしかない駅の看板にも文字が書き込んである。

奇智彦が短く細い踏切をつまんで慎重に動かしてみせると、荒良女は感嘆の声を出す。

「これ、ぜんぶクシヒコがこしらえたのか？　汽車も、風景も？」

「そうとも。その機関車はＭ＆Ｍ（マルキウス＆メネニウス）社の五型だ。風景は城河荘（きのかわしょう）の城造（しろつくり）郡を元に色々まぜた」

「何故（なぜ）、訊（き）いていないことまで答えるんだ？」

と言ってから、荒良女は少し言いにくそうに続けた。

「その……、左手が不自由になる前にか？」

「この手は生まれつきだ。全部、右手一本で作った」

奇智彦はそう言って、黒手袋をぎこちなく動かしてみせた。

「天井から吊（つ）り下げてある戦闘機は？　この戦車は、戦艦は？」

「帝国の六発爆撃機〈破城槌〉型だ。先の大戦で一万二〇〇〇機も作られた。それは〈猪（いのしし）〉型伏撃砲の後期型。これは噴進弾（ミサイル）投射艦〈ザマ〉級、架空の八番艦〈トイトブルク〉だ」

「架空の？」

「全部おれが意匠をこらした。艦橋と電探楼（レーダー・マスト）を低観測形状（ステルス）にして、艦尾に旋翼機（ヘリ）格納庫を」

「きしょくわる」

突然の容赦ない本音に奇智彦はへこみ、それを隠そうと荒良女を睨（にら）んだ。

荒良女は、部屋の真ん中に据えられた模型台や、ジオラマ、吊り下げられた航空機を眺める。

「汽車とか田舎とか、兵器も地味なのばかりだな。戦闘機や戦艦は作らないのか？」

「つよいものには感情移入できん」

奇智彦がすねてみせると、荒良女は、ふうん、と言った。

「でも軍艦は好きなんだな」

荒良女は、部屋の壁の一方を占める、大きな作業台を見た。把手式の万力、針金の先に接着した洗濯ばさみ、固定したやすり、卓上切断機。見た目は寝台のように巨大な万能小刀だ。

荒良女は台の上の、素通しの眼鏡を眺めた。右目に蝶番で、鏡玉が何枚もついている。

「これはどう使うんだ？」

「あの模型を見るがいい」

奇智彦は右手で、荒良女に眼鏡をかけさせた。指がこめかみに当たると、くすぐったげに身をよじる。奇智彦が鏡玉を一枚ずつ下げると、荒良女の目の中で模型が大きくなっていく。

荒良女が感嘆のため息をついた。

「汝は魔術師のようだ。手ぶらで使える拡大鏡とは」

「鍛冶の神は昔から、足曲がりと決まっているのだ。足の悪い魔術的工匠だ」

奇智彦は、そう言って笑う。荒良女は慎重な手つきで、拡大鏡を作業台に戻した。

「左脚の添え骨も、汝が作ったのか？」

「ああ。コツをつかむまでは大変だった、片手で鍛冶仕事するのは」

「片手で鍛冶仕事!?　どうやって？」

「鉄を右手でもって、足踏み自動槌で叩くのだ。鉄の方を動かして打点を変える」

「うそだろ!?」

「うそだよ」

「この野郎」

奇智彦は愉快気に笑う。

「父王と兄王が作ってくれた。帝国から職人を呼んでな。自慢の家族だ」

荒良女は、感心とあきれ、好奇心と熱れが混然としてため息をつく。

「汝は偉いのだろう。すべて人に任せられないのか？」

「尻をふくたびに人に頼っていたら、便所の時間を束縛される」

奇智彦がいつもの軽口で返すと、荒良女は黙ってちょっと考えた。

「熊よ、どうした」

「考えている」

「何をだ？」

「自分の左手が不自由だったら、どこで困るか」

模型部屋を見回し、一〇秒ほど考えて、荒良女は奇智彦に向き直る。

「右手の爪はどうやって切っているんだ？」

奇智彦の右手の爪は、武人のようにちゃんと整えてあった。

「当ててみろ」

奇智彦はわざともったいぶって、得意げに笑ってみせる。

「エミに切らせているのか？」

「はずれだ。前に爪を切ってくれと頼んだら『え、いいんですか!?』って嬉しそうに言われて、それ以来なんだか気持ち悪くて頼んでない」

「汝（なれ）らの関係、複雑なんだな……」

荒良女（あらめ）と話しながら寝室に戻ると、ちょうど衝立（ついたて）の向こうで扉が叩（たた）かれた。石麿（いしまろ）の声がする。

「殿下、馬の支度ができました」

「おう、そうか」

奇智彦（くしひこ）は体を左右に振りつつ、扉の方へ行く。

背後から荒良女が問いかける。声に、かすかな不審が混じっていた。

「ずいぶん早いな。この屋敷、厩舎（きゅうしゃ）はないだろう」

「この近くに借りてある。馬場も一緒にな」

奇智彦の答える声が、少しだけ不自然になった。

「クシヒ――」荒良女がとっさに身がまえる。

「入れっ！」奇智彦が叫び、道を開ける。

石麿が寝室に飛び込んでくる――その手には連発騎銃（カービン）。

荒良女がとっさに投げつけようと、読書灯に手を伸ばす。

打字器（タイプライター）を高速で打つような銃声。八ミリ弾に引き裂かれる読書灯と、背後の壁。

笠の布が寝室に舞う。空気を入れすぎた風船みたいに電球がはじけ飛ぶ。火花が散る。

「両手を頭の後ろへ！」

石麿が帝国語で叫ぶ。有無を言わせぬ護衛の声で。

連発騎銃の銃身に、帝国語の商標がちらりと見える。

『Ｍ＆Ｍ(マルキウス&メネニウス)社　馬神(エポナ)』

荒良女は不敵な笑顔で両手を上げて、急に慌ただしくなった寝室を余裕たっぷりに眺めた。

「クシヒコどの、これはどういう趣向かな？　さては三人がかりが好みか？」

誰も返事をしないので、荒良女はまた口を開く。

「王弟殿下は女を責めるのにも介添えがいるのかな？」

奇智彦は、荒良女の挑発を無視して、寝室の扉近くにいるはずの咲(えみ)を探した。

「俺にも、馬を、馬を！」

せかす奇智彦に、咲が番号鍵付きの小さな鞄(かばん)をかかげて差し出す。

野外行楽用(ピクニック)の軽い荷物鞄(トランク)だ。前面には牧歌的な画風の、涼しげな山脈と放牧馬の絵。

右手で開けると、布帯で固定された回転式拳銃が一丁と、弾が十数発。

奇智彦が右手で銃と弾薬をとると、咲が鞄を素早くとじて鍵をかける。

「栗毛だけです。葦毛は従兄弟がいま」

「どれでもいい！　馬の代わりに王国だってくれてやる」

奇智彦は、不自由な左手に拳銃を持たせて保持し、右手で弾を込める。

手が震える。右手でつまんだ弾が、拳銃に当たってカチカチと音がした。

「我を会話であざむいて、これを用意させたのか」

奇智彦は答えなかった。拳銃を油断なく荒良女に向けて、距離を保ったまま訊く。

「依頼主は誰だ」

「なんの依頼だ？」

「おれを殺すよう、依頼したのは誰だ」

荒良女の返答の声には、うなるような気迫が混じった。

「熊に対するこの上ない侮辱だぞ。証拠はあるんだろうな、クシヒコ殿下ァ？」

「普通の女は、おれの寝室に入ってこない」

「我は十人並みの女じゃない」

「なら並みでない男とくっつく。はっきり言っておく。女は男が剣や銃を使えるか気にしない。いま持っているかはもっと気にしない。お前、おれの一歩の間合いを測ったな。おれが走れるか、どれだけ速いかも確かめたな。鐘宮が強いか、どれだけ親しいか聞き出そうとしたのは、復讐にそなえてか？　番犬に餌を放ったのは手懐けるためか、それとも毒餌か？」

「これはこれは、名探偵さんだ。汝、王族ののけ者より作家の方が向いているんじゃないか?」

「のけ者は余計だ。依頼の筋は誰だ」

奇智彦は憮然として問いただすが、荒良女は余裕たっぷりに笑った。

「誤解だ。女は男に強さを求める。熊は戦士ゆえ武器は気になる。犬は可愛い」

ちょうどそのとき、咲が寝室に駆け込んできた。

「ありました、粒金の袋が。殿下のおっしゃった通り石炭庫に」

「ふむ、よろしい、確かにそういう可能性もあるな」

荒良女はすぐさま主張を変えた。それから、大仰な仕草で自分の頭部をぴしゃりと叩く。

「で、どうする? 殺すか? ならば狙え、熊神に捧げたるこの両の目を!」

「確実に胴体を狙え。熊が不審な動きをしたら全弾撃ち込め」

奇智彦は石麿に命じた。それから、咲の方を向いて指示を出す。

「近衛隊に電話して鐘宮大尉を呼べ。情報を吐いた後も返却無用と言い添えて熊を引き渡す」

それを聞いて、荒良女は初めて慌てた。

「待て、待て、あの女はまずい! 我を蹴ったとき、目が興奮でうるんでいた。蛇のような女だ。責めるのが心から好きなのだ」

「お前はとくに懇ろに責めてもらえる」

奇智彦が言うと、他人事の気楽さで石麿は笑った。

「——よろしい、では、降伏の証を見せよう！」

荒良女は両手を上げたまま、堂々と宣言した。

「いまから全裸になる」


荒良女は白い肩衣をはずし、床に落とす。

胸の下の帯を外し、白い巫女服をするりと脱ぎ去って、橙色の乳帯と腰巻だけの姿になった。

そのまま下着にも手をかけるので、奇智彦は流石に止める。

「待て、待て！　いきなり何をするのだ、他人の寝室で！」

「害意がないのを示したまでだ」

両手を頭の後ろに回し、堂々と仁王立ちする。その身体はしなやかで、均整がとれていた。乳房は丸く豊かで、白い肌は乳のように滑らか。細かな傷が体中に無数にあって、凄みのある魅力になっていた。首筋、腕、脚、すべて筋肉の流れが皮膚の上から判った。

奇智彦は個人的事情から、他人の立ち方や姿勢に目が行くが、これほど上半身も体重配分も揺るがない女を見たのは初めてだった。身体的に貧弱な者の常で、いささか反感を持った。

「兄さま、見とれないでください」

「石麿、見とれるな」

咲と奇智彦が、ほぼ同時に言った。

「……えっ？　いや、見てないです！」

石麿がばれればれの嘘をついた。

奇智彦は警戒半分、呆れ半分で聞く。

「恥ずかしくないのか？」

「見られて恥じるような身体はしていない」

荒良女は、返答も態度も、堂々たる物だった。

「クシヒコを殺すよう頼まれたのは本当だ。だが頼まれて、どうしたものかと困っていた。殺したら反逆罪、殺さなければ酒に毒。どう転んでも、我は長生きできんような気がする」

「熊ほど強くてもか」

「便所で力んでるときに大立ち回りはできん」

奇智彦は、何秒か考えた。

「なるほど、そうだろうな。で、俺を殺したがっているのは誰だ？　叔父か？　豪族か？」

「知らん。街をぶらついていたとき、粒金の袋と帝国語の手紙を掏り入れられた。内容は、王弟を殺せ、殺したら後金をやる、だいたいそんなところだ」

「掏り入れた男の、顔は覚えているか？」

「いや」

「なんと」

「掬り入れたのは女だ。男ではない」

そう言って、荒良女は不敵に笑った。

「顔は見えなかったが、会えば立ち方でわかる」

荒良女の話を吟味して、奇智彦は緊張で詰めていた息を、ふーっ、と吐き出す。

「事情はだいたい分かった。つまりこういうことだな。暗殺の依頼人を見つけ、黒幕までたどってケリをつけるには、荒良女、お前の協力が要る」

「話が早くて助かる」

「だが、このまま無罪放免すると王族が侮られる。軽い気持ちで暗殺を目論むやつも出てくる」

「……あー、まあそうなるか」

奇智彦は拳銃を帯にさし、寝室の壁際、暖房の放熱器の隣で埃をかぶっていた鞭をとった。

「祖父王の時代に、軽罪犯は鞭打ち刑を上限とする、と定められた。二〇打が一番軽い」

全長一メートルほどの細い木の棒で、罪人の皮膚を破らないように節目は削り取ってある。

ためしに振ると、びょう、としなった。

「見た目より威力がありそうだ。荒良女、どうする？」

「王国の法だと、最高で何回だ？」

「合計二〇〇打まで、と定められている」

「なら二〇〇度打て。王族を殺せと嗾（そそのか）され、すぐ報告しなかったのだ。けじめは大切だ」

荒良女（あらめ）の声は静かで、落ち着いて、覚悟があった。奇智彦（くしひこ）はすこし感心した。

寝室の蓄音機（レコード）に歩み寄る。派手な配色の紙鞘が目に付く。名作恋愛映画の主題曲だ。

紙鞘を口でくわえて取り出し、蓄音盤（レコード）に針を落とす。甘やかな帝国音楽が部屋を満たす。

「何のつもりだ。我（わえ）が泣き叫ぶとでも？」

「思っていない、そんなことは」

荒良女が静かに脅（おど）し、奇智彦は静かな声で正直に答える。

石麿（いしまろ）は連発騎銃（カービン）をかまえたまま静かに控えている。

咲（えみ）は両手を組んで目を見開いている。

奇智彦は荒良女の背後に回る。背中も白い皮膚（ひふ）としなやかな筋肉でよろわれていた。

『もちろん判（わか）っているよ　きみの心は　だから　ぼくの心も　わかっておくれ』

奇智彦は厳（おごそ）かに口を開いた。

「本当は刑具に縛って行うのだ。両腕をおろさないと、神かけて誓えるか」

「熊神（ゆうしん）にかけて腕は降ろさん。耐えきる」

荒良女そう言って不敵に笑った。

奇智彦は鞭（むち）をかまえる。荒良女の背筋が締まる。

咲が両手で目を覆い、兄の背後に隠れる。

「うひゅっ!?」

荒良女の意外な声に、咲は驚いて目を開け、身体（からだ）を抱いてひざを折る荒良女にさらに驚く。


『ぼくの秘密を　教えてあげる　スイッチひとつで　判るのさ　電気灯みたいにね』


奇智彦は口にくわえた鞭を右手でとり、悠々と荒良女を見下（みお）ろす。

荒良女は初めて、そうとわかるほど動揺していた。

「な、汝（なれ）、いま、わき腹を……!?」

「突いただけだ。口枷（くちかせ）を外したとき、あれ、と思ったが、触覚も敏感なのだな」

奇智彦は笑って、それから荒良女を挑発する。

「どうする、神々にたてた誓いを破ったら、罰がくだって目が見えなくなるというぞ」

「……もう平気だ」

荒良女は殊勝にも、さっきと同じく仁王立ちになり、腕を頭の後ろで組む。

「そうか、ならば動くな」

奇智彦は言って、右手で腋の下を揉み込む。荒良女は感心にも堪える。身体を大きく左にそらして逃れようと、円盤投げ選手のようになるが、さすが脚は根が生えたように動かない。だんだん荒良女が追い詰められてきたのを、汗と、荒い呼吸と、うなり声から見て取った。

「手が疲れたな」

わざとらしく呟くと、荒良女が肩で息をしつつ、背後の情勢を窺う。

「手代わりが欲しい。咲、手伝ってくれ」

奇智彦が言うと、荒良女の背中が恐怖でこわばる。

「わたしがですか!?」

咲は困惑し、両手で口を覆った。

「痛くもないし傷もつかない。いいだろう。ほら、こんなに楽しそうに踊っている」

「女をいたぶるのがそんなに楽しいか」

「偉そうなやつをいたぶるのは楽しい」

奇智彦は、かつての荒良女と同じ台詞をわざと言った。

それから奇智彦は、咲の方を向いて唆す。

「責めてやるのも時には情けだ。荒良女は屋敷の石炭庫に粒金を隠していた。屋敷の女衆を騙していたのだ。あとで皆から恨まれないように、いましっかり責めてあげろ」

咲は奇智彦と石麿、そして荒良女をとっくり眺める。宝石色の瞳に、計算高い色が浮かぶ。

「やめろ咲、汝は優しいやつだ」

荒良女が命乞いをする。

「咲?」

「咲さん……咲さま……」

荒良女の命乞いは、どんどん無様になった。

咲が、計算を終えて、にこりとほほ笑む。

「殿下の仰ること、まことに理があります。ただ、そのようにもてなすなら、前からかかった方がよろしいですよ。そちらの方が、荒良女も喜んでよく踊るでしょうから」

「荒良女、そうなのか?」

「ひどいやつらを選んでしまった」

荒良女が少しく真実味のある口調で呟く。

「落ち込んでいる人をみると笑顔にしてあげたくなります。さあ、笑ってください。遠慮なく!」

咲が指をうごめかせ、荒良女に近づく。

その瞳には捕らえたウサギをいたぶる猫の喜びがみえた。

「うひゅ、うひゅひゅひゅひゅ!　やめ、咲、なんでそんな擽るの上手っ、あははっ、咲さま!」

「やめっ!　やめやめやめ!　五秒待って五秒!　だー!　だあああー!　ああはははは!」

「うひひひ……やめ、ぐす、ひっぐ、くふふふふ！　そこ、しつこっ、ううう、うえっ！」

『ぼくは　すこしの間　旅に出るんだ　そう思っておくれ　お願いだから　お願いだから』

夏の冷茶のように汗をかいた荒良女が、浜に打ちあがった蛸のように床に寝転がっている。奇智彦、石麿、咲、途中で悪乗りして呼んだ女衆二人が、おそるおそる顔を見合わせた。明らかにやりすぎた。荒良女はこちらに背を向け、寝台を向いてだらんと寝そべっている。従士たちの無言の圧力を感じ、奇智彦が代表して訊く。

「荒良女、大丈夫だよな？」

返事がない。深く荒い息を繰り返すたびに、肩が上下する。ときどき痙攣とせきもした。

「すまん、咲たちを許してやってくれ」奇智彦はさりげなく恨みを転嫁した。

「すみません、奇智彦さまのご命令とはいえ」咲がさりげなく責任を投げ返した。

「あの、おれは本当に見ていただけで……」石麿がつい口を開いて無用な恨みを負った。

「……る」荒良女が、荒い息の間でかすかに呟く。全員が聞き耳を立てる。

「ころしてやる」

本気だ、と奇智彦には思えた。

「咲、栗府ノ里に電報を打て、『弱点は右の脇腹』と。屋敷で死人が出たら鐘宮に伝えるよう」

咲たちは屋敷の電報室に駆けた。荒良女は罵りもせず、ただ空気をむさぼっていた。

第三幕　間違うことは人間的だ。(Errare humanum est.)

王都の中央広場は、休日の午後の穏やかさで満ちていた。陽光はやさしく、気温は温かく、売りこみの声には活気がある。屋台が出ていて飲み物や軽食を売っている。

その広場に面した貸家の二階、家具付きの居間で、奇智彦と鐘宮大尉はじっと待機していた。

「本当に、荒良女の元に来るんだろうか、その怪しい連絡係は」

奇智彦がこの部屋に閉じこもって、今日でもう六日目だ。声には自分でもわかるくらい倦怠感がにじんでいる。王族にしては気取らぬ三つ揃いの背広姿。そばの小卓に杖を立てかけて、中折れ帽をのせてある。左腕はさりげなく、ひじ掛けに預ける。

鐘宮が、窓掛の陰の望遠鏡から顔を上げて、笑う。

「『急いで、待て』と軍では申します。御辛抱を」

閉め切った窓掛の向こう、細く開いた窓から広場の喧騒が聞こえる。穏やかな春の日の午後、半休の日。皆が浮かれている。高くてよく通る子供の笑い声に、奇智彦は耳を澄ませる。

鐘宮の場慣れした落ち着きは頼もしいが、退屈は紛らわしようがない。

奇智彦は布張りの椅子に体重を預け、何度も読み返した新聞を読む。

一面は『王弟死亡』。広げると『か？』。あこぎな商売だ。

荒良女が白状した夜、奇智彦はすぐに鐘宮大尉を呼び出して、事情を説明した。

鐘宮たちの作戦はこうだ。奇智彦の身柄を屋敷からこっそり移す。そして噂を流す、奇智彦が死んだ、いや重病だ、誰も姿を見ていない。依頼主は暗殺計画が成功したか失敗か、確認しようとする。依頼主にとっても王族暗殺計画は命がけだ。荒良女を人通りの多い場所でぶらぶらさせれば必ず確認にくる。近衛隊は熊を厳重に監視し、接触者を捕らえて依頼主までたどる。

鐘宮たちはこの貸し部屋に奇智彦を隔離した。貸し部屋には武器も電話もあり、私服の近衛兵が常に交代で詰めて、奇智彦の護衛と広場の監視にあたっている。今は鐘宮が当直だ。

鐘宮は望遠鏡で広場を監視し、手元の軍用野戦電話で部下たちとこまめに連絡をとっている。

「暗殺犯というのは本当に、律儀に後金を払いにくるものだろうか」

奇智彦が聞こえよがしにふてくされると、鐘宮は論理的な口調で答えた。

「おっしゃる通り、後金の支払いには来ないでしょう。しかし、熊は証拠となる手紙や粒金を持っています。証言もできます。口封じするために、必ず何らかの手を打つでしょう」

「熊は生餌か」

奇智彦は呟いた。こわい女だ。奇智彦はそれから、全身を耳にして広場の様子を探った。

この数日、王都は、王弟御不例の噂でもちきりだった。

豪族や従士たちは屋敷や議事堂でささやき合う。王国の数少ない中流階級、官吏や国有企業社員、軍将校、医師、技師、弁護士、教師に学生は、新聞で憶測まじりの記事を読み、茶館や倶楽部で議論する。字が読めない者も多い庶民たちは、街頭ラジオと噂話に聞き入った。部屋の窓の下で、鳥打帽をかぶった新聞売りの少年たちが叫んでいる。

「『王族の忌み子』が重病か!? 詳しくは今日の一面に、たったの一〇銭！」

「ここだけの重要情報！『呪われた王子』の呪いが総身に回ったか！ 本誌独占取材！」

「『サメの王子』が死亡か!? ほかの者への感染もあるか!? 詳しくは本誌で！」

なかに気の利いた者がいて、太鼓を鳴らしつつ詩を歌っている。

「『王妃の胎を　破った王子　こんどは我が身を　食い破る』！ ハイ、ハイ、ハイ！」

奇智彦は額に右手を当て、頭の重さをひじ掛けに託した。

「たいした人気者だな、私は」

「あの熊も、たいした人気者ですよ」

鐘宮が話題を変え、望遠鏡を代わってくれる。

荒良女は王都の中心にある広場でぶらぶらしていた。熊の毛皮の隙間から巫女服が見えた。芝生を歩き、植木の木陰に涼み、長椅子で隣に座るおじさんの新聞をのぞいて驚かれた。異教の神に仕える巫女が、歴史活劇映画から抜け出たような姿は、大いに人目を引いていた。素描する者、芸人と勘違いして硬貨を投げる者。写真を撮りたがる金持ちの道楽者もいた。黒い詰襟に警邏兜の巡査がふたり、騒ぎを遠巻きに眺めて、胡散臭げに熊を監視していた。

「たしかに人気者だが、不思議とうらやましくはないね」

奇智彦が言うと、鐘宮は笑う。奇智彦は、望遠鏡を鐘宮に返して、また椅子に戻る。

「しかし何故、王都の真ん中の借り上げた部屋なのだ。近衛隊の施設とか、別荘ではなく？」

「今回の作戦は、隊内でもごく少数の者しか知らないからです。依頼主は、手口や資金力からみても相当の有力者です。しかも近衛隊の長官を狙った。並の神経の者ではありません。近衛隊の捜査から逃れる自信があるのか、逃走手段を用意しているのか、独自の情報源があるのか。考えにくいですが、隊内に協力者を持っているのかもしれません」

「近衛隊内に……」

奇智彦は驚き、おもわず呟く。

近衛隊は王室の親衛隊だ。祖父王の馬廻りを起源とし、大王にのみ忠誠を誓う、国軍や警察とは異なる第三の武装集団。王都や国内要地に、独自の捜査機関と戦闘部隊、通信網を持つ。王宮と重要施設の警備、王族の警護、地元警察では対処が難しい広域犯罪も担当する。

そして公然の秘密だが、近衛隊は密かに、豪族たちの不穏な動きを監視していた。

その近衛隊に秘密の協力者がいるとなると、事態はただ事ではない。

「証拠はございません。ですが、用心すべきと判断しました。それで警備に人手が必要な、広い兵営や別荘は避けたのです。この部屋も一応、別名義で借りてある近衛隊の隠れ家ですが」

何秒か、沈黙が下りる。奇智彦の尋ねる声は、自然と固くなった。

「鐘宮大尉、この作戦のこと……、近衛隊内で、知っている者は何人いるんだ？」

「自分と、今動いている部下たち。あとは司令官と、王族警護の責任者だけです」

また沈黙の帳がおりる。改めて聞くと、えらい大事だ。鐘宮の忠勤に対して申し訳ないことだが、奇智彦は自分がつい先日、近衛隊長官になったことを半ば忘れていた。

「だから、感謝しております」

ぽつりと鐘宮は言った。奇智彦は何の話かのみこめないまま、真面目な顔をつくる。

「このような重大な任務に、真っ先に自分を選んでいただいたこと、大変光栄です。王族の方をお守りするのは近衛兵の誉れであります」

「もちろん、頼りにしているとも」

奇智彦は真摯にうなずいて、心の中でわびた。

『鐘宮は荒良女を熱心に責めそう』という話の後で、とっさの連想で指名してしまってすまん。明らかに鐘宮の経歴を左右する重大事件になってしまった。捜査に熱心なわけだ。

奇智彦は、急に心細くなってつぶやいた。

「やはり石麿か咲を連れてくるのだった」

「あの二人は、少々目立ちますから。殿下にお仕えして長いのですか?」

「年齢が奉公年数だよ。私の乳母子だ。守役の孫、乳母の子、御学友」

奇智彦は杖をいじる。

「鐘宮大尉は、軍人になって長いのかな?」

「年齢が軍隊経験ですよ」

そう言って鐘宮は笑う。少し得意げだ。

「父は陸軍所属で、北の城柵に赴任するとき母も連れて行きました。私は兵舎で産まれ、似たような立場の子と遊び、育ちました」

奇智彦は聴く姿勢をとった。姿勢は大切だ。

「どのような遊びをしたのだ？」

「砲弾の欠片拾いですとか、射撃場で銃弾を掘り出すとか。城柵の麓に集落があり、そこで金屑として買い取ってくれたのです。そうして食べた菓子は本当においしかった」

楽しそうに言ってから、ふと鐘宮は呟く。

「何故あれほど美味だったのでしょう、あんな物が」

「きっとそういうものなのだろう。思い出の味と――」

奇智彦が軽口で返そうとする。

「お待ちを」

鐘宮が緊迫した口調でさえぎり、望遠鏡に集中する。

奇智彦もはっとして窓に忍び寄り、隙間から広場をうかがう。

荒良女の周囲、人ごみに紛れ、ガリア外套の小柄な影が、死角をぬうように近づいていく。

お捻りのふりをして、荒良女の腰の物入れに素早く何かを掏り込む。影はそのまま歩き去る。

荒良女（あらめ）が物入れを確認し、合図として熊頭（くまがしら）を外す。栗色の髪があらわになる。

鐘宮（かなみや）は野戦電話に素早くとりつき、慣れた手つきで把手（ハンドル）をぐるぐる回した。

一度、奇智彦（くしひこ）に向かってうなずいてから、受話器を取り上げて電話の向こうの部下と話す。

「こちら本部。状況〇二、状況〇二。被疑者の特徴は――」

◇　◇　◇

動きがあった日の、午後のこと。奇智彦、石麿（いしまろ）、荒良女、鐘宮、その部下数名は、お忍びで下町を訪れていた。全員私服だった。帝国製の大量生産の短衣（チュニック）に、同じく大量生産の革鞋（サンダル）。

鐘宮が通りをはさんだ反対側の、庶民的な飯屋をそっと示して言った。

「この店までは、標的の足取りを追えました」

荒良女はガリア外套（コート）を着て、帽巾（フード）をすっぽりと被り、飯屋をじっと観察していた。

「この店で振り切られたのか」

荒良女の言葉に、鐘宮は無言で金縁眼鏡を外して私服の胸物入（ポケット）にしまい、代わりに拳鍔（メリケンサック）を取り出す。荒良女は相撲（レスリング）の立ち合いのかまえをとる。立場上、奇智彦は止めに入った。

「ご両人。ご両人とも……。ここは私の顔にめんじて」

私服の鐘宮は、意外なほどに美女だった。肌は水を弾（はじ）きそうにつややかで、黒髪は水にぬれ剣呑たようになめらか。切れ長の瞳、白くすらりとした手足、片腕でも抱えられそうな柳腰。剣呑すぎる眼つきと拳鍔がなければ、東洋趣味の帝国人から彫像のモデルにと依頼されそうだ。

奇智彦は下町で目立たない私服など持っていなかったが、鐘宮が用意した帝国企業の図飾入り短衣は、下町の風景に良く溶け込んでいた。ただ、長袖と長胡袴に長靴にしてもらった。腕は見せたくない。長靴は特注品で替えがない。脚、とくに印象的で高価な歩行補助具を見せたら素性がばれるので布で覆う。そうしたら写真雑誌で見るゲルマニア人みたいになった。

荒良女は周囲をじっくりと観察して、ぽつりとつぶやく。

「ずいぶん貧しい地区だな」

石麿がその言葉を受けて、全員に向けて解説した。

「狗吠街と呼ばれています。元々は身寄りがない者たちの小屋掛けだと。故郷で食いかねた者、召し放たれた奴婢、借金が返せない者、逃亡犯、脱走兵、その家族。それが膨張して街に」

汚い街だった。ゴミの浮く海と、はげ山の隙間に、ごみごみとへばり付いたような街だった。

王都の北にある速波湾と、東の驢越山地の間。湿って傾いて、明らかに居住に適さない場所。そこに無数の掘っ立て小屋が密集していた。木、土、葦、竹、ゴザ、塗鐄、その他、考え得る限りの建材が雑然と使われていた。屋根は茶色い山裾を侵食して、遠目には山の腰鎧と見えた。

荒良女は周囲をいぶかしげに見回して、石麿に尋ねる。

「周りの山、というか山脈か？　木が一本も生えていないな」

「ここの住人が、正規の値段で石炭や薪を買えるほど豊かに見えるかよ。入会権を無視して薪を切り取るやつはまだ良い方。なかには組織的に違法伐採して街で売るやつもいた」

「え、この国の警察は取り締まらないのか？　ここ、腐っても首都だろ。現地の村の衆は」

「違法伐採業者が、豪族方や警察幹部にワイロを贈っているなら、村の衆は泣き寝入りだ」

荒良女は文化差異に当てられたように軽く首を振る。

「その業者はいま何をしているのだ。もう伐採する木はないぞ」

「さあ。別の商いをしているのかな。伐採でためた金を元手に」

「すさまじい国だな……」

民族反乱の頭目である熊は、自分を棚に上げてうなった。

奇智彦は、鐘宮に小声で尋ねる。

「ちょっとこいつら、目立たないか？」

「大丈夫です。この街で目立つのは警官だけですから。周囲の者も気にしていないでしょう」

奇智彦は周囲を見まわす。なるほど狗吠街は民族の坩堝、というより混沌の街だった。石麿や荒良女の渡来系の容姿も、帝国語の会話も溶け込んでいる。

血まみれの男が泥酔して道端で寝ていたが、誰ひとり気にする素振りもなかった。

細く曲がりくねった路の両側には木と土壁の建物。土がむき出しの埃っぽい路地は、地面にゴザをしく行商人たちのせいで余計にせま苦しい。どの家も窓ガラスはなく、木の窓板だった。

通りで、半裸に裸足（はだし）の子供たちが遊んでいる。太っている子はいない。手足の不自由な子も。

鐘宮が奇智彦に、そっと尋ねかえす。

「本当に、入られるのですか？　楽しい場所ではありませんよ」

「足は悪いが腰は軽い。仕事ぶりを見せてくれ」

奇智彦は言って、さっさと店に行く。

片足を引きずって歩く男を目ざとく見つけ、さっそく子供たちが笑い声とヤジを上げた。

◇　◇　◇

目的の飯屋は、入ってすぐ土間だった。入り口に垂らした日除（ひよ）け布をくぐると、仕切台席（カウンター）と、卓子席（テーブル）が三つあった。仕切台の奥が調理場で、そこに店主がいた。不愛想に言う。

「らっしゃい」

黥面（いれずみ）に口ひげの、体格がよく厳（いか）つい男だった。奇智彦はこの街で太った者を初めて見た。

店の奥に座敷があるらしく、店主が立つ仕切台のそばに出入り口がある。

そこには目隠し布が垂らされ、人相の悪い男たちが出入りしていた。

奇智彦と荒良女は卓子に座る。三人の中で最も慣れているらしい石磨が店主に応対する。

「ご亭主、何がある？」

「一杯二〇銭。飯は漬物と汁。魚は別料金」

店主がぶすっと言った。石麿は全員分の酒を頼んだ。

奇智彦は荒良女にささやく。

「あいつ、いやに手慣れてないか」

「近くに娼館らしい店があった。常連だったりしてな」

「誰でい、帝国語を使うやつぁ！」

怒鳴り声に驚き見やると、店主が荒良女をすごい形相でにらんでいた。

「帝助か？　出てけぃ！」

奇智彦は、王国語のわからない荒良女を、仕方なくかばう。

「渡来人だ。いまは同じ王国人だ」

店主は奇智彦もにらみ、不自由な左腕と左脚を見て眉をひそめた。

「おめえ、仕事はなんだ」

「茶館で手風琴を弾いてる」

「てめえら、銭、持ってるんだろうな？」

喧嘩腰の店主に、石麿が紙幣を数枚、素早く握らせると話は片付いた。

酒は、だいぶ薄められた濁酒だった。待っていると、鐘宮と部下ふたりが店に入ってくる。

「らっしゃい」

先ほどと同じく、不愛想に顔を上げた店主が、鐘宮の眼鏡とおでこを見て固まる。

「こ……こ……近衛の姫さま!」

近衛隊(このえたい)と聞いて店の客たちも固まり、熊(くま)に出くわした男を見るがごとく成り行きを見守った。

「見まわりご苦労さんです。こりゃ、いいお日和(ひより)で。……ちょ、調子はいかがで?」

「絶好調だよ、福富屋(ふくとみや)さん。あんたと違ってね」

鐘宮の笑顔は、殺気だった顔より怖かった。

店主は珠(たま)の汗をかいていた。

「今週の警護税は確かにお渡し……あの、命ばかりはご勘弁を」

鐘宮と部下はさも愉快げに笑いあった。ちらりとのぞく鐘宮の八重歯は蛇の牙(きば)をおもわせた。

「今日寄せてもらったのは私用でね。親爺(おやじ)さんの店は久しぶりだな。いやあ、いつも落ち着くねえ。一杯くれ——手前ェらも飲むかァ?」

鐘宮は不気味な愛想のよさから一転、声を張り上げ恫喝(どうかつ)する。

店の客たちは無言の脅迫に屈して、金を卓子(テーブル)に置き、逃げるように店から出ていった。

近衛兵(このえへい)がひとり店の入り口に立って『店じまい』の札を勝手にたらした。

他の近衛兵は店の奥にずかずか踏み込んで先客をつまみだし、店内を堂々と物色した。

話を再開した鐘宮の声は、場違いに穏やかだった。

「じつは、友達の友達を探しているんだ。背丈がこのくらい。ガリア外套(コート)の娘でね」

「はあ、近ごろよく見かける服で……」

店主は隠していた上等な酒瓶と碗を取り出し、たっぷり注いだ。

「あんたと親しく話していたらしいじゃないか。仕切台(カウンター)越しに軽口なんか叩(たた)いたりして」

鐘宮(かなみや)は店主を刺すような目で見たまま、一息で碗を干した。

「ほーう、帝国酒か。景気がいいね」

「いえ、そんな」

「どこでかっぱらってきた、え?」

「へへ、御冗談を」

「娘の名は?」

「……さあ、どこの誰なのか」

沈黙が店をつつんだ。鐘宮は穏やかに微笑(ほほえ)み、ちろりと唇をなめて、思案気に器を弄(もてあそ)ぶ。

「釉(うわぐすり)がかかっているね。土器(かわらけ)じゃない。上等な器だ。この青(あお)磁は大陸製とみたが、どうかね」

「ええ、さすがにお目が高い」

「よっ、張り込んだね、御亭主! 自慢の品だろ?」

「いや、まあ、出物があったんで……」

鐘宮は大きな身振り(モーション)で器を仕切台に叩きつけた。驚くほどの音をたてて器は砕けた。

「手が滑った。代わりの器を。――で、娘のことなんだけどね」

荒良女は濁酒をあおって、奇智彦にささやいた。

「どこも同じだな、警察だの親衛隊だの」

◇　◇　◇

鐘宮たちは流石に手馴れていた。聞き出した名前と特徴と服装を、近衛隊と警察に手配する。駅、幹線道路、空港、港湾の検問所に特徴を報せる。粒金を使う者、とくに娘がいたら通報しろ、と王都の金融機関や両替商や質屋に通達する。ヤサは狗吠街にある危うげな集合住宅の五階だったが、一度こっそり家探ししただけで、見張りをつけてあえて放置した。

ほとぼりが冷めたと判断して、下手人がヤサに戻ってきたのは次の日の薄暮だった。

金や着替えを取りに戻った所に、いきなり近衛隊が突入してきて、下手人は肝をつぶした。

「げっ、青帽子!?」

金を隠した床板の隙間から手を抜く、小柄な少女。人相風体は一致する。

軍服に青い筒型帽の鐘宮が進み出た。

「打猿だな?　近衛隊だ。逮捕する」

「そんな、下に……！」

下手人が窓板の隙間から街路を見下(みお)ろす。

騎兵銃(カービン)を担った近衛兵(このえへい)が、物売りの老婆を見張っているのを見つけ、言葉を失う。

「やっぱり仲間か」

奇智彦が戸口で呟き、下手人あらため打猿を、近衛の肩ごしに見る。

打猿は想像していたよりさらに小柄だった。背が低く、やせて、目が大きいので子供に見えた。実際に子供なのかもしれない。尼削(おかっぱ)にした黒髪の隙間から勾玉(まがたま)の耳飾りが見えた。

男物らしき短衣(チュニック)を着て、細すぎる腰の所をひもで結んでいた。丈が中途半端に短く、静脈の浮いた白いすねがのぞく。玉製の足首飾り(アンクレット)。裸足(はだし)の人差し指に、金色の指輪をはめていた。

「それにしても、なぜ表の物売りが見張りだと気づいたのだ？」

隣に立つ荒良女が尋ねる。熊皮の威圧感がさっきからすごい。

「瓜(うり)を売っていた」

「それで？」

「そばに公共水道があった。瓜は渇きをいやすものだ。池のほとりで水を売る者はおらん」

「水を売るなら砂漠で、か。ふうん」

荒良女は熊皮の下で、誰ともなしに呟いた。

「うう、親方、も少し緩めとくれよ」

手錠付きの打猿が、近衛兵に連れられて戸口に来た。

奇智彦は打猿を見た。打猿は奇智彦を見た。特に不自由な脚を。

打猿の脚に力が込められる。体重移動が密かにはじまる。距離を測る独特の目つき。

長年の経験で奇智彦は悟った。

「鐘み――」

警告は間に合わなかった。


すべてが同時進行し、すべてが奇妙にゆっくりと動いた。


打猿が猫のごとく空中で体勢を変え、狭い部屋を飛び過ぎて窓枠に両脚で着地した。

荒良女は殴りつけるような上段を放ち、掌打は宙をえぐった。

銃を抜く近衛兵たちが目の端に見えた。

殺すなと制止する鐘宮の声を聞いた気がする。

奇智彦の身体は宙を飛び、集合住宅の安普請の廊下、その壁にたたきつけられた。


「飛び降りた、追え！」

鐘宮が街路の部下に怒鳴る。それから思わず吐き捨てた。

「信じられん。五階だぞ」

石麿が奇智彦を抱き起してくれる。

「殿下！　殿下！」

「蹴られたのか、おれは？」

「蹴られました、両足で。長尾驢みたいに」

「吹き飛ばされたか？」

「吹き飛ばされました。殿下を蹴った反動を利用して、あの少女は窓から逃げました」

「子供に蹴られて廊下の端まで飛ばされた王族として、おれは歴史に名を遺すのか？」

突然の暴力はひさしぶりで、頭が混乱しきっていたので、奇智彦はいつになく本音を吐いた。

「クシヒコ、平気か？」

熊頭を小脇に抱えた荒良女が、ぬっとやってきた。

「血は出てないようだな。骨は？」

「分からん。痛いところはないが、左の手足は骨折してもわからんと思う。痛覚があまりない」

荒良女が腕と脚を慣れた手つきで触診して、大丈夫だ、と言った。奇智彦は呆然と呟く。

「信じられない」

「生きていれば、こういうこともある」

「信じられない、熊が頼もしく見える」

奇智彦の軽口に、荒良女は豪快に笑った。熊頭をまとって、奇智彦の肩を勢いよく叩く。

「よし、行こう」

行く、と聞いて奇智彦は一瞬戸惑う。

どこへ、と聞く前に再び体が宙に浮いた。

「殿下!?」石麿が視界の隅でうろたえる。

「荒良女!?」奇智彦は荒良女の肩の上で身をよじる。

「下のやつら、どいてろ!」一声吠えて窓枠を蹴り、熊は重力に身をゆだねた。

◇　◇　◇

ほんの数分のはずだが、奇智彦には数時間のように思えた。

薄暮の狗吠街は遠い異国のようだった。熊姿で走る荒良女は異教の神に見えたことだろう。しかし奇智彦を担いでいたので、いいとこ急患を担ぐ看護人、おおかたは人さらいだった。

「おろせ、バカ!」

奇智彦は怒鳴る。先ほど落下時にすくんだ心臓が、ようやく動き出した。

「バカ!　アホ!　クマ!」

「そんなに褒めるな」

熊は走りながら、常人離れした肺活量で大笑いした。

「クシヒコは、我（わえ）と同じ速さで走れんだろう。見よ、この熊心（くまごころ）」

「痛いんだよ！」

「あ、やっぱりどっか折れてたか？」

「左脚とおまえの間に、金玉がはさまってる！」

「我慢しろ、金玉のひとつやふたつ」

「ふたつしかないんだよ！」と言った後、奇智彦は気づく。

「荒良女、どこを向いて走っている？　打猿（うちざる）の行き先が分かるのか？」

「わかるさ。近衛隊（このえたい）の怒声と警笛の鳴るほうだ」

怒声と警笛が全方向から聞こえてきて、荒良女は「おおう」と立ち止まった。

後ろから自動二輪車（オートバイ）が追って来た。側車（サイドカー）には鐘宮（かなみや）が乗っていた。

「殿下をおろせ、バカ！」

荒良女はおとなしく降ろした。奇智彦は急に地面が固くなって舟に酔ったようになる。

鐘宮が側車から降りて、背筋を伸ばす。

「殿下、この地区を封鎖しましたが、なにぶんすばしっこいやつで」

それを聞いて荒良女は気やすく笑った。息ひとつみだれていない。

「つまり、また見失ったのか」

「その口縫（ぬ）い合わすぞ熊！　失礼、殿下。込み入った地区ゆえ捜索に人手が足りず」

「鐘宮(かなみや)大尉、鍛冶屋(かじや)を探せ」

奇智彦(くしひこ)が、金玉のおさまるところを微調整しながら言う。

「と、申しますと」

「打猿(うちざる)は手錠を外そうとする。金床(かなとこ)、金鋸(かなのこ)、金属切断機のある所へ行く」

おおう、と荒良女(あらめ)と鐘宮と運転手が感嘆の声を上げる。

鐘宮が、手近にあった塗錻(トタン)造りの建物を見やる。

「ご賢察です。なら一番近いのは、そこの横手の缶詰工場」

と言った後、鐘宮は何かに気付き、さっと双眼鏡を取り出した。

奇智彦も小手をかざして見やる。よく見ると、天井近くの採光窓が開いている。

鐘宮が拳銃を二丁、拳銃入れ(ホルスター)から抜く。服でも着るみたいな自然な動作だった。

「あの身軽なやつなら、あそこからでも入れる。わたしが突入して調べてきます」

奇智彦はわが耳をうたがう。

「一人でか？　こちらの近衛兵(このえへい)と共に行っては？」

鐘宮が両手の拳銃をさして笑う。経験に裏打ちされた、自信ある笑い方だった。

「二つで充分ですよ」

それから運転手に指示を出す。

「軍曹、皆に連絡をまわせ」

そのとき、荒良女がずいっと前に出た。不敵に笑い、相撲取り(レスラー)のごとき風格で腕を組む。

「カナミヤ、我(われ)もまぜろよ」

「後ろから撃たれる心配は、しなくていいのか？」鐘宮が笑顔のまま笑えないことを言う。

「狙ってくれるならむしろありがたい。当たらんからな」荒良女も笑顔のまま挑発する。

「仲良くしてくれよ」

奇智彦は、いちおう釘(くぎ)を刺してから、近衛隊(このえたい)の側車(サイドカー)に乗りこもうとした。

そのとき、大きく温(あたた)かい手に襟首をむんずとつかまれて、猫の子みたいに持ち上げられる。

奇智彦は、気づいたときにはまた荒良女の肩の上にいた。思わず叫ぶ。

「荒良女、おい、今度は後ろ前だぞ!?」

「さあ行くぞ、クシヒコ！」

人さらいの熊(くま)は、問答無用で駆(か)けだした。

奇智彦は尻を先頭に高速で運ばれ、びっくりした顔の鐘宮がどんどん遠くなっていく。

「お待ちください、殿下……、待て、この熊女！」

鐘宮は荒良女の背を拳銃で狙ったが、奇智彦に当たるので、すぐにあきらめて走った。

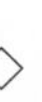

女たちの脚は速かった。ものの数分で塗鉄張りの工場にたどり着く。

工場には扉がふたつあった。でかい搬入口と、事務員か夜警が使うらしい安普請な木の扉。

その扉の番をしていたやくざ者三人を、荒良女と鐘宮は、音もたてずに武装解除した。

鐘宮は、拳銃を突きつけて一人を武装解除した後、工場の周りを調べに行った。

荒良女に頭を摑まれ、互いにぶつけられた二人は、まだ床で昏倒していた。

奇智彦は、捕らえたやくざ者の証言を、帝国語で荒良女に伝える。

「まずいな。密造酒の取引中だったようだ」

「密造酒？」

荒良女が帝国語で呟き首をひねると、やくざ者が恐怖に身をすくめる。本当に熊あつかいだ。

「政府の専売品である麦酒や蒸留酒の違法取引だ。この工場が受け渡し場所だ、と」

奇智彦は周囲を見回した。もう日暮れでうす暗く、周辺に人気はない。二十四時間稼働する工場ではないのか、すでに潰れているのか、あるいは人払いがされているのか。

「打猿め、やくざ者に顔がきくらしいな。これで話がややこしくなった。護衛がわんさかいる」

そのとき鐘宮が、腰をかがめて偵察から戻ってきた。

「あの打猿とか言うガキ、やくざに捕まっていました。どうも取引現場だと知らずに潜りこんだようです。やくざ者たちが、互いの間者だと思い込んで、殺し合い寸前になっています」

奇智彦は、どこか理解が追いつかないまま、わかった、とうなずいた。

「これで話はもっとややこしくなったな……。鐘宮大尉、近衛隊はいつ到着する？」

「早くてもあと十分はかかります。地区を囲むために分散させましたから」

みんな、黙った。奇智彦は疲れをごまかすお道化声で言った。

「近衛隊では、このような場合どうするのだろう」

「熊ならこうする」

荒良女は拳を鳴らして笑うと、やくざ者は恐怖に目を見開いた。

それを、奇智彦が止める。すでに脳みそは回転しはじめていた。

「まて、計略は役に立つ。かさばらないから片手で持てる。鐘宮大尉、五分で片を付けるぞ」

工場の安普請な扉が、派手な音をたてて蹴り破られる。

破壊された扉から二足歩行の熊が現れたとき、やくざ者たちは一様に動揺した。

「なんだ、あれ!?」

もっともな叫びをあげるやくざの群れに、荒良女は飛びこんだ。

低い姿勢で、人垣を縫うように走る。木々の間を走る熊のように。邪魔なやつは吹き飛ばす。

恵まれた体格と、相手の重心を瞬時に見抜く目を活かしたぶちかましは、まさに熊のわざだ。

頭目と見える者ふたりを捕らえる。小首を抱えられた二人は苦しくうめいて酸素を求める。

「親方ァ!?」

「おい、ハジキを！　この熊野郎、ぶっ殺せ！」

拳銃や猟銃、水平二連の散弾銃を持ったやくざが、我に返って得物をかまえようとする。

「撃て、撃て――」

という鬨の声をかき消す、機関銃のごとき連射音！

何人かのやくざ者がなぎ倒され、床に転がって悲鳴をあげた。

皆が身をすくめ、音源を探し、扉の側で両手に銃を持つ近衛兵を見つける。

近衛兵――鐘宮は、銃を持つ者だけを正確に狙った。余計な弾を使わず、撃ちもらしもなく、十二発を一呼吸で叩きこむ。弾切れになった二丁拳銃を捨て、もう二丁をかまえる。

「近衛隊だ、武器を捨てろ！　三秒待つ！」

やくざ者たちは、思考停止に陥った。指示を出す頭目と、頼みの飛び道具を同時に失い、衝撃と恐怖に脳みそが凍り付く。呼び笛の音がピリリリと静寂を破り、窓から叫び声がする。

「三班は裏へまわれ！」

ひとりのやくざ者が竹槍を捨てて両手を上げ、群集心理が働いて、全員が後に続いた。

そのことを窓の隅から確認した奇智彦は、鐘宮に借りた警笛を口から離して、深いため息をついた。腕時計を確認すると、本当に五分しか経っていなかった。鐘宮にはああ言ったが、信じられない気持ちだった。警笛を持つ右手は、今ごろ震えていた。

それから奇智彦は、本物の近衛隊が駆けつけてくれるのを、今か今かと待った。

◇　◇　◇

十五分後に近衛隊が駆けつけた。三〇分後には連絡を受けた警察が来て、やくざたちを連行していった。それから十五分が経つ。鐘宮は、床に転がる打猿を思うさまに蹴っていた。

打猿は、後ろ手に手錠をされ、足首に縄をうたれ、手足を荒縄で逆海老に繋がれていた。そうして身を守ることもできずに、饂飩生地のように踏みつけられていた。

奇智彦は工場で、それほど汚れてない椅子を見つけ、腰かけた。そろそろと脚を屈伸させる。

「五階から飛び降りるお前らと、張り合わなくてよいのが唯ひとつの慰めだ。始めから土俵の外に落ちていると、かえって気が楽になる。それにしても石麿のやつ、今どこにいるんだ」

荒良女はずっと、腕組みして物問いたげに立っていたが、奇智彦にそっと尋ねた。

「いいのか、あの乱暴狼藉を止めなくて？　証人が死んでしまうぞ」

「いまおれが止めたら、打猿は後で誰かに殺される。王族を蹴り、近衛隊を愚弄したのだから」

荒良女が天を仰ぎ、首を振る。

「なんとおやさしい王子さまだ」

「こういう形の温情もあるのだ。よかったな荒良女、おれの庇護民になれて」

「どの口が……、あ、そろそろ終わりそうだ」

奇智彦は立ち上がり、派手な身振りで声高に近寄った。

「皆、乱暴なことは。わたしの顔に免じて」

荒良女が、いわく言い難い表情でついてくる。

「熊はいま、若干、汝のことが嫌いになりそうだ」

芋虫のように横たわる打猿を、近衛兵が引っ立てて膝立ちにさせる。

鐘宮がしゃがみ込み、顎をつかんで顔を上げさせる。

奇智彦は肩ごしにのぞき込み、驚く。打猿の目には、まだ力がある。

鐘宮が荒良女を顎で指す。

「この熊女に渡した手紙の、出元は？」

打猿は何も言わない。下唇をかんで鐘宮をじっと見返した。

痛みか恐怖か緊張か、息が荒い。

「近衛隊本部の地下に何があるか、噂を聞いたことは？　残酷で、好色な、黒い噂だ」

鐘宮は青帽を弾き、それから犬歯を見せて笑った。

「すべて本当だ。コソ泥がひとり消えても、誰も気にしない」

「……じゃない」

打猿がささやく。みなが聞き耳を立てる。

「コソ泥じゃない。盗賊だ」

鐘宮が派手に笑うと、近衛兵たちも追従して笑う。吠(ほ)えるような笑い声は威嚇(いかく)に似ていた。

「盗賊なら、利腕切断刑(ききうでせつだん)だな」

鐘宮は相手の無知に付け込み、刑法にない適当な刑を言う。打猿は恐怖に目を見開く。

「後ろのやつみたいに？」

打猿の目は奇智彦を見ていた。

奇智彦はむっとし、右を前に斜(はす)にかまえて荒良女の後ろに移動した。

「あれは別件だ」と鐘宮はあいまいに誤魔化した。

「どうする。ご自慢の腕が落ちたら、盗賊稼業も続けられんぞ」

「知らない！　知ってても言うか！」

打猿が精いっぱい強情を張る。奇智彦は、割ってはいる機会を、熊の背後から探る。

「ところで、こういう時に近衛ではどういうことをするのか」

「そうですな、まず手始めに一束(いっそく)ばかりの針を火であぶって熱し、爪の間に」

「やっ、やれよ！　やりゃあいいだろ！」

「やると言っているだろう」

打猿はやけっぱちで叫ぶ。鐘宮はふつうの口調だった。本当にやり慣れた者の落ち着きだ。

「すこし、いいだろうか」

惨劇が始まる前に、奇智彦が割って入る。

「盗賊の打猿（うちざる）よ、なぜ話さないのだ？　銭か？　それとも依頼人の報復が怖いか」

「そんなんじゃねえ！」

「なるほど、確かにあの速さなら報復も届くまい。では、暗黒街の筋と言うやつか？」

打猿は黙り込む。肯定と同じだ。優しく出る相手には、意外と素直らしい。

「だがそなたは、暗黒街の筋をもう破ってしまった」

奇智彦（くしひこ）はぽつりと呟くと、大儀そうに身をよじり、脚をわざと引きずって下がろうとする。

「まて、足曲がり！　どういうことだ！」

縛られた打猿が、目を見開き、身をよじる。魚が針に食いついた。

「あのやくざ者たちは、打猿が近衛隊（このえたい）に通報したか、少なくとも呼び寄せたと思うだろう。組織ふたつと、近衛隊に目をつけられた以上、この街で生きるのは難しいのではないか」

「そ、そんな……あたしは金鋸（かなのこ）を探してて、捕まって……」

「あの者らが、その説明を信じてくれたらいいのだが……」

必死の言い訳を奇智彦は暗に却下する。

打猿はがっくりと顔を伏せる。今までで一番こたえたらしい。

弱ったところに奇智彦は吹き込む。

「もし手立てがあるとすれば」

打猿が、がばりと顔を上げる。

「いや、やっぱり素人（しろうと）考えはやめとこう」

奇智彦は引き下がるそぶりを見せる。

「言え、足曲がり！」

打猿は必死で食らいついた。暗黒街の掟破りは近衛隊より怖いと見える。

奇智彦は、失礼な呼び方に腹が立ってきたのを巧みに隠し、親切な助言者として言葉を紡ぐ。

「打猿よ、生き残るためには近衛隊に協力するのだ。そうしたら報復から守ってくれる」

「する！　何でも言う！」

打猿は身をよじって、鐘宮（かなみや）の軍服の袖（そで）に必死で嚙（か）みついた。

鐘宮は一瞬、『え、自分がこいつを守るの？』と言いたげな、迷惑そうな顔をした。

◇　◇　◇

打猿の話を、とっ散らかった順序と、足りない語彙（ごい）を補ってまとめると、大体こうなる。

ある日、打猿は仕事中に、黒外衣（フロックコート）を着た男に声をかけられた。齢（とし）は五〇がらみ。裕福そうで身なりはよかった。高価な腕時計をして、指輪をいくつもはめていた。印章指輪はなかった。

黒外衣の男は、裏仕事の仲介屋の名を出して言った。打猿に仕事を頼みたい。実はある身分高い人の奥方に恋をしてしまった。奥方の召使にこの革袋を渡してほしい。中身は恋文と贈り物の粒金だ。召使は、大通りに行けばすぐに見つかる。熊(くま)の毛皮をまとったでかい帝国女だ。

打猿(うちざる)は礼金を受け取り、この半端仕事をこなした。それから一〇日ほどして男がまた現れ、二度目の恋文を渡してくれと言った。打猿は依頼を受け、熊に掏(す)り入れ、そして今に至る。

鐘宮(かなみや)は部下を集めて、てきぱきと指示を出した。さっきまでの凶暴さが嘘のようだ。

「軍曹、本部で手配しろ。男の人相書きを作れ。お前たちは仲介屋に行け。殺すなよ」

それから鐘宮は奇智彦(くしひこ)に向き直った。奇智彦は、打猿に話が漏れないよう帝国語で尋ねる。

「黒外衣(フロックコート)の男を探すのだな。こういうとき、近衛隊(このえたい)ではどうするのだろう」

「男の取れる手は一つです。王都の富裕層にまぎれて逃亡する。しかし、幸(さいわ)い逃亡は困難です。今は戦時で間諜(スパイ)への監視が厳しい。裕福な市民が、王都から大金を持ち出したり、身一つで急に王都を離れたりすれば、監視網に引っかかります。追跡できる。脅威にはならない」

「では、脅威なのは？」

「男が王都に潜伏し、正規の手続きで資金を移した後、逃亡先から再度、刺客を送る場合。そうなる前に、高級住宅や旅館(ホテル)を片端から捜します。これからは時間との勝負となります」

奇智彦と鐘宮は、緊迫して目を落とした。床の打猿と目が合った。

「あの、近衛のお姫さま、素直に全部話したんですけど……」

打猿が精いっぱい媚(こ)びるが、鐘宮は今気づいたようなそぶりで打猿を見下(みお)ろす。

「ついでに、これを牢へ連行しろ。懇(ねんご)ろに責めたら、もっと思い出すだろう」

「え、そんな殺生な!?」

打猿が必死に身をよじるが、厳重に縛られていては何も出来ない。

近衛兵が、打猿の手足をつないだ縄をつかんで宙に持ち上げた。少女は苦痛に身をよじる。

「腕が抜けるっ……！　背骨が折れるっ……！」

「それはこれからだよ」

鐘宮のひどい冗談に、近衛兵たちは快活に笑って仕事に戻った。

奇智彦は打猿を見た。世界の合理的な残酷さにつかまり、苦痛にもがいている少女を。知らずとはいえ自分の暗殺の片棒を担ぎ、自分を蹴って、手足について無礼な発言をした少女を。

奇智彦は内心でため息をつく。自分で自分がいやになる。なんで俺が。

「どうしても牢に入れねばならないか？」

奇智彦が帝国語で尋ねると、鐘宮は怪訝そうな顔で振り返った。

「なにか、お気に召さぬことが？」

鐘宮も帝国語で返答する。打猿に余計な情報を伝えたくない、という奇智彦の意図を察して。

「いや、正直に話せば近衛隊が守ってくれるやもといったのは、私であるから」

「お気になさることはありません。下賤の盗人です。誓いを守る価値はない」

鐘宮の口調は事務的で、慣れて、とても乾いている。

「それに、依頼主に報せるかもしれません。嘘だったときは改めて責めねばなりません」

「ならば例えば、私の屋敷に閉じ込めても同じであろう」

近衛兵（このえへい）は、何やら命令系統の上の方で異論があると気づいて、重い荷物を床におろした。受け身も取れない姿勢で落とされた打猿（うちざる）が、ぐうえっ、と悲し気な声をあげた。

「殿下は、お優しい方」

鐘宮（かなみや）はさぐる。何か理由があるのか、偉いやつの気まぐれなのか。

奇智彦（くしひこ）は説明する。穏やかに、論理的に。

「先ほどの大捕り物は、すぐ王都中に知れ渡る。依頼主に特別な伝手（つて）があれば、打猿の逮捕を知って王都から逃亡するかもしれない。あるいは近衛隊（このえたい）の牢で、打猿が口封じに殺されるかも」

奇智彦は、鐘宮自身が考えた『内通者仮定』に乗っかった。自論を取り入れてくれた意見は、なかなか無下にはできない物だ。鐘宮みたいな加虐趣味者も意外とそこは変わらないのである。

鐘宮の顔つきが変わる。苦情処理係の顔から、捜査官の顔に。奇智彦は、畳みかける。

「だから打猿は逃げた、ことにする——粒金をすべて盗んで、な」

鐘宮は、じっと思案していたが、奇智彦の言葉に顔を上げる。

「粒金を?」

「筋書きはこうだ。打猿は、黒外衣（フロックコート）の男の依頼で、革袋を熊（くま）に掏（す）り入れた。ところが袋は空（から）だった。打猿は粒金を盗み、手紙を捨てたのだ。だから熊も奇智彦も近衛隊も、打猿本人も陰謀のことなど知らない。打猿が誓いを守らぬコソ泥なら、不思議はないだろう」

鐘宮は、じっと考えて、奇智彦に問う。

「その方法では、不自然な点が出ます。なぜ今日、この工場に、近衛隊が出動したのです」

奇智彦の頭脳は、すでに滑らかに回転していた。即座に答えをはじき出す。

「鐘宮たちは、密造酒一味の捜査中だったのだ。打猿も一味の関係者で、身の危険を感じ、粒金を手に王都から逃走した。コソ泥だから、逃げても誰も気にしない。社会的地位ある黒外衣の男とは違う。近衛隊は一応手配したが、逃走資金は豊富だし、見つからんだろうな」

鐘宮はまだ考える。瑕疵を探している。奇智彦は、さらに、自分の案を売り込む。

「わが屋敷ならうってつけの隠れ場所だ。色々な者が出入りするから打猿も目立たない。従士も親密な者ばかりで内通者はまず居ない。警備の近衛兵が常駐している。打猿の逮捕と自白を、しばらくの間は隠しておける。そうやって稼いだ時間で、黒外衣の男の正体を探るのだ」

鐘宮は、じっと考え、眼鏡を外して目頭をつまむ。それから、二度目の問いかけをする。

「城河公がこの数日、人前に姿を現さなかったのは不自然では。新聞でも取り上げられました」

「本当に病気だったのだ。誰だって病気にはなる。不自然なことなどない。病名は、適当に見つくろってくれ。適度に隠したい症状がいいだろう」

鐘宮は続けて、三度目の問いを放った。

「お屋敷に帰るならば、殿下の身辺警護を増やさねば。しかし、その口実がありません」

「屋敷には今頃、怪文書や殺害予告状が山ほど届いている。この奇智彦が重病だと報道された後は、毎回そうなのだ。私は嫌われ者だからな。それを口実に警護を増やしてくれ」

奇智彦は、さらに一押し、鐘宮に畳みかける。

「まさか黒外衣の男も、逃げたはずの打猿が、奇智彦の屋敷にいるとは思うまい。こちらから教えてやっても、きっと信じない。真実は信じがたいものだ」

奇智彦は説得の効き目を調べたくて、鐘宮の顔をさり気なくうかがう。そして戸惑う。

鐘宮は、感情のうかがえない瞳で、凝っと奇智彦を見ていた。

奇智彦には、いい兆候なのか悪い兆しか、測りかねた。

鐘宮は踵を返し、床に転がる打猿に歩みよった。片膝をついて腰の蕨手刀を抜く。

恐怖に両目をむく打猿の、手錠と足をつなぐ縄を切って楽にしてやる。

「あ、ありがと、近衛の姫さ」

どん！　と、勢いよく刀が床に突きたてられる。打猿の顔とは三センチと離れていない。

鐘宮は静かに脅しつけた。蛇の目で。

「逃げたら殺す。無礼を働いても殺す。たとえ何もしてなくとも、あの方が望まれたら殺す。忘れるな、鐘宮が与えるものは、鐘宮が奪う」

打猿は恐怖で小刻みに震えた。目尻に涙がたまった。はだしの足の指が固く結ばれた。

充分おびえたと判断して、鐘宮たちは手錠を外し、足縄を切る。

「行くぞ」

鐘宮が言うと、近衛隊は引き上げにかかる。

「さあ、行こう」

荒良女が腕を腰に当てて堂々と言う。奇智彦たちも引き上げどきだ。

打猿は手錠で締め付けられた跡をさすりさすり、熊皮をまとった巨大な異国女と、手足の不自由な謎の男を見比べて、そっと奇智彦に寄った。こっちの方が話は通じると見抜いたらしい。

「あの、ありがとうさんです、足曲が……親方」

打猿はなんと帝国語で言った。

奇智彦も、荒良女も、驚きに目をむいた。

「汝、わかるのか、帝国語!?」

「当たり前ェだ、手前みてえな田舎もんと一緒にするねェ!」

荒良女が打猿の首をひっ掴み、片腕で宙に持ち上げて揺すぶる。

降ろされた打猿は下手に出た。

「げほ、えほっ、熊の姐さん……すいません、げほ。ヤンチャしちゃって」

「我に掏りこんだ手紙を読まなかったのか?」

「読み書きは専門外で……しゃべるのは、もう、聞き覚え一本槍で」

打猿は奇智彦に、というより奇智彦の背後の鐘宮に、ぺこりとお辞儀した。

「ええと、親方、なんとお呼びすれば」

奇智彦(くしひこ)は、正直に答えると事情がややこしくなるので、きわどい冗談口で適当に返す。

「足曲がりの左腕男だ。名前など知らん方がいい」

ちょうどそのとき、今ごろ来た石麿(いしまろ)が大きな声で言った。

「王弟城河公(きのかわこう)がこちらに居られるはずなんだ……あっ、殿下！」

脅威がきれいに去った工場に、石麿は勇猛果敢に乗り込む。

「殿下、ご無事ですか！」

「今の今まではな」

奇智彦は思わず、石麿をまじまじと見た。どれだけ間が悪いんだ、こいつは。

「いやあ、探しましたよ。近衛兵(このえへい)に聞いても答えが毎回違うし、この辺の道は迷路みたいだし。また会えてよかった、ほっとしています。それで帰り道はどっちでしょう」

「お前、本当に俺の護衛なのか？」

ちょいちょい、と奇智彦の肩をつつく者がある。

荒良女(あらめ)だった。荒良女は床を見ていた。

打猿(うちざる)が床に土下座していた。

打猿の肩は小刻みに震えていた。両手で両目をおおっていた。

「あー、打猿……」

奇智彦が恐々声をかけると、打猿は土下座したまま頭をぶんぶんと振る。

石麿がそばに片膝をついて話しかけると、打猿がぼそぼそと答えた。

「王族のお姿を直に見た目が失明すると、悪口を放った舌が腐れ落ちると恐れているようです」

「暗殺しかけたのと蹴ったのを、まず後ろめたく思ってほしい」

奇智彦が驚き、おもわず呟くと、背後で熊皮をきた荒良女が訊く。

「この国って、一般人はいまだこんな感じなのか？」

奇智彦は疲れから、つい、かっとなった。

「おまえに言われたか無いんだよ！　なんだその熊！」

そこに、石麿がおずおずと言う。

「あの……。殿下に、下宿の婆さんの膝を触ってやって欲しいと、この者が」

「膝!?」

奇智彦は打猿の意図をくみ取りかね、困惑して繰り返す。

「貴人が触ると、病の虫が去るのだとか……」

「そう信じられているのか？　え、いまだに!?　祖父王の御代ではないのだぞ」

背後で、荒良女がうなり、感心したようにつぶやく。

「まるでエジプト王だな。神権と王権が分離されていないのだ。実物、初めて見た」

打猿があんまり強情なので、奇智彦は仕方なく婆さんを触りに行った。

その後、石麿に、婆さんを医者に診せてやれと命じた。

第四幕　人は教えている間に学ぶものだ。

Homines dum docent discunt.

近衛隊の大捕り物は、わずか四日で飽きられて、すでに王都では噂も立た無くなっていた。捜査に進展はなかった。鐘宮は何も言ってこないが、忙しいのは伝わってくる。

そこで奇智彦は、自分だからこそ出来ることを、やることにした。

打猿に依頼した黒外衣の男は、どうやら裕福な生活をしている。豪族、地主、商店主、退役軍人、街の名士あたりだろう。そういう人たちが一堂に会する場が、いまの王国にはある。

王国軍と帝国軍を大陸の戦場に送り出す、軍事行進がそれである。


「なあクシヒコ、本当に来るのか？」

「おれが知るか。真面目に探せ、黒外衣の男だ。参列しているかも」

「探しようがない。似たような礼服がいっぱいだ」

荒良女が退屈しきってむくれる姿は熊に似ていた。

目立つ奇智彦と熊の周りを、石麿と、石麿の従兄弟がゆるくとりまく。野外のうえ人が多い日なので、護衛も増員していた。人垣をかき分けるように、奇智彦たちはゆっくりと歩く。

「黒外衣の男は、元軍人の可能性がある。打猿が手がかりを思い出したのだ。黒外衣の男は腕時計を見て、『一五〇五時(ヒトゴマルゴ)』と何気(なにげ)なく言ったらしい。軍隊式の読み方だ。王都の社会的地位ある軍隊あがりなら、間違いなく招待されている。この軍事行進(パレード)にな」

作戦はこうだ。目立つ奇智彦と荒良女を囮(おとり)にする。奇智彦暗殺計画が、決行前か失敗後か、黒外衣の男は知らない。荒良女と打猿がとうに白状して捜査に協力していることも知らない。黒外衣の男は、奇智彦の様子を確認しようとするだろう。直(じか)に挨拶(あいさつ)に来るか、遠目に探るか。

この行事は混雑するし、軍関係者なら警備も緩い。まさに絶好の機会だ。それを逆手にとり、奇智彦の周囲に私服の近衛兵(このえへい)を配置して、不審な者を探させる。奇智彦と荒良女は、あらかじめ用意した口実をつかって、黒外衣の男を探せばいい。

そういう作戦だった、のだが。奇智彦はぽつりと漏らす。

「こんなに人が多いとはなあ」

すでに屋台や客引き、演説家に曲芸師までいた。当然だが、身分ある人はみんな正装だった。熊は不機嫌にうなる。

「第一、いつやるんだ、その行進。ずっと始まる始まると言って、もう二時間ではないか」

「色々あるんだよ」奇智彦はぼやいた。

大陸では、帝国軍と王国軍とが主体の『同盟軍』が、共和国軍と戦っている。帝国軍の、そして実質『同盟軍』全体の指揮官が、王宮の宴(うたげ)で荒良女を押し付けてきたあの司令官だ。

王国は、国内の演習場や備蓄物資、食料、医療設備、港湾、その他を帝国軍に提供している。

帝国軍は、大陸で消耗した部隊を輸送船に乗せて、遠い帝国本土ではなく近場の王国に送り、兵士を休養させ、部隊を再編して、大陸にまた送っている。

王国軍は弱体だが、そういう事情で、帝国にとって王国はかなり重要な同盟国なのだ。

王国市民にも戦況は、報道や帰還兵の口を通じて伝わっている。『敗けてはいないが今すぐ勝つ見込みもない』くらいの一番興味をかき立てられない内容だ。当局はなんとか豪族と市民の士気を高揚したいが、カネはない。兵士は人件費が安くすむ。それで行進（パレード）をやる。

今回行進する軍勢は、王国陸軍と近衛隊（このえたい）、王国で再訓練した帝国軍の部隊だ。

ほとんどは式典終了後、そのまま輸送船に乗せられて大陸戦線に送られる。

部隊は王都演習場に一旦（いったん）集結し、首都の目抜き通りを行進して市民に威容をたっぷり見せて、中央広場の大演台にしつらえた貴賓席（きひんせき）の前を横切って広場に整列する。兵士と市民に向けてお偉いさんたちが演説し、あとは国旗を上げ下げ、国歌を斉唱する。そのはずだった。

ところが王都気象台が、午後から空模様が悪くなる、と言ってきた。

すると運営の接待係や衣装係が、王侯貴顕が雨に降り込められたら困ると文句をつけた。

王国軍のえらいさんが、日延べしようと無責任に言いだした。

帝国軍が、それじゃ部隊の輸送計画がめちゃくちゃになると抗議する。

それでどうするか、いま口論している。

荒良女（あらめ）は、ふむん、と不機嫌に息を吐く。

「これだけの王侯貴族が、あれだけの軍勢が、雨ひとつで何故こんなにもめる」

奇智彦は、不平ばかり言う熊が、だんだん憎々しく思えてきた。

「もめる機会があればもめる。間違う機会があれば間違う。それが人間だ。恨むなら雨を恨め。まったく、しゃくに障る雨だ。降るならいっそ降ればいいのに」

運営の天幕で係の者と打ち合わせていた咲が、奇智彦を見つけて声をかけた。

「殿下、段取りが一部変更されました。幸月姫さまとの写真撮影を、お先にお願いします」

奇智彦は、嬉しい知らせに、おもわず顔をほころばせる。

「よかった。姫は行進を見ると、いつも興奮なさるのだ。雨のおかげで面倒が省けた」

荒良女は、不満そうに奇智彦を見つめる。

「さっきのいままで言っていることが違うぞ」

「それもまた人間だ」

奇智彦がおどけると、荒良女は熊頭をかぶって外界を遮断した。

◇　◇　◇

華やかな部分はいつでも一瞬だ。梅はしぼみ、紅葉は散り、花火は燃え尽きる。軍事行進も同じである。新聞の一面を飾るような良い絵は数分で、その前後はだいたい待ち時間と演説だ。

構図のよい写真は、その一瞬を人工的に拾い上げる努力のかたまりなのだった。

「はあい、両殿下。この透鏡をご覧くだ——姫さま、透鏡をご覧ください、こちらです！」

撮影所は広場に面した劇場内に設けられていた。でかい閃光器のついた写真機の向こうで撮影係が猫なで声を出し、撮影助手や乳母が人形を使って幸月姫の気をひこうとする。

「さちさま、あの透鏡なるもの、撮るときに向こうの者の顔が透けて見えるとご存じか？」

奇智彦が罪のない嘘をつくと、膝の上の幸月姫が「ええ!?」と透鏡を凝視した。

「はい、笑って！」撮影係が素早く閉鎖幕を切る。

何も起こらない。撮影係と助手がでかい写真機に取り付いて調べ、係の者は閃光器の玉が不良品だったと平身低頭にわびて、助手は替えの玉を取りに走った。奇智彦は鷹揚に笑う。

忙しい中の暇な数分は、たいてい持て余す。

奇智彦は王宮を眺める。王都東の丘にある白壁と赤屋根。とくに目立つ塔は、王の権威を象徴し、王都と湾を一望する景勝地であり、王都で戦乱があれば機関銃と狙撃兵が配置される。

誰かが、奇智彦の袖をちょいちょいと引く。

奇智彦は見る。天女みたいな結髪の、膝の上の幸月姫が、可愛らしい笑顔でお願いのかまえ。

「くしさま、サメの手の話をしてください！」

子供の無邪気な笑顔は見ていて心が和む。

「お祖母さまに、御崎の離宮に置き去りにされたのです」

奇智彦は展開を考えながら話した。

「そこで私は考えた。速波湾のサメに『一族の数を数えてやろう』と持ち掛けて、ずらりと並ばせたのです。その背中を跳んで、海を渡ろうとした！　ぴょん、ぴょん、ぴょん！」

「おお！」幸月姫が目を見開く。

「ところが、もう少しであばかれて、サメに手足を食いちぎられた！」

「ええッ！」幸月姫が両手でおのれの頰を揉む。化粧が崩れなければよいのだが。

「痛いよう、痛いようと泣いているとき、鷹原公がやってきた！」

「お空の叔父さま！」なぜか幸月姫は、鷹原公を飛行機に住んでいる人と思いこんでいた。

「叔父さまが教えてくれた。海の水につけて乾かすと手足が生えてくると。私はよろこんで言う通りにする――、すると、なんと痛くてたまらない！　塩をふいて、じくじく、じくじく」

「きゃー！」幸月姫は奇智彦の膝の上でぼいんぼいんと跳ねる。

「そこに、お父さま、大王さまがやってきて、帝国人の技を教えてくれたのです。真水で清めて、刈り取った田んぼの稲場に行って稲穂をつけ、よく揉めば手足が生えてくると」

「おおう！」幸月姫の目が、世界の広さと父への尊敬に見開かれる。

「そして、生えてきたのは――」

奇智彦が声を潜める。

「サメの手！」

幸月姫が、奇智彦の左手、黒革の覆型手袋(ミトン)にすがりついて無邪気に笑う。

動かぬ左腕の筋に走るにぶい痛みを、口中を噛(か)んで抑え、奇智彦は笑顔を保った。

助手が走って戻ってきた。玉(バルブ)を替え、準備ができましたと言った。

写真を撮る。

宮廷服の奇智彦が、伝統衣装の幸月姫を膝にのせ、右手で抱える。

左手には黒と銀の指揮杖(しきじょう)。左脚には銀の添え骨と黒い革帯(ベルト)。

撮影が終わり、控えていた乳母(うば)に幸月姫を返却する。

「あの、申し訳ありません、城河公(きのかわこう)」

乳母の言葉に、奇智彦は大仰に両手を広げて笑う。

左腕は腹の所までしか上がらなかった。

会場の人ごみに戻ったら、荒良女(あらめ)がすっと近づいてきた。

「クシヒコは、子供に好かれるんだな」

「子供は怪物が好きだからな」

「ひねた言い方しかできないのか？」

「奇智彦(くしひこ)殿下は弱い者にはやさしいのだ。奇智彦を怖がらせない者は怖がらせない」

奇智彦がおどける。荒良女(あらめ)は天を仰いでちょっと黙る。

荒良女は、暑いのか熊皮を腰巻にしていた。熊皮に手を当て、言う。

「なあ、あのサメの話、本当に作り話か？」

「聞いていたのか、耳がいい熊(くま)だな」奇智彦はまともに答えるのを避けた。

「ところで、おれを見つけるのがずいぶん早かったようだ。何かコツがあるのか？」

「歩き方で見つけた。人間を鑑別(かんべつ)するのに一番有力なのは歩き方だ」

「おれは目立つだろ。歩き方が他人(ひと)と違うからな」

「女子(おなご)の落とし方を知らんやつだ。よくぞ見つけてくれた、これは運命では、と何故(なぜ)言えん」

「女子の落とし方に詳しいな。では訊(き)くが、女子にはいつ言い寄ればいいのだ？」

「泣いてるとき」

「熊は実際的だな」

奇智彦は右手に持った杖(つえ)の握りをあごに当てる。それなりに冷たく心地よい。

「泣いているとき、と来たか。倫理にはもとるが、功利的だ」

「クシヒコよ、利益を求めて何がわるい」

「地獄行きを阻止する令状(れいじょう)はないぞ」

荒良女はにやりと笑う。

「死後も有効な令状だってない。殺してしまえば恨まれん」

奇智彦は、感嘆とあきれがないまぜになったため息をつく。

「おまえを見ていると、母上(ははうえ)を思い出すよ」

「口説いているのなら、最悪の文句だぞ」

「母上はお前のような考え方をする人だった」

「その話、続くのか？」

どん、と午砲(ごほう)の音がした。

一〇時半に行進(パレード)開始予定のはずが、もめているうちにもう正午だ。

「いまの音は？」

荒良女は正確に、音源である北西、湾の御崎(みさき)の方をむく。やはり耳がいい。

「正午の合図だよ。津守(つもり)御崎の砲台で、水兵が空砲を撃つ」

「ツモリミサキとは、あの要塞があるところか？　岬の先っぽの？」

「よく見ているな。そう、津守離宮(りきゅう)が建つところだ。戦乱の時代には、あっちが王宮だった」

奇智彦は暇に飽かせ、杖の先で宙に地図を描く。

「御崎の根元が堀越(ほりごえ)水道。その奥に住江(すみのえ)神殿、午砲台。さらに奥に元王都、今では小邑(しょうゆう)だ」

「どういう意味だ？」

「小さい村だ。御崎の先に星形要塞、今では離宮だ。おれは九歳まで離宮で暮らしたが、なかなか住みよいところだ。この御崎が速波湾の外湾と内湾を分けている。港も軍港も内湾にある」

「でも我は初めて聞いたぞ、この音」

「そういえば、このところ鳴らなかった。修理中だったのかな」

「一事が万事、てきとうな国だな」

荒良女がつぶやき、人垣の切れ目を見る。

「あ、エミだ」

咲は足早にやってきて、すぐ南側の劇場を示す。

「殿下、王立劇場の迎賓室と会堂に、休憩所が設けられました」

それから隣の籠と、礼服姿の栗府氏の少年を示す。

「ご所望の春蜜柑一籠と、異父弟です」

奇智彦は、こちこちに緊張した少年に笑いかける。

「よろしく。咲と共に、皆にお配りするのだ。『城河公より、ささやかな贈り物がございます。汁気と甘味が疲れを癒すでしょう』と。それからここが肝心だ。『従士の方も、ぜひどうぞ』」

奇智彦が蜜柑を一つ取って差し出すと、少年は宝石のように恐る恐る受け取る。

咲は笑い、楚々として一礼した。

「お任せください」

咲は頼もしく劇場に行く。蜜柑の籠を担いだ弟と、黒外衣(フロックコート)の男を探す格好の口実を伴って。

休憩所に行くのは、全体の五割か六割くらいらしかった。南へ向かう人の流れが生まれる。

人の波をじっと眺めていた荒良女が呟く。

「あ、タカハラコウだ」

奇智彦がすばやく荒良女の背後に隠れると、荒良女はあきれたように唸(うな)る。

鷹原公(たかはらこう)は取り巻きと、王室番の週刊誌記者たちをぞろぞろ引き連れて劇場へ向かっていた。

例の『仕切り屋』がおべっかを使いながら、命じられもしないのに取り巻きを指図している。

一行を、礼服や軍服姿の男女がゆるくとりまく。軍服の袖(そで)の部隊章は『蔦(つた)の絡(から)まった城』。

荒良女が男女の動きを観察する。

「外周のやつらは、相応に使うな。あいつらは誰だ？」

「鞍練(くらなおし)一族の者だ。鷹原公の後ろ盾。王国で五指に入る有力豪族だ」

「クシヒコにとってのクリフ兄妹か。なぜはべらせない。いちばん頼りになるはずだ」

「有力だから、口を出してくる。鷹原公はそれが気に入らんのだ」

荒良女は、ふうん、と言って一行が行き過ぎるのを眺めた。

広場に人気(ひとけ)がまばらになる。

「タカハラコウ、どんな男だ？」

「爬虫類」

「確かに、情の薄そうな顔だ。整ってはいるのだが」

「情は人並みにある。無いのは頭だ。家族にも一線はある、忠義にも限度はあると分からん」

「ひどい言われようだ」

「主体性もない。陽の光を浴びてなきゃ動けんお人だ。取り巻きに喝采されないと不安なのだ」

「辛辣だな、実の兄に」

「気にするな。向こうは俺についてもっと辛辣なことを吹聴してる」

奇智彦は荒良女を見やり、舌先で虫歯を探るように、慎重に問うた。

「荒良女にもきょうだいはいるか？」

「兄弟姉妹はいない。父は泥炭採掘会社の経理主任をしていて、母は元教師だった」

『森で熊に育てられた』と言う返答を半ば期待していた奇智彦は、予想外に普通の出生に驚く。

「出身は、帝国のどこだ？」

「ベルリン」

「……どこだ？　綴りは？」

「ほら、こう、易北川が流れていて、この辺にある街だ」

荒良女が手で宙に地図を描く。

「ああ、科隆市の近くか。下ゲルマニアだな？」

「違う、そっちは来因川（ライン）だ！　易北はずっと東だ」

「易北川の向こう⁉　新ゲルマニア⁉　あの帝国の端っこのド田舎⁉」

「ベルリンは田舎じゃない！」

荒良女は怒った。騒ぎを聞きつけ、護衛の石麿（いしまろ）が尋ねる。

「何ごとですか？」

奇智彦が、熊は易北（エルベ）の向こうから来たそうだ、と言うと石麿は驚いた。

「たまに国境紛争がおこってるとこですか？　ド辺境じゃないですか」

「ベルリンは田舎じゃない！　空気がうまいし、泥炭も採れるし……鉄道も走っている！」

「停車するのは何時間に一本だ？」

奇智彦が調子に乗ると、荒良女に裸絞（チョーク・スリーパー）めをかけられた。


ちょうど十二歳の誕生日に、荒良女は熊に選ばれたという。

荒良女は、家族や学友と一緒に野外行楽（ピクニック）に行った。友達を連れて、やぶの中を探検した。

そこで死にかけた謎の老人を見つけ、熊皮を受け継いだ。

老人はかすれ声で言った。ずっと昔、今日みたいな澄（す）み渡った夏の日に、熊に選ばれた。相手は老婆だった。我は嬢ちゃんよりずっと向こう見ずだったので、どこで手に入れたか訊いた。

老婆は答えた。知るか。我もずっと昔、渡されたのだ。今日みたいな澄み渡った夏の日に。

熊頭に手を伸ばしたときには、まだ少女だった。が、受け取ったときにはもう熊だった。

老人の身元は結局知れなかったと、あとで警察の人が教えてくれた。老人とは言ったが、荒良女はまだ十二歳で、三十歳以上の髭を生やした男はみんな、すごい年寄りに見えたと思う。

それから熊を布教し、反乱軍を組織して、あとはご存じの通り。

「信じがたい話だ」

奇智彦は担がれまいと、指揮杖であごをかく。

「現実とはだいたい信じがたいものだ」

荒良女は堂々と腕組みしていた。奇智彦は、話を変えようと、何気なく軽口を叩く。

「ま、いずれにせよ、反乱は失敗に終わった」

すると、荒良女は、からからと笑った。

「何を言う。反乱はまだ続いている！」

◇　◇　◇

奇智彦自身に関しては、語るべきことは多くない。何せ王族である。図書館に行って紳士録を調べるか、何ならしかるべき物知りにでも訊ねれば、大筋は分かってしまう。

「母――、王妃が妊娠中、三日間も続く高熱が出た。生まれた子は手足が麻痺していた」

奇智彦は他人事のように言う。別に笑いに変えたいのでも、同情が欲しいのでもないからだ。

「父はおれに負い目を感じていた。父は何も悪くないのに。母はおれを恨んだ。おれも何も悪くないのに。どっちもいやなもんだよ」

荒良女が慎重に訊いた。

「麻痺とは、どのように？」

「腕と脚は力が入らず、感覚もあまりない。硬い床に長く座ると脚が痺れるだろ。あれがずっと続いている感じだ。肩と肘の可動域は狭い。脚の関節はわりと動くが、左脚が三センチ短い」

「痛みはないのか？」

「指先の感覚は多少ある。肩のあたりも。二の腕やふとももは、針を刺されても感じない」

「ちがう。病の痛みだ」

「いまは急に動かしたときに、筋が突っ張るくらいだ。子供時分は痛かったな。息をするたびに痛くて、三日も眠れない夜があった。手術で腕と脚を取ってくれと、医者に頼んで困らせた」

奇智彦はふと思い出し、くすりと笑った。

「あのとき、眠り薬を注射してもらったんだ。医者に『注射は左腕にしてくれ』と頼んだ。痛くないから。子供は大人が思うより賢い」

奇智彦にとっては、それなりに片付いたことだったので、ついしゃべってしまった。

ふと気づく。荒良女の目がいたわるようだったら、どうしよう。

背筋にいやな汗が噴き出す。それとなく目線を上げる。

荒良女はいつの間にか熊頭をかぶっていた。かしこい熊だ。

「触っていいか？」荒良女が熊皮の下から訊く。

「憐れみからか？」奇智彦が冗談めかして訊く。

そうだ、と言ったら絶対に触らせない。

「熊はもともと、すべてのヒトを憐れんでいる。なぜ熊になれないのかと」

荒良女の答えは善悪も人理も軽く超えていた。あきらめて、左腕を差し出す。

肘をつかまれると、何となくわかる。たぶん皮膚と言うより、振動を肩が受け取るのだろう。

温かさもわかる気がした。ぼんやりと温かい。日光のようだった。気のせいだとは分かっていた。左の腕脚は常に湯につかったように温かい。冷たさを感じる力が失われたからだろうか。

「わかるか」と熊が訊く。

「おまえだけは分かるといった方が、女子にはもてるのであろうな」

「いやなガキだ」

熊頭を脱いで、荒良女はお日様のように笑った。

「覚えているか？　熊はひね物がすきなのだ」

「じゃあ、おれは熊にはさぞ好かれるのだろうな」

奇智彦はいつもの憎まれ口を叩いた。

「汝(なれ)は、自分のことがきらいなのか？」

荒良女の直球すぎる問いかけに、奇智彦は思わず目をむく。

「いきなり何を言うんだ」

「いつも自分をばかにして、皆を笑わせるだろう」

「ばかになれるほど賢い者は皆そうしている」

「寝室の洗面台の鏡に、布がかけてあった」

「身支度のときは、いつも片手に手鏡だ」

「寝室に立派な衣装棚があったが、鏡はなかった」

「石麿(いしまろ)が着せてくれるのだ。靴下もはかせてくれる」

「寝室の服は、すべて長袖(そで)と長胡袴(ズボン)だった。クシヒコの写真も絵も、屋敷に一枚もない」

荒良女の目はすごく純粋で、誠実で、だからこそ容赦がない。

「いやなのか、自分の身体(からだ)を見せるのが」

奇智彦は根負けしてため息をつき、諦めて、告げる。

「いやなんだ、自分の身体を見るのが。見たやつの哀れみをとおして見るのが、とくに」

いきなりがばりと熊に抱き着かれ、奇智彦は身もだえた。

「何をする——」

「安心しろ」

荒良女が言う。大きくて、強くて、厳しくて、優しい。

王の声。熊の声。

「熊は相手を選ばん。国王、執政官、おつかいの途中の子供、九〇歳の目の見えない尼僧だろうが、熊をあなどったら全力でゲルマニア式スープレックスからのプラトン固めだ」

熱く固い抱擁の頼もしさと、子供やお婆さんへの暴力はどうだろうという思いが混じる。

この矛盾が、きっと荒良女なのだとおもった。

行進が始まったのは、結局、午後一時近くになってからだった。

まず広場の東側、王宮の方角から王の輿が出発する。王族豪族が、前後から騎馬で付き従う。市民に歓声や指笛で迎えられ、広場を一周する者たちの中に、鹿毛にまたがる奇智彦もいた。

「本当に馬に乗れるとはな」

馬の口取りを無理やりかって出た荒良女が言う。

「昔、王都の民に戯れ歌が流行った。『馬に乗れぬ王子』。悔しくて練習したよ」

「いい話じゃないか」

「そうしたら、歌の題名が変わった。『馬には乗れる王子』」

「それもまた人生だ」

短い行進は終わり、王族や豪族たちは大演台の背後で馬から降りた。

王族と演説予定者は大演台の最前列、それ以外は後列に、係の者に誘導されて向かう。

大演台は巨大な石の塊だ。家ほどもある台座が、中央広場に面して鎮座している。

一段高い大王(だいおう)専用席に、兄王(あにおう)が座る。全員が起立する。王妃と幸月姫(さちひめ)が続いて座る。

最前列には奇智彦たち王族、宰相や国防大臣、稲良置(いらき)大将軍、帝国軍司令官たちが並ぶ。

奇智彦の位置のすぐ後ろ、外から見えない場所には咲(えみ)が控える。

喇叭(らっぱ)が吹き鳴らされ、軽快な行進曲が始まる。

奇智彦は、高い視野から、広場を見渡した。

祖父王の巨大な肖像写真。標語の横断幕。振られる旗。報道各社の撮影機。軍楽隊。

広場を埋め尽くす市民。大量の軍服、礼服、背広。退役軍人たち、王都の有力者たち。

この中の少なくとも一人は、奇智彦の命を狙っている。

兵士たちは軍旗を先頭に行進した。帆のような形の帝国式軍旗が風をはらんで揺(ゆ)れる。

女神が描かれた旗。乳(ミルク)をやるオオカミ、トラ、ゾウ。斧(おの)は近衛隊(このえたい)、銅鐸(どうたく)は鐘宮(かなみや)氏の旗だ。

兵士の列は広場の西側から入場し、ぐるりと広場を一周して、所定の位置に整列した。

「おい、お前たちなにを！」誰かが広場で叫んだ。

奇智彦は大演台の手すりにつかまり、何事かと見やる。普段より二メートルほど高い視界に、兵士たちが行進の列を乱し、決壊して、小銃を手に手に一斉に走り寄って来るのが見えた。

すわ、謀反か!?

奇智彦はとっさに、大演台の下で待機しているはずの石麿を探した。

兵士たちは大演台の下に集まり、誰かを取り囲む。

あいつが原因か、迷惑な。どこの者だ?

よくよく見ると、兵士たちに取り囲まれているのは、大演台の下にいた荒良女だった。

迷惑なのは奇智彦だった。

「熊だ！　熊の女神だ！」

頭目格とみえる軍曹が叫ぶ。その口調は興奮した子供に似ていた。

「大将軍を投げ飛ばしたって本当か!?」

「頭を触ってくれ！　武運が付く！」

兵士たちは荒良女を取り囲んで、というよりも取り巻いて、熊の女神を口々に崇拝する。

熊は大喜びで兵士たちの頭を触ったり、だっこしたり、胴上げされたりする。

目を回してあきれる鷹原公。あらまあ、という王妃と、笑う幸月姫。かたい無表情の和義彦。

そして、それらすべてをじっと見つめる兄王。

「消え失せろ、雑兵どもっ！」

奇智彦は立ち上がり、兵士たちを罵って杖で打った。

正確には大演台の手すりを叩いて音で威嚇し、兵士たちの頭上で杖をびょうと振りまわした。驚き散らばる兵士たちを、追いついてきた指揮官たちが牛飼いのようにまとめて列に戻す。荒良女が大演台の下から背伸びして、台上の奇智彦に話しかける。不満げな声だ。

「なぜ打った」

「守るためだ」

奇智彦はそれだけ答えて、わきに控える咲にがばりと抱き着いた。

「きゃ！　いけません殿下、このような」と言いつつ咲は髪を直す。

「陛下のお顔は？」奇智彦は咲にだけ聞こえる声でささやく。

「陛下の？」

「お顔はどうだ。笑っているか？　怒っているか？」

咲は奇智彦の背中側、ちょうど玉座のあたりをみる。

「いつもの温顔であらせられます」

「鏡を、手鏡を！」らちが明かないので咲から奪うように鏡を借りる。髪を見るふりをして兄王の顔をこっそりうかがう。そこまで怒ってはないように見えるが、少しいぶかしんでいる。

奇智彦は心の中でうなる。

継承権が中途半端に高い王族の、素性怪しい庇護民に、兵士からの声望があるのは危ない。声援を送る兵士も、送られる者も、その保護者の王族も。

手鏡に、ぽつりと水滴（すいてき）が付く。

「あら、いけません、雨が」

咲（えみ）が手のひらを天にむけてつぶやいた。

にわか雨はあっという間に、たらいをひっくり返したようになる。

整列した王国軍はあろうことか、雨に降られてわらわらと天幕（テント）に逃がれた。列を正すべき指揮官たちが真っ先に雨宿りする。王国軍は、あまり出来のよい軍隊ではないのだった。

精強をもってなる帝国軍は、直立不動だった。近衛隊（このえたい）も立ったまま雨に濡れた。雨の中立ち続けていた王国軍部隊が三つだけあった。どれも軍旗に銅鐸（どうたく）が描いてある。鐘宮（かなみや）氏の部隊だ。

「大事な鏡なんです。誰にでも貸したりはしませんからね」

咲はそう言って、手鏡を取り返した。冷たい指がそっと、奇智彦（くしひこ）の手に触れた。

「それにしても、けしからぬ雨です。こんなにいきなり」

「ありがたい雨だ」

奇智彦は咲にも聞こえないよう呟いた。

これでうやむやにできただろうか。

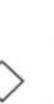

「殿下、まさか馬に乗れるとは。さぞ鍛錬なさったのでしょう」

飲み物の天幕で情報収集中に、稲良置大将軍に見つかってしまった。

将軍は胸に勲章をずらりと並べ、大佐をはじめとする副官たちを何人もつれていた。

「将軍の前では、以前にも乗ったかもしれません」

奇智彦は穏やかに言う。

「ええ、本当に!?　いつですか?」

「三月前、乗ったとおもいます。隣で」

「おい乗られたのか」

将軍は大佐に訊き、気の毒な大佐は「自分は大陸にいたので」と弁解する。

「まあ、いずれにせよめでたい」

よく分からない感じに将軍が流す。よく大将軍になれたな。

「まいりましたな。今日はよせと言ったのだ。雨が降る日は分かります。湿気でひげがたれる」

将軍が、顔の輪郭から飛び出している巨大な白ひげをひねる。うだうだ言っていた軍のお偉いさんとは、こいつだったらしい。奇智彦はひげをじっと見る。

「将軍、そのひげは……、以前から気になっていたのですが、どうやって固めているのですか?」

「毎朝、砂糖水をつけて乾かし、固めております」

「ははは」冗談と思って奇智彦は笑ったが、将軍は笑わなかった。「え、本当に?」

「蠟油なるものは信用ならん。むかし、火であぶって溶かすとき、ひげが燃えて難儀しました」

それは蠟油ではなく、火に近づけすぎた将軍のせいでは?

「砂糖は湯で溶けるし、舐めると甘い。夏の暑い日など、口に入る汗が甘いことがある。さあ」

「さあ、と言われても……やめてください、ひげを近づけないで! 舐めないですから」

式典飛行する飛行機の音に、奇智彦は救われた。将軍をふくむ出席者たちは天幕から出て、空をとぶ点を眺める。奇智彦も見やる。帝国製の〈渡鴉〉戦闘機なのは、特徴的な双発串型の影像でわかるが、王国空軍のものか帝国軍機かまでは判断がつかなかった。

将軍がうなり、ひげをひねる。

「あの飛行機なるもの、いつ見ても不思議ですなあ。鉄の塊が宙に浮くとは」

「まったくです」てきとうなじいさんに、奇智彦はてきとうに話をあわせる。

「飛ぶ理由を毎回聞くのですが、不思議と毎回忘れますな」

「良くあります。聞いたことだけは不思議と覚えていて」

そのとき、背後から聞きなれた声がした。

「鉄ではない、軽銀合金です。よう、奇智彦! あの熊女はもうよばったのか?」

鷹原公の御登場である。今もまた取り巻きが、ぞろぞろとついてきた。

将軍が、空軍の制服に身を固めた鷹原公に、慇懃にお辞儀をする。

「飛行機にはお詳しいのでしょうな」

「あれは〈渡鴉〉Ⅱ戦闘爆撃機。式典飛行で飛ぶのは私の友です」

鷹原公は真面目に相手をし、訊いてないのに諸元を教えてくれる。変なところで律儀だ。

「飛ぶ理由は四つの力です。発動機の推力、翼の揚力、機体にかかる抗力と重力。これらが釣り合うとき、飛行機は飛ぶのです」

奇智彦は、知っていることをあえて訊いた。

「力のつり合いが崩れるとどうなるのですか？」

「墜落だな、あるいは空中分解するか」

鷹原公は知っていることを教えられてご機嫌だ。

力の均衡。家族や友人や、企業や政府や王権と、あまり変わらないのだな。

将軍がうなる。

「ははあ、翼が揚力ですか。だから飛行機はひっくり返って飛べんのですな」

鷹原公は、それを聞いて楽し気に笑う。

「いや、ははは、飛べますよ将軍。御覧になったことはあるでしょう、曲芸飛行で」

「しかし、ひっくり返ったら翼に揚力は働きませんよ」

奇智彦は驚いた。この将軍はひょっとして馬鹿ではないのか？

返答に窮して、鷹原公は去った。「あんなのが軍の長だぞ！」と、聞こえないと判断した距離で言ったが、ばっちり聞こえた。将軍は鷹原公の背を眺め、奇智彦は将軍をうかがう。

「ところで、殿下に折り入ってお願いが」

将軍が奇智彦に向き直る。珍しく険しい顔だ。

「お願い、とは」

奇智彦は急に思い出す。将軍は、奇智彦の就任祝いの宴で、何か陳情に来ていた気がする。

「あれです。あの、帝国からの迷惑な贈り物のことです」

将の荒い口調に、奇智彦の背筋に冷たいものが走る。

微笑んだまま、心に防御の態勢をとらせる。静かに、さりげなく。

「ほう、というと」

「ご存じでしょう。あんなにでかくてうるさいのだから」

将軍は苛立たし気に吐き捨てた。

「わたしに比べればたいがいでかいさ」

奇智彦は自分の背の低さをあげつらう。

「あの野蛮なやつです。怪しからんやつです」

「そういう者が、いたかな」

奇智彦の笑みは少しく気まずくなる。

「おまけに臭い。ひどいにおいだ。とても耐えられん」

「そこまで言うことはないでしょう」奇智彦は笑みを絶やさないよう気を付ける。

「王国人も帝国人も、みな目が二つに鼻がひとつ、手足は四本だ――ほとんど皆は、ね」

そのとき荒良女が天幕に来た。

「クシヒコ、そちらの将軍は？」

「稲良置大将軍。デカくて野蛮でくさいものがお嫌いな方だ」

「存じている。王宮の相撲で負かした」

荒良女が笑う。快活な熊の笑みだ。

「何を言う、あれは引き分けだ！」

孫と張り合う祖父の茶目っ気で将軍が抗議する。

「みごとに投げた！」

「受け身をとって素早く立ち上がった。戦場では投げられたうちに入らん」

「では、次は首の骨を折ろう」

「戦場ではなく相撲だということを忘れてはいけないぞ」

将軍は自説を棚に上げて忠告する。

熊と老将軍は和やかに談笑する。相撲とは、かくも人と人とを結びつけるのだろうか。

荒良女が飲み物の卓へ去った後、将軍が仕切り直す。

「それで、殿下、あれの件なのですが」

どうやら自分が大変な勘違いをしでかしたことに、奇智彦はうすうす気づき始めていた。

「稲良置将軍……大将軍どの……あれの名前はなんと言ったっけ。えー、ど忘れして……」

「もちろんラクダのことです！　シリア産の！　なんだとお思いだったのですか」

「言ったら傷つくかな」

「傷つく気がします」

「なら言わぬほうがいいでしょう。……ラクダとは？」

「王立動物園で受け入れ準備が整っていなかったのです。近衛隊にも飼う場所がないと。やむなく軍の騎兵隊で預かっておりますが、飼い方も良く分からないし、うるさいし、くさいし」

「ラクダって鳴くのか!?」

「すごい声で鳴くのです。ほら貝みたいな声です。厩舎の馬が怖がります」

「くさいのか？」

「つばを吐くのです。つばがとくに臭いのです。軍服の胸に引っ掛けられました。嗅ぎますか」

「嗅がないよ、押し付けないでくれ！　それで、どうしたいと？」

「ラクダを王宮に移せませんか」

「ええ……」

将軍の要求があまりに無茶なので、奇智彦はなんと返していいかもわからない。

「王宮のどこで飼うのです。でかいのでしょう、ラクダって」

将軍は手をぐっと上に伸ばし、奇智彦の頭よりずっと高いところを指し示す。

「このくらい？」

「でかいな……」

「高さ二メートル、前後の長さは三メートルです」

「どこで飼うつもりですか」

「寒さに弱いですから屋根のある場所、そう、大集会場（バシリカ）か大会堂（ホール）、あるいは大浴場……」

「ラクダと一緒に風呂には入れん……」

「大人しいラクダです」

「くさいんだろ、つばが！」

「では王宮神殿は。あそこなら普段は無人でしょう。広さも十分、扉も大きい」

「神殿にラクダは入れられんよ。無茶を言わんでくれ」

「神々もさみしくありません。すごい声でしじゅう鳴くのですから。ヴェー、ヴェー」

「そんなやつを神々と同居させるわけには……」

「まあ、ともかく御一考ください。どうか大王陛下（だいおうへいか）にお取り成しのほどを」

「何をどう取り次げば、王宮でラクダを引き受けてくれるのだ……」

「殿下、お飲み物を――なにかあったんですか？」

列に並んでくれていた石麿（いしまろ）が戻ってきた。

一口にどう説明したものか弱る。それからふと、本来の目的を思い出した。

将軍と大佐ら副官たちに、黒外衣の男の容姿をざっと説明する。

「従士がその方に櫛をお借りしたが、名を聞かなかった。返礼をしたいが、ご存じないか」

「どのような櫛ですか」将軍がきく。

「柞製で、漆を塗ってある。紋章はない。安い品ではないので、そのままというわけにも」

「歯の数は？」

「数？　歯の数？」奇智彦は面食らう。「いや、数えてないな。何かあるのですか」

「どこか欠けていたら、手掛かりになるでしょう」

将軍は、やはり馬鹿でないのだろうか？

「いや、欠けたところは無かった」

「それは残念。しかし、その男の年恰好は登目のやつに似ているな。似てるよね、大佐。では」

「ちょっと待って将軍。待って」奇智彦は右手で将軍の腕をとる。「その登目と言う方は？」

「殿下の父君、先王の従士でした。昔、軍にいて、今は王都で店を持っています」

「おお、それはうれしい情報……ならば何で歯の数を先に？」

「その男なわけがありません」

「なぜそう言いきれるのです」

「そんな高価な品は贈れません。金に困っているのです」

「お金に？　確かなのですか？」

「確かです。うちにも何度か相談に来ましたから」

金に困っているのが本当なら、ますます有力候補だ。

「将軍は、お貸しになったのか？」

「友に金は貸しません。いくらか仕事を紹介しましたが」

この将軍に何故か人望があるらしい理由が、少しだけわかった気がした。

「その方かもしれないな。よろしければ連絡先を知りたいのですが」

「登目なわけがありませんよ。女には一指も触れません。善友との付合いで知られた男です」

「おお、きっとその方だ！」奇智彦は石麿の腰を勢いよく叩いた。

「よかったな、見つかって」

石麿が目をむいて奇智彦を見た。

おおう、と軍人たちが尊敬の声を上げる。

「なるほど、美丈夫だ。身振りも、肌も、尻の肉置もいい」

将軍が石麿を妙に具体的にほめる。

「城河公が気をもまれるはずです。わしもあと十五年若かったら放っておかんところだ」

石麿が品評会に出される犬みたいに取り囲まれている間に、奇智彦は大佐から情報を得た。

第五幕　家のあるじ　Pater Familias.

奇智彦(くしひこ)の屋敷は住居だけでなく、役所としての側面もある。専売公社の仕事、領地である城(きの)河荘(かわしょう)の運営。庇護民(ひごみん)や議員、役人、外交官からの陳情も受ける。公事(くじ)と私事(しじ)が実質未分離の王国では一般的なことだ。だから豪華な執務室もしつらえてある。

コの字形の帝国風応接長椅子(ソファ)に座るのは、奇智彦、鐘宮(かなみや)、それに荒良女(あらめ)の三人だ。外套(がいとう)掛けには熊皮と、鐘宮の拳銃帯がさがっていた。

もう夕方だ。地形の関係で西向きの屋敷の、閉め切った鎧戸の隙間から西日がさす。

奇智彦は封筒を開けるとき、右手だけで封をきり、口でくわえて中身を取り出す。報告書をざっと読む。読んだ頁(ページ)は卓子(テーブル)に落とす。保持したままめくるのが、片手では難しいからだ。左腕はさりげなく椅子布団(クッション)に預ける。

向かいの長椅子で、制服姿の鐘宮が執務室をそっと観察していた。

咲(えみ)の秘書机。加入電信端末(テレックス)がある電報室。卓上電話機。執務机の両脇に、国旗と紋章旗。背後の壁の高い場所に、兄王(あにおう)の肖像写真。

奇智彦は黙々と書類を読む。が、ふと、鐘宮の脚が視界に入った。

胡袴(ズボン)をはいた形よく長い脚。筋肉と脂肪が、褐色の布を内から押している。

蛇のしなやかさ。生命力。あの両脚が男の背に巻き付くのだろうか。

鐘宮は何気(なにげ)ない仕草で卓上の制帽をとり膝(ひざ)に置いた。奇智彦は気まずく目線を書類に戻した。

荒良女は壁にかかる歴代大王(だいおう)の写真を眺め、黒外衣の男の死体写真付き頁をつまみ上げた。

「役所の書類まで帝国語なのだな」

荒良女の声には退屈さがにじむ。鐘宮がぱっと書類を取り上げる。

「機密だ。貴様は読むな。今度やったら手首を切り落とすぞ」

読み終えて、奇智彦は息を吐きだす。

「鐘宮大尉。この報告書の内容を、知っている者は何人いる？」

「自分と、突入した近衛兵(このえへい)数名。いずれも自分と親しい者です。それとこの熊(くま)」

「この書類の写しと、清書した打字係(タイピスト)は？」

「写しはありません。すべて自分が一人で打字(タイプ)しました。下書きと墨帯(リボン)はここに」

鐘宮が書類鞄(かばん)から紙袋を取り出し、卓上に置く。

「お望みでしたら、殿下の御前(ごぜん)で燃やします」

「素晴らしい。大変けっこう」

奇智彦は書類を置き、下書きと墨帯を本物らしいと確かめる。

右手で長椅子の肘(ひじ)掛けをつかんで立ち上がる。下書きと墨帯を、そばの火鉢(ひばち)に乗せた。

卓上の、城河荘開発への投資を勧めるマッチ箱を、右手でとって左手に持たせた。

左手で箱を保持し、右手でマッチを擦る。紙と墨が燃え上がり、嫌な臭いの煙がした。

奇智彦は長椅子にふたたび腰かけ、目頭を揉んだ。

「私の理解が間違っていたら、訂正を頼む」

将軍から情報を得た翌々日、今朝の夜明け頃、鐘宮と部下の近衛兵六名、それから荒良女は、登目の家を訪問した。必ず家にいて、油断している時間帯だからだ。

道の反対側と、裏口に部下を一名ずつ伏せた。突入したのは鐘宮と荒良女と近衛兵四名。呼び鈴を押すと、寝間着姿の若い男が出てきた。目当ての男は一階奥の主寝室にいた。年恰好は一致した。家宅捜索をかけたら黒外衣もあった。帝国語の手紙と同じ材質の紙も。押収した証文類から後で分かったが、筆跡も一致した。粒金の残りも見つけた。黒外衣の男は出所をはっきり説明できなかった。鐘宮は依頼の筋を丁寧に尋ねたが、男の口は堅かった。

鐘宮たちは登目を勾留しようとした。しかし、そこで若い男——どうも金づかいの荒い愛人だったらしい——と登目の間で壮絶な痴話喧嘩が始まり、近衛兵の一人が止めようとした。混乱に乗じて登目が、隠してあった拳銃で、その近衛兵を撃った。

鐘宮たちが反撃して、登目は死んだ。愛人も死んだ。流れ弾に当たったらしい。二階を捜索中だった部下二名が銃声を聞いて駆け付けたが、すでに男二人も近衛兵も意識を失っていた。

「相違ございません」

鐘宮が静かにうなずく。奇智彦はあごを右拳に乗せた。

「足を撃つとか、肩を撃つとか、できないものなのだろうか」

「活劇映画のようにはまいりません。一番的の大きい胴体めがけて二人がかりで撃ったのです。五発命中していました。全て肩に当たっていても死んだでしょう。愛人は腿に一発食らっただけですが、五分でこと切れました。太い血管が切れたのです。撃たれて生き残ったとしたら、撃った者が上手いのではなく、撃たれた者の運が強いのです」

奇智彦はうなる。

「なんにせよ困ったな。こいつの裏に黒幕がいるのか、聞き出す前に死んでしまったよ」

荒良女と鐘宮が意味深長に黙る。

それに気づいて、奇智彦は二人に意味深長な目を向ける。

「何かあるのか？」

「黒外衣の男は、死ぬ前に黒幕の名を吐きました」

鐘宮が低めた声で言った。奇智彦は卓子の書類をめくる。

「見落としたらしい、どこだろう」

「とても書けませんでした」

鐘宮がそう言って、再び意味深長に黙る。

蛇と熊が、じっと黙って、じっと奇智彦を見た。

明らかに、奇智彦が耐えかねて質問するのを待っている。

奇智彦は警戒して微笑む。

「とても教えられない名前かな？」

「殿下、鐘宮は忠義の一族です。太古の霧さめやらぬ御代から王室とともにあります。しかし、王の在り方が一様ではないように、忠義の形もまた一様ではないのです。この場合——」

「先代の王さま」

荒良女がさぱっと言う。

「クシヒコの父ちゃんだ」

鐘宮は、たぶん練習してきた決め台詞をさえぎられ、熊に憎悪の目を向ける。

奇智彦はいらだち、ため息をつく。右手で頰と、あごを揉む。顔を撫でる。

疲れや失望はあった。納得も、たしかに。

「息子すら信じられなんだか、わが父よ」

奇智彦は呟く。あの父なら、不思議はない。

「父王が身罷られて、もう三年になる。登目は、三年も暗殺の機会をうかがっていたのか？」

鐘宮は報告口調で淡々という。

「あの男は、先王陛下が御存命の内に箱を預かったようです。奇智彦殿下が成人されたら開けるよう指示を受けて。殿下が十六歳で成人あそばされた日に箱を開くと、暗殺の命令書と、粒金が入っていたと。先王の御真意は分かりませんが」

奇智彦は、鐘宮の言葉を気怠くさえぎる。

「謀反を起こされ、押し込められた時のためだろう。ご命令後、取り消す前に、ご自身が亡くなられたのかもしれない。あまりに急な死だったから。飛行機が墜ちて」

「そこまでは……。黒外衣の男も知らされていない様子でした」

鐘宮の声色は、さすがに遠慮がちだった。

命を狙ったのが、実の父。

しかも、そうなれば、はなしはこれで終わらない。

沈黙。時計の針の音だけが響く。

どちらの女も流石に、かける言葉を見つけられなかったらしい。

静寂を破ったのは、目隠しの衝立の向こうで、激しく扉をたたく音だった。咲の声。

「殿下、王宮から侍従の方がお見えです――」

◇　◇　◇

「なあ、教えてくれてもよいだろう」

奇智彦は杖をつきつき、前を歩く侍従に話しかける。

面長の侍従は無言で、王宮の廊下を先導する。礼服の背中にはチリひとつない。

大会堂（ホール）から昇降機（エレベーター）に乗り、母屋（おもや）二階へ。小食堂の横を歩く。

行先はどうやら、大王（だいおう）の執務室らしい。閣議（かくぎ）室と王宮映画館（ファミリーシアター）に尻を向け、

「叱られるにせよ、叱られ様というものはある。なにが陛下のお気に障（さわ）ったかくらい」

「こちらでお待ちください」

面長の侍従は角を曲がり、控えの間の立派な出入口を示す。奇智彦（くしひこ）はおとなしく入る。

何故（なぜ）呼ばれたか、やきもきしている奇智彦を残して、侍従は音もなく去った。

奇智彦は、長椅子に腰かけて、じっと待つ。暇を餌（えさ）に、不安な想像ばかりがふくらむ。

控えの間を見まわす。出入口には人気（ひとけ）がない。秘書仕切台（カウンター）も無人だ。

いちばん奥にある上等な扉の先、王の執務室も、一見して無人に見える。

しかし、兄王（あにおう）はそこにいる。

控えの間の出入口よりも奥、廊下の先にある互（たが）い違（ちが）いの装飾壁に、人の気配がした。

装飾壁の後ろには、連発騎銃（カービン）を持った王室の従士（とねり）が数名、常に控えている。上品な壁紙の下には、鉄板入りの分厚いコンクリート壁。趣味のいい絵は、壁の銃眼を覆い隠している。

控えの間に置かれた多数の長椅子と大卓子（テーブル）は、王宮に刺客が潜り込んだとき、従士たちが阻塞（バリケード）を築き時間を稼ぐための物だ。その間に王は、装飾壁の奥につながる扉から脱出する。

控えの間が広く、視界を遮（さえぎ）るものがなく、出入口がようやく二人すれ違える程度の狭（せま）さで、入口から執務室を直接狙えないよう扉が直角に配置されているのは、すべて理由があるのだ。

控えの間の出入口に、ふと、見慣れた小柄な影を見つける。結髪と太眉がちらついた。気づかれたことに、まだ気づいていない。

「さあて、困った……。幸月姫さまへの贈り物を、どうお渡ししたらよいであろう」

聞こえるように呟くと角がぴくりと揺れる。少しして、おや偶然という顔で幸月姫が現れる。

「あら、くしさま。ごきげんよう」

奇智彦は驚いてさしあげる。

「おや、さちさま、ご機嫌麗しゅう。いつからそこに！」

「さちは立ち聞きなんていたしません」

有罪の者の確信で、幸月姫は容疑を否認した。

「ところで、きゅうていのうわさでお耳に挟んだのですけど」

幸月姫は『小耳にはさんだ』を間違えて覚えていた。

「さちについて何か、お話があるとか……」

「それはそうと」

奇智彦は露骨に話題を変えた。

「私はさっき、お父さまにお呼ばれしたのですが……なんと仰せなのかなあ？」

奇智彦は八歳女児に張り合うほど可愛らしくお願いする。

「あら、くしさま、さちを安い女と思っていらしてね」

どこで覚えて来るのだ、そんな言葉?

奇智彦が宮廷服の胸物入からキャラメルを取り出す。幸月姫の目が赤い箱に釘付けになる。

そっと差し出す。姫が手を伸ばす。

さっとひっこめると、姫の両手は空を切る。安い女だ。

「情報と引き換えですよ、お嬢さん」

奇智彦が調子を合わせると、幸月姫は一生懸命思い出す。

「えっとですねえ、まず『若いとはいえあまり屋敷でイロゴトにかまけるのはよくない』って」

どきりとする。そんな関係ではないが、確かにそんな目で見ないことも……ああ、そうだ、荒良女を踊らせたんだった。いや、まさか、祖父王の肖像画の裏に隠した春画のことも?

「他には?」

「『さいきん、軍にかまけすぎる』って」

またどきりとする。熊と兵士のことだろうか。

それとも……鐘宮たちのことを、どれだけご存じなのだろう。

「それだけかな?」

「脚が欠けているのは不安で仕方ないとおっしゃられました」

息をのんで、息をはき出し、笑顔を作ってキャラメルを箱ごと差し上げる。

幸月姫は喜び、全部バラで受け取った。

乳母に見つからないよう服や髪や靴下に分けて隠す。箱は奇智彦に返す。熟練だ。

キャラメル密輸人と化した幸月姫を、乳母が連れて行ってすぐ、奇智彦にお呼びがかかった。

兄王は冠を外して結髪をとくと、まるで風来坊の路上演奏家みたいな容姿になる。近親者とよほど近しい侍従たちだけの秘密だ。頬髭も、顎鬚も、実は付けひげである。王国においては豊かなひげは権威の象徴だが、まずいことに王室は体毛の薄い家系なのだ。こちらは公然の秘密というやつで、庶民も広く知っていると打猿から訊いた。無理もないと思う。幼い頃、離宮の宝物庫で祖父王の付けひげを見たが、子供の目にも偽物と知れる出来だった。

王宮の大王執務室。この国の中枢に、兄王と奇智彦は二人きりだった。

もう、外はうす暗い。兄王が電灯をつけた。奇智彦も腰を浮かせるが、やんわり制止される。ひげのない兄は、王というより田舎地主に見えた。

「こうして奇智彦と話すのは、久しぶりだな」

低くささやく声。耳をそばだてられるのに慣れた者の声。

温顔を裏切らぬ温厚な声に、しかし奇智彦は胸が締め付けられる。叱られるときというのは、怒鳴られるよりも、じんわり来た方がいくぶんえげつないのである。

「……は」と曖昧に答える。

大王執務室は、奇智彦邸のそれを一回り半ほど広くしたような部屋だった。というより奇智彦の執務室は、この部屋を手本に格式と業務量に比例して小さくしつらえたものなのだ。

コの字形の長椅子。書類棚に本棚、作り付けの金庫。立派な執務机には、受付台に繋がる呼出押釦と、電話が二台。ひとつは最新の廻転盤式黒電話。もうひとつは赤。近衛隊への直通電話だ。そして執務机の右手前には、武装した従士が突入するのに頃合いの、両開きの扉。

兄王がいきなり円卓子から立ち上がり、奇智彦はおびえた。兄王は硝子戸棚から、酒とグラスを取り出した。舶来品の蒸留酒だった。奇智彦は意図を察して、壁際の水差しを卓子に運ぶ。

「近頃、どうかな」

兄王は下戸の奇智彦のために、果汁水を出してくれる。

「下戸は治りません。一生の病です」

一番つらい、あいまいな問いを、奇智彦は冗談で流す。

ふうん、といって兄王は杯を傾ける。

恐ろしい。つねに温顔なので、内心が読み取りづらいのだ。

ええい、ここは自分から謝る手だ！　奇智彦は腹を決め、静かに口を開いた。

「荒良女、あの熊女の一件は不可抗力なのです、兄上。あれはもう、女子を扱うというよりは熊を馴らしたようなもので、確かに四人がかりで二時間責めたのは少々まずかったですが……」

「四人がかりで二時間!?」

兄王は驚きに目をむいた。

初耳らしかった！　自分から打ち明けてしまった！

とっさに、右手で口惜しそうに腿をたたく。

「ああ！　近衛隊の一件ですか！　あれはまずかった。あくまで王室と国を思ってのこととはいえ、まさか市街地で銃撃戦になるとは。しかし、死者が三人で済んだのは誠に幸運で……」

「銃撃戦!?　三人も死んだのか？　市街地のどこで？」

兄王は呆然と呟く。

これも藪蛇だった！

ままよ。奇智彦は卓子の横に、よたよたと大げさに跪く。

「兄上、脚のこと腕のことは申し開きもありませんが、これは私というより神々のなさったこと！　苦情はこの憐れな弟にではなく、神々に申し入れるべきではありませんか」

「おい、いきなりなにをするのだ。立っておくれ。手足のこと、いまさら責めたりするものか」

「しかし、脚が欠けるとご不安のようですから」

兄王は少し考えて、ああ、と理解する。

「どこかで訊いたのか。ちがう、その卓子のこと――あぶない！」

衝撃。驚愕。遅れてやってくる鈍い痛み。

天井画の女神と羊飼いを、奇智彦は眺めていた。

遅れて気づく。卓子にすがって立ち上がろうとしたら、卓子がぐらついてぶっ倒れたのだ。

「この卓子、今朝がた脚が一本とれたのだ。今は、はめ込んであるだけだ。明日、修理に出す」

転んだ奇智彦に、兄王が手を貸してくれる。頼りがいのある手にひっぱりあげられる。

何事かと覗いた近衛兵に手伝ってもらい、酒瓶を拾い、水差しを再び満たし、卓子に着く。

「心配せずとも、奇智彦、お前はよくやってくれているよ。鷹原公もお前くらいしっかりしてくれたら安心なのだが。色事や軍務にあまりにかまけて」

奇智彦は理解した。幸月姫が立ち聞きしたのは鷹原公へのぼやきだったのだ。

奇智彦は、ひとの不料簡を必死で謝っていたのである。

「子孫繁栄も軍務も王族には肝心だが、何事も限度と言うものはある。……と、いけないな、忘れるところだった。今日来てもらったのは、一〇〇タレントの件だ」

「一〇〇タレント、と仰いますと？」

何の話か、奇智彦は思い出そうとした。

「ほら、帝国から贈られた。熊の庇護民に与える手はずの」

「……ああ！」

近頃それどころではなかったので、すっかり忘れていた。

「宮廷会計士が申すには、王国で現金化して帝国銀行に国際送金した方が、金貨のまま空輸して通関するよりは手数料が安くなると。それで、手続きは煩雑であるし、王宮の方でやろうと」

「ああ、はい。確かにお願いいたしました。熊も承知しております」

「ところが、熊の庇護民の口座が凍結されていた。考えてみれば当たりまえだな」

「ああ……なるほど」

民族反乱の指導者の銀行口座を、そのままにしておくはずはない。

「王国銀行と外務省の者が、帝国側とあれこれやり取りしてくれたが、熊の庇護民は記録抹殺刑に処せられたそうで、身分証明書類はおろか国籍もないらしい。となると新たに口座も開設できない。どころか、帝国へ帰りついても入国を拒否されるだろう」

「あの茶目っ気に、すっかり慣れ切っていました。考えてみれば、荒良女(あらめ)は第一級の危険人物です。帝国の空港に着いた途端、親衛隊保安部に逮捕されてもおかしくない」

奇智彦は右手で頭を抱える。熊を持て余したのは、奇智彦と王国だけではなかったらしい。

しかし兄王は、丸みのある温厚な顔に、すこしいたずら気をふくませて続ける。

「それで宮廷法律顧問が申すには、帝国警察と親衛隊の監視が緩い辺境、例えば豪州(オーストラリア)、丹麦(デンマーク)、南阿州(みなみアフリカ)、加州(カリフォルニア)あたりに向かう便に偽造旅券で乗せて、旅券を元に現地で難民申請して新しい身分証を作ってはいかがか、と。いま旅券局に本物の偽造品を作らせている。銀行が使い古した帝国の小額紙幣を集めているが、これは絶対に税関で止められる。獅子里(シチリア)の友人が便利な船を持っているのでそちらに輸送を頼むか、他に方法がなければ外交官にでも運ばせるつもりだ」

「もし帝国側に知られたら、経済制裁かなにか食らいかねませんな」

奇智彦が愉快に笑うと、兄も微笑む。

「証拠など簡単に消せる。いざとなれば、熊を送ってきたのは誰だ、と談じこむさ」

兄王は、さすがやり手だ。温厚であろうと、やはり王は王なのである。

兄王はふと、奇智彦に言った。

「似ていると思わないか」

兄王の目は、執務机を見下ろす、祖父王の肖像画を見ていた。

「似ておられますな、とくに鼻の辺りが。祖父と孫ですから」

奇智彦が答えると、兄王が苦笑する。

「わたしに、ではないよ。奇智彦によく似ている。目がそっくりだ」

「耳は鷹原公と似ておられますね」

奇智彦は微笑んで、兄王の真意をさぐる。

しばし、沈黙がおりる。

兄王は、再び口を開く。その口ぶりは優しかった。

「聞いていると近頃、近衛の者と親しくしているそうだね。奇智彦は近衛隊長官だ。確かに用事もあろうが……他に何か気になることでもあるのかな」

当たりは柔らかいが不思議な圧迫感がある。説得力も。医者か教授か、徴税代行人の声だ。あるいは王の声。あるいは父の声。

「じつは、この奇智彦を狙った、暗殺の目論見がございました」

奇智彦は打ち明ける。どのみち、そういつまでも隠しておけることではない。

兄王はじっと奇智彦を見る。

「それは一大事だ。身の危険は？」

「いまはありません。ないと思います。実行犯は死にました」

「黒幕に心当たりはあるのかな？」

奇智彦は沈黙して、口をつけぬ杯を眺めた。

「そうか、言えぬ相手か」

兄王はうつむいた。やはり顔色は読めない。

奇智彦はずっと思っていた。いつかこんな日が来る。

いつ来るか、いつ来るか。毎日不安に過ごしてきた。

無事成人して、もう大丈夫かと思った。

思ってしまった。そんなときに来ると、知っていたはずなのに。

さあ、言え。言え。

自分の心臓の音がする。響く。太鼓のように、午砲のように。

「おれは出家します、兄上」

──ああ、言ってしまった。

奇智彦は王室の厄介種だ。父王の時代ならまだ許された。足曲がりの王子。宮廷の道化。

でも今や王は兄だ。強く恐ろしかった父ではない。先に生まれただけの兄、しかも温厚篤実、人によっては気弱と見られかねない人柄だ。王国ではこの違いは大きい。危険なほどに。足曲がりとはいえ、王族は王族。奇智彦を担いで謀反を起こす者が出るかもしれない。奇智彦によからぬ考えを吹き込むものも。

危険の種を取り除くには？

奇智彦が死ぬか──、世俗的には死と同様の神官になるか。

「ん、そうか」と兄は言った。

「健やかに。神々の言祝あれ。私たち家族のためにも祈っておくれ」

兄の立場でいえる、最大限の感謝の言葉だと、奇智彦には判る。

「どうだろう、最後に一杯」

兄の勧めで、杯を交わした。兄は生で。奇智彦は水でたっぷり割って。思えば、兄と呑むのは生まれて初めてだと思う。出家したら飲酒も妻帯も禁止だから、必然的に最後の盃である。

お互いの健康を言祝ぎ、杯を一息で干す。

ずいぶん薄いはずなのに、酒は苦く喉を灼いた。

「さあ、こちらへ」

自らも一息に飲み干し、兄王は奇智彦を執務室の扉へ案内する。まだ髪も降ろしていないのに、もう扱いが大神官だ。気が早いとみるか、意外と現金とみるか。

が、そのとき。

「あっ」ふらりとよろけて、兄王は卓子に手をつく。

「あ！」とっさに助けるには、奇智彦は手数が少なすぎた。

けたたましい音を立てて兄王はすっ転び、卓子の天板に頭をいやというほどぶつけた。

奇智彦は笑いながら助け起こす。

さし伸べられた奇智彦の手に、大丈夫だ、と兄王は笑って手を振る。

兄王は昔から酒に弱いのだ。これも奇智彦と同じく。

しまらない今生の別れを終えて、兄と弟はわかれた。

屋敷の大会堂に従士たちを集め、「出家する」と奇智彦が宣言したとき、反応は様々だった。

里から来たばかりの者は、どうしてよいか迷っていた。縁もまだ浅く、事情も知らない。数年前から仕えてくれている者たちは黙り込む。皆、奇智彦の難しい立場を知っている。そして、子供の頃から仕えてくれている者たちは――。

「なんで出家なさるんですか！」

難しい立場のことなど知りもしない石麿が食ってかかる。

「世をはかなんだのだ」

奇智彦は、真実を口にするわけにはいかないので、てきとうに答える。

「え、そうなんですか？」

石麿はあっさりと信じた。本当に素直だ。

「だってさ、咲！」

「……はぁ」

心ここにあらずな状態から、いまふと我に返って、咲は微笑んだ。

長い付き合いの奇智彦にはわかる。咲は今すごく考えているのだ。出家の意思と理由を、なぜ全体発表前に教えなかったのか。普通なら奇智彦は石麿と咲にだけは前もって教えて、意見を聞くはずだ。一対一で話せることなら発表前に話し……。

咲の顔色が変わる。

流石、もう気づいたらしい。暗殺の黒幕はちからを持った者。知っただけで身が危ないほど。

「お供いたします、神殿でも霊山でも！　一族は、兄たちがいるからご心配なく！」

石磨はバカ特有の楽天さで笑う。

「お屋敷をどうしましょう」

咲が呟く。冷静に。論理的に。仕事の段取りを決めようとする。

「屋敷をお譲りになるなら、信頼のできる仲介業者を探しませんと。まず祖父に連絡して……、
ああ、電話の解約はどの段階ですればいいのかしら。それと電気の契約は……」

「咲？」

石磨が気づく。エプロンの前でかたく握られた咲の両手。それでも誤魔化せない震え。

従士(とねり)たちが息をのむ。

奇智彦は何も言わない。言う権利がない。ただ、じっと見守る。

「それから殿下の所領と、動産、あの御料車と……うっ、早く栗府(くりふ)ノ里(さと)に連絡しな、ぐっ」

ついに仮面がはがれ落ちた。咲は身をかがめ、エプロンに顔をうずめて泣く。

華奢(きやしや)な体をイトコとハトコが左右から抱き留めて慰める。

気丈な咲しか知らない従士たちが、事態の重大さを理解してざわめく。

まとめ役になるべき石磨が、咲の涙に誰よりもおびえていた。

石磨が、おそるおそる咲に歩み寄る。母の涙を見る子供の落ち着かなさで。

「咲……」

咲(えみ)は、石磨(いしまろ)の手を取り、すすり泣く。

「分かっていたんです、いつか来ると。でも、まさか、いまだなん、てっ」

咲が石磨にすがりつき、声をあげて泣く。石磨が妹の背におずおずと手を回し、さする。

従士(とねり)たちの空気が沈む。なぜこんなことに。これからどうなるのか。

このときを奇智彦は待っていた。

鋭い音。硬いもの同士がぶつかる音。人は聞き分けずにはいられない。

皆が音源を探し、奇智彦(くしひこ)を見つける。大会堂(ホール)にあった手近な木の長椅子(ベンチ)を、杖(つえ)で打ったのだ。

静寂。疑惑。恐れ。従士たちの顔を奇智彦はとくと観察する。

いける、とふむ。

「王の目方(めかた)は、いかなる天秤で測られるか」

奇智彦の声はよく通る。毎朝、発声練習している。

全員が意味を呑み込もうとした隙をつき、言葉を継ぐ。

「王のため殉(じゅん)じてくれる者の数だ」

奇智彦は両腕を広げて、従士たちに近づく。手前にいた石磨と咲が、自然と代表になる。

「皆の忠義はまことにありがたい。だが、ともに出家するよりも、大事なつとめがある」

何故(なぜ)か全員が一緒に出家するつもりだった前提で、奇智彦は話す。

懐に右手をつっこむ。全員の注視を感じる。取り出だしたるは大判の茶封筒。

中の書類を引き出し、もう一度検めて充分じらす。

「わが所領、城河荘を信託財産とする、という契約書だ」

頃合いをみはかり、奇智彦は言う。

従士たちが困惑顔でささやきあい、視線をかわす。信託の意味を知る者は何人いるのか。

「ようするに、私が出家した後も、荘園と、それに付随する財産、山の入会権や漁業権、川港その他は、王国銀行の管理下で運営され続け、利益を上げ続ける」

奇智彦は芝居がかって、ぐるりと一同を見まわした。

「その利益のなかから、この場にいる従士全員に、一生涯に亙って年金を支給する！」

従士たちが驚く。信託の意味が分からなくても年金は分かる。

「なにしろ川の氾濫も多く、人里も疎らな貧乏荘園のこと。たっぷりとはいかんだろうが、野に伏すようなことにはならんだろう。みなの忠義への、せめてもの返礼と思ってほしい」

従士たちが息をのむ。ひとつには感動にうたれて。ひとつには話が自分たちと馴染みのある規模を超えてきて、直感的に話の流れが予想できなくなったからだ。

「さて」

奇智彦は、栗府兄妹を見る。石麿は呆然としている。咲の目は怒っている。聡い娘だ、次の展開をもう読んでいる。弱小王族の従士で終わらせたのは、可哀そうなことをした。

「信託財産には、管理人が必要だ。今回は銀行との共同管理とした。それとは別に、荘園を実際に差配する者も、もちろん必要だ。皆、よく聴いてほしい。後々まで証人になっておくれ」

石麿と咲に、ひかえるよう手まねで伝える。石麿が慌てて床に胡坐を組み、咲は目を伏せて無表情に膝を折り、ともに額ずく。他の従士たちも、はっと気づいて波が引くように続く。

奇智彦は契約書を右手で掲げ、杖を左手に、高らかに宣言する。

「私、始祖神の血に連なる者、大王の弟、奇智彦尊は、城河荘総代官の職を栗府石麿に、城河荘信託共同管理人の職を栗府咲に下賜する。両者の地位は終身とし、没後はそれぞれの子が、実子がない場合は養子が、養子もない場合はしかるべき近親者が、職を受け継ぐものとする！」

不服そうな咲の肩を見て、ちらと微笑む。こうでもしないと、二人とも付いてくる。断ったら殉死しかねない。世俗に務めを遺すのが一番いい。なるべくなら実入りのよいしごとを。

「なお、咲については若年のため、十六歳で成人するまでのあいだ後見人をおく。後見人は、栗府氏の族長、咲の祖父、奇智彦の元守役にして現在の顧問弁護士である栗府閻魔とする」

朗々と告げる奇智彦。

それを見上げる従士たちの目には、同じ輝きがあった。

畏れ。尊敬。崇拝。王族への。ちからへの。

持てる者への。分け与える者への。

奇智彦は笑う。こちらの別れは、どうやら格好がつけられた。

◇　◇　◇

こちらの別れは、格好がつかなかった。

奇智彦（くしひこ）が寝室の小卓で、封筒に宛先を書いているとき、扉の外から石麿（いしまろ）の声がした。

「荒良女（あらめ）です。殿下にお別れがしたいと」

「ちょっと待て」

奇智彦は封筒に、住江（すみのえ）大社が描かれた切手を貼った。「よし、いいぞ」

「そりゃいいだろうさ！」怒鳴り声と、扉が蹴破られるような音がした。衝立（ついたて）から二足歩行の熊（くま）がのっしのっしと歩いてくる。石麿の首を小脇に抱えていた。「いいとも！　清々した！」

「おい、どうした」と言いかけて、奇智彦は気づく。

荒良女は、石麿の首を絞めていない方の手で酒瓶を握っている。

それも高価な舶来品（はくらいひん）の蒸留酒（ウイスキー）だ。包装（ラベル）に見覚えがある。

奇智彦は小卓ちかくの硝子戸棚（キャビネット）を見る。飾りのつもりで買った酒瓶が一本なくなっていた。

荒良女の頬は赤く、足はふらついている。

「ひとりで気持ちよくなるのも大概にしろ。何を書いているんだ、よこせ！」

熊は石麿を放（ほう）り出し、手紙を奪った。奇智彦には止める暇も腕力もないので好きにさせた。

自由になった石麿が咳き込み、空気をむさぼった。

　荒良女はさっき貼ったばかりの封を勝手に切って、手紙を引き出した。もちろん王国文字が読めないので、ひねくり回し、においをかぎ、さも読めるような顔で眺める。

「なんと書いてある？」

「金の無心だ。熊に襲われて餌代（えさ）はかかるし切手代も無駄にされた」

「このへんは『模型（モケイ）』という字だな」

　荒良女の言葉に、内心ひやりとする。

「隣の模型部屋にいっぱい書いてある。同じ形だ。下は……倶楽部（クラブ）か愛好会あたりだろう」

「驚いたな。腕が動けば拍手している」奇智彦は言った。

「王都模型倶楽部の事務局に宛てた手紙だ」

「寄付するのか、模型を？」

「相手のほうで引き取ってくれれば。まあ、引き取るだろう。倶楽部の会長はおれだ」

「そうか、いいことだ」

「ああ、全くいいことだ。これで――」

　王宮の飾電灯台（シャンデリア）が落ちたのか、というほどの音がした。

　酒瓶が弧を描いて壁に飛ぶ姿が、目に残像として焼き付いていた。

　砕け散った酒瓶が、扉のわきに高純度で高価な水たまりを作った。

「これで、我（わえ）をどうしてくれる」

酒瓶を壁に投げつけたまま、残心の姿勢で熊（くま）は唸（うな）った。

　奇智彦（くしひこ）は森で熊に出くわした父王の気分を、今度こそ味わった。

「延び延びになっていた一〇〇タレントがあるだろう。荒良女（あらめ）には、あの金を与える。兄王（あにおう）にお頼みして、しかるべく取り計らっていただいた」

　奇智彦は、真実に少しだけ嘘を混ぜる。慎重に、友好的に。

「あれで帝国に帰れる」

「帝国に帰りたいと、いつ言った」

「王国に残りたいのか？　ならば、あの金でどこぞの農園か国営企業の株でも……」

「勝手に決めるな！　偉そうに！」

　熊が吠（ほ）えた。これでも歴戦の石麿（いしまろ）が、思わずたじろぐ。

「偉いんだよ、おれは」

　奇智彦は、有力者の無感動さでいなした。

「えらいのはお前の父祖（ふそ）だ！」

　荒良女が嘲（あざけ）る。いやな笑い方だ。

「そうだ、血は尊い。血は濃い。血筋が良ければ女もなびく」

　奇智彦がいつもの癖（くせ）で茶化すと、荒良女が威嚇（いかく）的に牙（きば）をむく。

「我（わえ）のことか？」

「おれが平民でも好いたと言いたげだな」

「いま好かれているとでも言いたげだな」

にらみ合いになる。

熊と王子の。強くて剛いおたずね者と、か弱い社会的強者の。

「先ほどのは何の音で……」

寝室にはいってきた咲が、凍り付いた空気に、はっと固まる。

「汝は賢いな、クシヒコ。自分が世界で一番賢いと思っている」

荒良女は嗤い、吐き捨てる。

「だが、実のところ何もわかっていない。わかったふりをして、運命の神の告げるままに、おとなしく従っているだけだ。叙事詩の英雄みたいにな。汝は何がしたいのだ。なあ、クシヒコ?」

「熊、口を慎め!」

奇智彦は思わず苛立った。安全な距離を保って罵り、杖で卓子を打って威嚇する。

「失せろ!　おれは貴様が嫌いだ!」

「しっている」

荒良女は動じなかった。

「とくに熊が嫌いだ!」

「熊差別主義者……っ!?」

荒良女(あらめ)ははげしく動揺した。

再び、時間が止まったようになる。熊差別(くま)のせいで。やはり差別はよくない。

少し間をおいて、荒良女が平坦な声で問う。

「汝(なれ)、神官(ひじり)になるというのは本当か？」

「そうだ」

奇智彦(くしひこ)はそっけなく答える。

「俗世への未練を捨てたのか」

荒良女の言葉は乱暴だが真摯(しんし)だ。

「捨てなければ出家などするだろうか」

奇智彦はふざけて返す。

「ならば、これへの未練も捨てたのか」

荒良女が手を開くと、そこには褐色の亀のごとき物が。

「それは！」

奇智彦が思わず叫ぶ！

「……なんですか？」

「戦車だ」

困惑する咲(えみ)に石麿(いしまろ)が教えた。

「伏撃砲だ！」奇智彦はすばやく訂正した。

「〈猪（いのしし）〉型の後期型、第CXXⅢ（123）軍団仕様の砂漠迷彩！」

「ええ……？」

咲はもっと困惑した。

「返せ！」

奇智彦は詰め寄るが、荒良女はついと逃げる。

片足を引きずる男と、人ひとり担いで五階から飛び降りる女の追いかけっこ。

男が追い付くには寝室は広すぎた。

「返せ！　俺のだ！」

懸命に右手を伸ばす。左腕と杖（つえ）は釣り合いをとる重りに使う。

「神殿に模型（もけい）部屋を作るのか！」

荒良女はひょいと逃げ、ほんの少し遠いところで立ち止まる。奇智彦は追う。

「返さぬと一〇〇タレントやらんぞ！」

「かまわん、こっちからもらいに行く」

「わかった。もういい」

奇智彦はあきらめ顔で立ち止まり、小卓に左手を乗せて息を整える。

「もういいのか、クシヒコ？　壊れてしまうぞ、汝の大事なものが」

「まったく、熊と追いかけっこして勝てる道理はないよ」

奇智彦は笑って首を振る。

と見せかけ、近寄ってきた荒良女に右腕を素早く伸ばす！

しかし、荒良女はあまりに速い。死角から来られないよう、小卓を左にして構えたのに！

「返せ、この熊女！　何だその熊！」

「熊は素早く強い！」

永遠に縮まらない距離を縮めるため、王族としてはそう広くもない寝室で、王子は熊を追いかける。追いつけるわけがない。神に選ばれた英雄が、亀を追っても追いつけないのに。

追いつけるわけがない。でも追ってしまう。追い続ける。追うのをやめたらすべてが終わる。

荒良女は上手にかまえた投法で、寝室の窓から緩やかに伏撃砲を投げ捨てた。

奇智彦は叫ぶ。声にならない叫びで。

熊がもう片方の手のひらを差し出す。伏撃砲があった。荒良女はしずかに笑う。

「投げたふりだ。だが、執着は見つかったようだな」

我を忘れて、奇智彦は杖で殴りかかった。

◇　◇　◇

床に倒れた奇智彦を、全員が見下(みお)ろしていた。

石磨(いしまろ)と咲(えみ)は困りはて、表情を失っていた。

荒良女は相撲(レスリング)の達人のような風格で腕組みしていた。

奇智彦は寝室の床でもがいていた。荒良女には一指(いっし)も触れられていない。激昂(げきこう)して杖で殴ろうと左腕を上げたら肩に激痛が走り、肩をかばった拍子(ひょうし)に左足がくじけて勝手に転んだのだ。

「くそ！　くそっ！　くそおっ！」

奇智彦の口から譫言(うわごと)が出て止まらない。

「何でこんな！　なんで！」

手足の利かない左を下に転んだので、自重が負荷になって左肩の筋が刺すように痛む。そのうえ、なかなか起き上がれない。右半身で亀のごとくもがく。絨毯につかまろうとして、絨毯の方がずれる。杖にすがろうとするが、握り手をもったら石突(いしづき)が床に届かない。

汗をかく。息が切れる。直径一六三センチの闘技場で、床と必死に格闘する王族がいた。

目の前に、石磨の長靴(ブーツ)と、咲の室内履きと、荒良女の革鞋(サンダル)が見える。気づいて、見上げる。

荒良女以外全員が、見てはいけないもの、親の失禁を見てしまった顔で奇智彦を見ていた。

「やめろ！　見おろすな！」

奇智彦はとっさに怒鳴った。

「いつもいつも、のっぽども！」

咲と石麿は慌てて飛び退る。奇智彦にはできない動きで。制御不可能な怒りが再び湧く。

「貴様らがそびえたつ糞のごとくデカいから、おれが不当にチビあつかいされるんだ！」

奇智彦は役立たずの杖で寝室の絨毯をばすんばすんと叩く。

「一六三センチ三ミリもあるのだ！　王国男子平均より六センチ一ミリも高い！　なのに王族も近衛兵も栗府もでかいじゃないか！　貴様らが隣に立つと対比でチビに見えるんだよ！」

何とか仰向けになって、奇智彦は石麿を杖で指す。

「そこのデカいの！　身長いくつだ！」

「あの、前、測ったときは一七九センチで……」

「役立たずのくせにもりもり食ってのびのび育ちやがって！　妹！」

「一六二センチです」咲がかたい声で、恐る恐るいう。

「あの、殿下、背丈がお気になるのなら、まず猫背を何とかされた方が」

「ああ、出たよ！　正論で人が動くか、この哲学者野郎！」

奇智彦は理不尽な切れ方をした。

「そこのラクダみたいにデカい熊女！　おまえだ、おまえ！　身長は何キロメートルだ？」

「汝より十二センチしか高くない」

「その熊を討ち取った者を、将軍に取り立ててやる！　石斧を使え！　壁に飾ってある！」

全員がじっと奇智彦を見る。皆が恐れていた。その恐れは、親の喧嘩を見る子供に似ていた。

恐れていないのは荒良女だけだった。熊は何も恐れない。戦って、勝つか死ぬだけだ。

「知ってる！　おれは知ってるんだ！　神々に、運命に逆らうのは無駄なんだよ！」

床を杖でたたく。厚い敷物に受け止められて、軽い杖はぼすんぼすんと無力な音をたてる。

「逆らえるなら手足のことで談判する。誰かと取り替えてくれと！　誰に押し付けてでも！」

ひとしきり叫び、吐き出すものを吐き出すと、怒り疲れてだんだん心が落ち着いてきた。

奇智彦はアザラシのごとく床に寝そべり、うなり、肩をいからせ、息を吸って息をはく。

「やっぱりお気にされていたんだ、背丈の」

石麿が咲にささやき、耳をぶたれて制止された。

奇智彦の右側に、慣れた調子で石麿が片膝をつく。奇智彦は太腿や肩を頼りに起き上がる。

荒良女は奇智彦を助け起こさない。熊は何も恐れないが、畏れることもない。

「髪をおろすのは我がやる」と荒良女が言い張るので、剃髪は明日に延ばすことになった。

「とにかく、今日はもう、色々なことがありすぎました」

咲がぽつりと言った。全員の意見を代弁していた。

◇　◇　◇

自分が夢を見ているのは分かっていた。悪夢を。

きっと荒良女(あらめ)のせいだ。荒良女とは誰だ？

夢にはいつも声から入る。はやし立てる子供たちの声。

王子に触(さわ)られると手が腐るぞ！

子供の奇智彦(くしひこ)が大げさな身振りで追いかけると、子供たちは快活(かいかつ)に笑って逃げ散る。奇智彦は追いかけるふりをして、足の速い子、広い場所にいる子を追う。奇智彦に触られたらその子がつぎに追われるのだ。そして呪いの押し付け合いになり、最後は必ず足の遅い奇智彦の元に戻ってくる。その瞬間は何よりみじめだ。追っているうちに、追われていることに気づく。後ろからあれがくる。あれとは何か奇智彦には明瞭に分かっている。ようやく食卓にたどり着く。

王宮ではない。子供時代を過ごした離宮(りきゅう)の小食堂だ。母が金切り声をあげる。両手で食べなさい！　それが作法(マナー)です！　奇智彦は左腕を上げようとするが痛くてたまらない。

母は泣き出す。心臓が冷たい手でつかまれたようになる。

ぼくは母上(ははうえ)を悲しませている。ぼくのせいだ。

とつぜん気づく、左手以外も動かないことに。

ついにおそれてきた日がやってきた。左手の毒が全身に回ったのだ。

身体(からだ)が動かない。暗闇で、声も出ない。自分は目を開けているのか？

音が、世界が遠ざかる——。

声がする。咲(えみ)の声だ。それから石麿(いしまろ)の声も。じいはどこだろう。とつぜん思い出す。じいは腰を痛めて里で療養中だ。ここは離宮ではなく屋敷。自分は奇智彦王子ではなく、王弟城河公。

いきなり乱暴に揺すぶられて、夢とまどろみが入道雲のようにちぎれとんだ。

「殿下！　殿下！　お目覚めください、殿下！」

目を開けると、面長の見知らぬ顔があった。

黒い礼服を着ている。侍従だ。たしか昨日会った。

後ろに近衛兵が二人いて、何やら抗議中らしい石麿を押しとどめている。

誅殺される。そう、とっさに思った。

「おい、待て。おれは出家すると――」奇智彦はまわらぬ舌で言いつくろう。

「王宮へお越しください、城河公。お急ぎを！」侍従はかたくなだ。

「分かった、まず住江大社を参拝し、神意をはかって」

奇智彦は焦って自分でもよく解らない時間稼ぎをする。

侍従の様子もまた、尋常ではない。

「とにかく、王宮へ！　お車は玄関に待たせてあります！」

「しかし寝間着では登城できんよ。わたしの従士を呼んでくれ」

「あ、はい。左様ですね。お早く」

侍従は近衛兵に合図し、石麿と咲が寝台に駆け寄ってくる。

奇智彦（くしひこ）は少し安心し、同時にいぶかしむ。

殺す気なら従士（とねり）とは切り離す。ならば登城の理由は？

「おおう！」奇智彦は不自由な足の力が抜けたふりをして、侍従の腕のなかに倒れこむ。

「殿下!?　どうなさ……」

「呼ばれた理由は？」ささやき尋ねる。「おれは恩を忘れんぞ」

侍従は少し迷って、ささやき返した。「――――。」

「石麿（いしまろ）、胡袴（ズボン）を！」

奇智彦の声はうわずった。

「上着を！　短衣（シャツ）はいい、寝巻の上に着る！」

第六幕　賽は投げられた。(Alea iacta est.)

明け方に登城すると、北棟の寝室に案内された。

和義彦が呆然とこちらを見る。王妃祈誓姫が寝台にすがりついて泣いている。王女幸月姫が母の涙におびえている。鷹原公が奇智彦の背にぶつかる。ふり返ると、次兄は泣いている。

寝台の中で兄王が死んでいる。

扉が開く。全員がこれ以上の問題事を警戒して扉を見やる。いま登城したらしい宰相テオドラだった。通り道を開けてくれと目線で訴える。後ろから稲良置大将軍が続いた。

「くしさま」髪をおろした幸月姫が、いつものように、てこてこと奇智彦に駆けよる。

「どうしましょう、母上が泣いてらっしゃるの――あれ？　くしさま、下は寝間着ですか？」

「それは――さちさま、お母さまは……」

「触らないでっ！」

誰かが叫んだ。祈誓姫だった。

「触るな！　鬼！　人殺し！　徴税代行人！」

王妃祈誓姫は奇智彦から幸月姫を奪い返して、つよく抱きしめる。

奇智彦は室内を見まわした。

全員が奇智彦を見ていた。侍従も。寝台の脇の医者と巫女も。

自分が兄王を弑殺したと思われていることに、奇智彦はうすうす気づき始めていた。

祈誓姫の話ではこうだ。昨日、奇智彦と会った後、兄王は寝室に来た。そのとき兄王は、すこし呂律が怪しかった。でも、酒の匂いがしたし、兄王は酒に弱かったので、少しお召しになったと思って気にしなかった。兄王は自分で寝間着に着替え、先に寝台に入った。

夜明け前、祈誓姫はお手洗いのために目を覚ました。我背を起こさないようそっと抜け出し、戻って、異変に気づいた。呼びかけても反応がない。御手に触れたら冷たかった。死んでいた。

「毒です……。きっと、あの酒に毒が……うっ」

王妃は寝間着の袖に顔をうずめて泣いた。幸月姫の乳母が隣に寄りそって慰める。

極秘裏に呼び出された王都警察の捜査部長は、ひょろりと背の高い冷静沈着な男だった。

「なるほど。王妃殿下、いくつかお尋ねしてもよろしいでしょうか」

近衛隊や軍情報部の者が、帳面を手に耳を澄ます。奇智彦はその瞬間、唐突に思い出す。

「あのとき、頭を打ったから……！」

奇智彦は気づいたことを、皆に必死で説明した。

「最後にお会いしたとき、卓子が倒れて転ばれ、天板で頭を打たれたのだ！　きっとあのせいだ！　時間が経ってから亡くなると……あるのでしょう、先生、そうやって亡くなることも！」

室内全員の視線が、宮廷医師長に集中する。捜査部長が代表して尋ねた。

「先生、そういうこともあるのですか？」

「陛下の頭部に、擦過傷がございます」

「ほら！」

奇智彦は勢いづく。

「俗に、かすり傷と申します」

「ああ……」

肩を落とす奇智彦を、鷹原公がにらむ。

「奇智彦、お前まさか」

いきり立つ鷹原公を、和義彦が間に入って止めてくれる。

「鷹原公、証拠もなく疑うのは」

「無茶苦茶うたがわしいぞ！」

鷹原公は聞こえないと判断した小声でいうが、ばっちり聞こえた。

和義彦は、その場の勢いで何をするか分からない鷹原公を必死になだめる。

「『疑わしきは被告人の利益に』と昔から申します」

「誰が言ったのだ、そんなこと！」

「それは……これは法律用語で……。帝国法の原則なのです」

「ここは王国だ！」

「王国の法体系は帝国式なので……」

「そうなのか!?」

鷹原公が宰相に詰め寄る。何故知らないんだ。軍の大佐だろ。

「帝国法です。鷹原公のお父君が定められました」

感想も思想も一切のせずに宰相は答える。

「そうなのか！」

将軍が驚く。何故知らないんだ！　軍の最高責任者だろ！

「皆さま、ご遺体はいかがいたしましょう」

捜査部長が宮廷のすっとこどっこい共に尋ねたとき、奇智彦は啓示を得た。

「検視だ！　このまま警察署にお移りいただき、検視を……」

「「「とんでもない！」」」三重の声に反対された。

「あのひとの御身体を、これ以上傷つけないで！」と言って王妃はまた泣き出す。

「王を検視など！　暗殺だと確定してもしなくても、一大醜聞だ」と鷹原公が言う。

「王の身体を切り刻むなど許されん。家畜や降した敵ではあるまいに」と将軍は怒る。

奇智彦は突破口を探し、微かな希望を込めて宰相テオドラを見る。

「宰相はどう思われるか？」

「いままで王のご遺体に刃を入れた先例はありません」

「それは祖父王も父王も死因が明白だったからだ！　戦場で砲撃されたのと、飛行機事故で！」

「それ以前の諸王もです」

「祖父王の御代の前には、検視という概念がなかったからだろうが！」

奇智彦は必死に叫ぶ。そして気づく。まずい、必死さにみんなが引いている。

最後に、すがるような気持ちで和義彦を見る。

「和義彦どのは、検視すべきだと思われるだろう？」

「皆さま、これほど反対されることですし」

和義彦は、申し訳なさと疑念が半々の顔で言った。

かくて兄王の生命と、毒殺でないと証明する手段は失われた。


奇智彦が、王の寝室の椅子に呆然と座っている一分一秒にも、世界は刻々と動いていく。

鷹原公が、ちょうど腕時計を見ていた和義彦に尋ねる。

「いまは何時だ」

「朝の四時、ちょうどです」

「これからどうするんだ」

尋ねられて和義彦は、困り顔で周囲を見回した。その視線が、宰相テオドラにとまる。

「この事態を収拾するのに、何かよい案はありませんか」

「いまは月曜日の早朝です。金曜日に『王位継承会議』と国葬を執（と）り行いましょう」

宰相テオドラは落ち着き払っていて、口ぶりはよく整頓されていた。

「大臣たちを召集し、ご遺体を確認後、正式に閣議（かくぎ）を開きます。今は戦時下ですから、秩序を保つためにも正当性が重要です。閣議決定する内容は、二日間のかん口令と、王都の警備強化。火曜日に重大発表の予告放送を行い、水曜日に国内で一斉発表。木曜日に告別式を行います」

鷹原公は、無気力な顔でテオドラを眺めていたが、ぽつりと訊（き）いた。

「長兄上（あにうえ）の葬式は、金曜なのか？」

「金曜の王位継承会議で選ばれた次王が、葬儀を主宰します。次王の即位式は来週以降です。土日は銀行や証券取引所が休みですから、経済の無用な混乱が避けられます」

宮廷の面々が、テオドラの知恵に、静かにうなずいて受け入れる。

奇智彦は、それをどこか他人事（ひとごと）のように聞いている。

すべてが淡々と決まっていく。金曜日の国葬、王位継承会議。

奇智彦は考える。金曜日に、自分は果たしてまだ生きているのか。その次の金曜日は？

耐えきれなくなり、奇智彦は寝室を飛び出して夜の王宮を走った。

◇　◇　◇

夜の王宮の冷たい廊下を奇智彦は走っていた。少なくとも全力で脚を動かしていた。寝室のある北棟の階段を駆け下りる。制止してくれる和義彦の声を背後に置き去りにする。内庭の噴水像を横目に列柱回廊を走り、母屋二階に延びる渡殿回廊へ出る。冷たい月明りに人気のない局の列は異界とみえた。目的地は無い。ただ一筋に走らないと我が身が内から破裂しそうだ。だが廊下は勿論、どこかに繫がっている。やがて母屋に着く。主を失った大王執務室と、早くも次の主を探しているように見える侍従控室の間を走る。その間ずっと左右から、咲と石麿がまとわりついてきていた。

振り切ろうにも、ふたりが小走りに歩くと、もう奇智彦の全速力より速いのである。

「殿下！」咲の声は思い詰めていた。

「違う！」奇智彦は怒鳴り、顔をそむけた。

「わかっております、殿下！」反対側で石麿が力強く言った。バカ特有の確信に満ちていた。

「何もわかってない、少なくともおまえの方は！」

奇智彦は罵り、また顔をそむける。こちら側には、固い決意の咲がいる。

「兄と話しました。われら兄妹、どこまでもお供を」

咲は奇智彦に歩調を合わせ、そっと肩に身を寄せた。

「バカ二人が相談しても結論はバカのままだ！」

奇智彦は泣き出したい気持ちだった。

「城河公！　はじまりましたな！」

後ろから将軍の声がした。あっさり追いつかれる。何故か将軍は嬉しそうだった。

「あれ？　宮廷服の下、寝間着ですか？」

またバカが増えた。

奇智彦は声を低めて怒鳴る。

「何もやってない！　人聞きの悪いことを！」

「左様。その慌てようからすると、殿下はやっておらん。だがそんなことは、もはや関係ない！」

将軍は呵々大笑した。戦を前にした石器人の興奮で。

「賽は投げられた！　玉座を巡る争いは始まった。ならばあとは、勝つか死ぬかです！」

「何ということをいうのです。正気ですか」

「城河公、年寄りの忠告をお聞きなさい。このあと何が起こるか、考えて御覧なさい」

「つぎの王が決まる」

奇智彦が言うと、将軍は、ほおう、と感心してうなる。

「やはりあなたは見どころがある。この後、王の遺体は王宮神殿に安置される。王位継承会議が、たぶん大集会場あたりで開かれて、豪族たちの歓呼の声で次の王が決まる。新王は葬儀を主宰する。そういうしきたりです」

「それで？」

「次の王になりうる有資格者は四人だけ。いちばん有力な鷹原公。父王の弟君の渡津公。その嫡男の和義彦殿。そして城河公、あなたです」

「だから？」

「鷹原公が次の王になったら、あなたは十中八九殺されますよ」

奇智彦は目をむいた。そんなにはっきり言うか、普通？

思わず咲と石麿を横目で確認する。二人とも、老将軍を呆然と見ていた。

「鷹原公が、何でこの奇智彦を殺すんだ？」

「兄王陛下を殺したと信じておいでだからです」

「誤解だ！　すぐにとける誤解だ！」

「かもしれません」

将軍はあっさりと認めた。

「しかし鷹原公が即位すれば、弟君である城河公は次期大王の最有力候補です。まずいことに鷹原公は独身で子もない。今から結婚となれば、奥方の座を巡って有力豪族が争うのは確実。城河公の存在は、宮廷の権力闘争の中心となります。本人のご意思はもはや関係ない。兄弟は互いを恐れて憎み合う。人の心は弱いもの、疑心暗鬼がずっと続けば、いつかは思うのです。

『このまま殺られるくらいなら、いっそ先手を取って……』」

奇智彦の喉から、人の者とは思えない悲鳴が上がった。

将軍の話はあまりに具体的で生々しく、おまけに楽し気なのがたまらなく嫌だった。

将軍は、豪快に笑う。

「城河公、あなたが生き残りたければ道は一つ。あなた自身が王になることです。行動か死か！　こまかい方法はお任せします。何しろ殿下はわしより頭がいいから」

「兄弟で殺し合えというのか!?　あんなのでも実の兄なんだぞ！」

「では鷹原公に殺されるのを、ただ待つのですか？」

将軍の論理は単純明快で、だからこそ容赦がなかった。

「それならそれで、軍もわしも別に困らんが、殿下の褐色の恋人も巻き添えになりますな」

「咲とはそういう関係じゃない……」

「恋人の妹もです」

「石麿とはそういう関係じゃないっ！」

力が抜け、へなへなと崩れ落ちるのを、石麿と咲が慌てて支えてくれる。

将軍は部下から軍用外套を受け取って、手早く身に着けた。

「城河公、わしは失礼します。今すぐ国軍司令部に行って、軍をしっかり掌握しておかねば。王がいないと分かればきな臭くなる。前線も内地も」

「軍は私の味方ですか？」

奇智彦はようやっとそれだけ訊ねる。

「軍は王の味方です」

将軍は、部下から制帽を受け取り、かぶった。

「勝った方に忠誠を誓います。がんばってください。わしは鷹原公より、あなたの方が好きだ。わしを馬鹿だと思っているのを隠そうとする分、可愛げがある」

「私が負けたら？」

「これでしょうな」

将軍は笑って、首を斬る仕草をした。

「王になられたら、ラクダの件をお願いします」

何も言わずに踵を返す。石麿と咲がぴったり付いてくる。将軍は別に追っては来なかった。

人気のない王妃控室。遊戯室に、小食堂。無人の王宮映画館に、静まり返った閣議室。母屋の端にあった便所に駆け込んだ。誰も入れるなと石麿に、ついてくるなと咲に命じる。

陶板張りの便所は無人だった。大理石の洗面台に栓をし、蛇口から水をだして頭からかぶる。

「落ち着け。冷静になれ。考えろ、考えろ。何を考えれば？　それをまず考えろ」

水が溜まる。鏡に映る自分の顔を見て、呟く。

「王弟奇智彦、兄王を弑するも討たる」

洗面台に乱暴に立てかけていた杖が床に転がり、虚に寒々しい音を立てた。

耐えられなくなり、水面に顔をつけて叫ぶ。

なんで！　なんで⁉

叫びは泡になって頬を撫で、水面に浮かんだ。

息の続く限りそうしてから、鏡を見る。

ずぶ濡れの小男と目が合う。鏡の中の男が言う。

「このままでは、誰が次の王になっても殺される。自分がなっても。なろうとしただけで」

男の声が寒々しく響く。

「原因は、卓子の脚一本。ははは、笑えるな。他人事だったなら」

男子便所の薄い扉ごしに、石麿の話し声が聞こえた。鏡にうつる出入り口に人影がある。

「いま使用中で……ぐうぇ！」

扉を開けて入ってきたのは鐘宮だった。背後にちらりと悶絶する石麿が見えた。

奇智彦は褐色の制服に青帽子の鐘宮を見る。

鐘宮は寝間着に宮廷服で何故かびしょぬれの奇智彦を見る。

便所の床だというのに、鐘宮はがばりと額ずく。

「奇智彦尊、始祖神の血に連なる方。近衛隊中の第一人者。城河荘知事にして専売公社理事。慈悲深く、奇知湧くが如く、文武百官、異形の者ども、尽く従う。最も弱く、最も強き者」

鐘宮は大げさに奇智彦を誉めたたえる。危険なくらい大げさに。

「我が名は、初代王の祖父の子田力彦の末裔、鐘屯倉の鐘宮、鳥打彦の子、陽火奈。近衛の末席を占める者。辺境の鹿砦で生まれ、学才乏しく礼を知らず、矛をとることしか知らぬ者」

鐘宮は大げさに遜りつつ、自分の出身氏族と来歴を語る。

奇智彦は、この口上を知っている。

鐘宮は床に転がっていた黒と銀の杖、近衛隊長官の指揮杖を取り、両手で捧げ持った。

「ぜひ、私を臣下の列に加えてください」

奇智彦は知っている。これは仕官の口上だ。

鐘宮が額づいているうちに、奇智彦は便所の個室に逃げた。

扉の閉まる音で鐘宮は気づいたらしい。どんどんと扉をたたく。

「殿下？　殿下！」

「殴ったのか、おれの従士を？」

「蹴りました」鐘宮は後ろめたさがまったくない口調で言った。

「この鐘宮は、生涯お仕えするべき御方を知りました。奇知湧くが如く、慈悲と冷厳を兼ね備える。王の御器量ですが、武はもたない。鐘宮があなたの矛になります」

「その御方の従士を蹴るのか？」

奇智彦の問いには答えず、鐘宮は抑えた声でささやく。

「鷹は同じ巣に生まれた雛を殺すと申します。毒を盛ったのは」

「失せろ」

奇智彦は便所の扉に向かって言った。

「あれは事故だ。天板で頭を打たれたのだ」

「自分は今日、殿下のため便所の床に額づきました。明日、全ての者が肥つぼに額づきます」

「失せろ」

王族に謀反を勧めてくる危険な近衛兵を、奇智彦は言質を取らせず下がらせた。

「便所の外でお待ちします。何日でも」

鐘宮は言う。この蛇ならほんとに待ちかねない。

「あの、これだけは」

鐘宮の声に見上げると、個室の仕切り壁と貯水槽の間に、棒状のものがあった。

奇智彦の指揮杖だった。鐘宮が、便所の個室の向こうからさしかけている。

「個室の床に落とすのだ」罠を警戒して奇智彦が言う。

鐘宮は素直に落とし、奇智彦は右手で受け止める。本当に杖を渡したかっただけらしい。

「ありがとう。もう一度だけ言うぞ。失せろ!」

誰もいないと確信したあと、奇智彦は個室から出た。

大理石の冷たい洗面台に右手をつき、鏡の中の自分に呟く。

「奇智彦、大王」それから、思い出す。「全ての者が肥つぼに額ずく」

王？　この足曲がりの王子が？

額ずく⁉　馬にも乗れぬとおれを馬鹿にした者、皆が⁉

息が荒い。心が沸き立つ。ひやりとする。なぜか勃起していた。

同時に、それは無理があることも理解している。

奇智彦は鏡の中の、右手と右脚が不自由な男に話しかける。なるべく客観視するために。

「大王には、後ろ盾となる豪族の兵力、経済力、政治力が不可欠だ。それがなければ政治をまったく動かせず、そのうち反乱で殺される。だが、奇智彦には後ろ盾がない。いちばん近しい栗府氏には将軍も大臣経験者もいない。不自由な身体ゆえ、即位の可能性がないと生まれながらにみなされた。だから守役や乳兄弟も、王位に妙な野心を抱かない弱小氏族ばかり選ばれた」

鏡の中で厭な目をした小男が言う。非情で、奸智に長け、だから訊くべき意見を吐く。

領地の兵はどうだろう。

「だめだ。城河荘は人口も少ない。お前が成人して統治をはじめてまだ一年。しかもお前は兄王を殺したと思われている。忌まわしき王殺し。豪族や民にもじきに知れわたる。集まる兵士はわずかだし、真面目に戦わない」

戦うといえば近衛隊はどうだ。近衛の協力があるなら、あるいは。

「鐘宮は名門だが、本人はまだ階級が低い。動かせる兵士は一〇〇か二〇〇。たいしたことはできない。裏に糸を引く大物がいれば——『近衛が王を選んだ』。できるのは軍事政権。他に頼れる伝手がないから、近衛隊に王国を乗っ取られてしまう。厳しいな」

大物といえば帝国人。帝都はどう出る。

「大陸で泥沼の戦が続く中、戦略拠点の王国で王位をめぐる内戦が勃発したら、か。祖父王が崩御した後の内乱では、帝国は最も強い勢力に味方した。早く王国を安定させ、商売に専念したかったのだ。今回なら、恐らく鷹原公を支持する。少なくともお前は第一候補では絶対ない」

鷹原公の持つ資源は？

「有力氏族・鞍練氏の後ろ盾。鞍練は先代が死んでからツキが落ちたとはいえ古豪。身内に空軍の将軍もいる。現役の議員も。鷹原公の所領、鷹原荘は開拓の歴史が古く、人口三万の大都市まで抱えている。お前の兵の三倍は、たやすくそろう」

有力氏族たちの動きは？

「豪族どもは抜け目ない。それくらいの算盤は誰でもはじく。だから有力者にいまから声をかけるのも、よい手では決してない。口約束で兄弟を両天秤にかける蝙蝠、番狂わせを狙う博打、応じざるを得ない落ち目の連中の、寄り合い所帯になるのは目に見えている」

それで勝てるか？　奇智彦は鏡の中の男に問う。男は醒めきった声で言う。

「無理だ、どう考えても力ではかなわん。いますぐ亡命しろ」

◇　◇　◇

「あの、この便所は使用ちゅ、蹴らないで！　蹴らないでぐうぇ！」

石磨の悲鳴を警報がわりに、奇智彦は個室に隠れ込む。扉を閉める寸前、毛皮がちらりと見えた。奇智彦は扉の下から見えないよう脚を便器にひっぱり抱えて、個室を無人と偽った。

「クシヒコ？」荒良女が個室を手前から順番に調べる音。

いちばん奥、奇智彦の扉の前に来る。

「居るんだろ、クシヒコ」

奇智彦は答えず、息を殺した。

突如、蹴りの嵐が便所の扉を襲った。猛烈に。薄い扉を蹴破る勢いで。

「居る、居る！　使用中だ！」

奇智彦は慌てて叫ぶ。

「何故居ないふりをした？」

熊が不機嫌で危険な声を出す。

「幸月姫さまかと思った。隠れ鬼のお相手をしていたのだ」

ううう、と熊が沈静化する。なぜいまの説明で納得するんだ？

「話がある、出てこい！」

「何の話だ？」

「大事な話だ！」

熊が吠える。

「隠れれば引っぱるのが熊だ！　やさしく言っているうちに開けた方が身のためだぞ！」

こいつなら本当に蹴破りかねないので、奇智彦は個室の鍵を開け、おずおずと熊の前に出た。

奇智彦は巫女のような服に熊皮をかぶった異国女を見上げる。

荒良女は寝間着に宮廷服を着たびしょ濡れの異国の王子を見下ろす。

「右手の爪の切り方だけど、こういうのはどうだ。爪切りを机に固定して、顎で押すのだ」

荒良女の言葉を理解するのに、たっぷり五秒近い時間が要った。

「なんの話をしているっ!?」

思わず奇智彦は怒鳴る。

「我は汝の味方だ、ということだ」

荒良女は言い切る。みじんも揺らがず、照れず、力まず。

一瞬、何と返していいのかわからなくなる。

「味方になって、それで何をしてくれる」

「それを考えるのが、汝の仕事だ」

「じゃあ、熊の仕事は？」

「あの村を襲えとか。美味いものを食えとか、酒を飲めとか、あの子かわいくない？　とか」

「ふふ、ふは」

あまりのしょうもなさに、奇智彦はおもわず笑う。

笑わされた時点で負けだ。

そして、気づく。腹がきまっていることに。

「さいわい得意だ、ちからで勝る者と、知恵で渡り合うことは。生まれた時からやっている」

奇智彦は笑ってみせる。深く、頼もしく。

寝間着にずぶ濡れの身の上に、かなうかぎりの格好をつけて。

「何のことはない。もし敗れても、前々より世に疎んじられていた者が世を去るまでのこと！世間にただ一人分の座を占めていた者が退くだけのこと！　万一、殺されたとしても！」

便所の外に出る。扉に耳をくっつけていた石麿にぶつかりかける。そばに鐘宮がいた。涼しい顔だが、石麿の恨めしげな眼つきなどを見るに、この女も聞き耳をたてていたらしい。

「鐘宮大尉、王宮の警備は近衛隊の仕事だな。交代は何時だろう」

「毎朝八時に交代します」

鐘宮（かなみや）はよどみなく答えた。

「三個大隊が四ケ月交代で、三個中隊がそれぞれ四〇日あまりずつ、王宮を警備いたします。警備の責任者は中隊長、つまり自分です」

「鐘宮大尉の兵が、次に上番するのは何日だろう……おっと」

奇智彦（くしひこ）は荒良女（あらめ）を振り返り、笑う。

「推理は外れだ、名探偵よ。それでは危ない。爪が見えないから、深爪の危険があるのだ」

◇　◇　◇

宰相テオドラはその朝、閣僚全員を王宮に召集した。大王（だいおう）のご遺体を確認し、事後対応を閣議（かくぎ）決定した。書類が出来上がり、各大臣の署名がされたのは、月曜日の正午。

『大王のいない一週間』は、こうして始まったのだ。

第七幕　安全のためにつく嘘は真実である。(Verum est quod pro salute fit.)

・大王(だいおう)死亡後 月曜日 早朝 王弟城河公奇智彦(きのかわこうくしひこ) 屋敷よりの電報　王国逓信(ていしん)資料館所蔵

0616 RCEX　（王都交換台 〇六一六番 電信印字機より問合せ）

0091 OMEX　（淡海(おうみ)交換台 〇〇九一番 機より自動応答信号）

0616 RCEX ini　（応答確認、送信開始）

宛：栗府ノ里(ヴィラ・デ・クリフ) 栗府氏一族代表(ドウツクス・デ・クラン・クリフ)

発：城河荘事務局(アゲル・オフイキウム・キノカワ)

本文

非常事態(ヒジウ)。王都(ト)で豪族の争い(デイリ)。人手を送ってくれ(ヒトオクレ)。

頑健な男性六名(シコヲ6)。口の堅い者(カモク)。至急(シキウ)。武装厳禁(マルゴシ)。

交通費(アシ)や食事代(メシ)、宿泊費は(フトン)、着いたら(ヨウイ)本人たちに渡す(テワタシ)。

港に迎えを送る(ミナトムカエ)。船便(ビン)を後で電話で(アトデン)教えてくれ(クレ)。

0616 RCEX
0091 OMEX
0616 RCEX Fin　（最初と同じく互いの応答を確認し、通信終了）
Spero vos Regnum Telecom（SvRT）　王国通信（オウツウ）　（国有通信会社の無料印字広告文）

王が死んだ朝も、当たり前だが日は昇る。
鐘宮（かなみや）は、城河公奇智彦殿下の御料車に、初めて乗った。
帝国製の黒い四扉高級車（Ⅳドアサルーン）だった。流石（さすが）、王族だけあって良い車に乗っていると思っていたが、乗りこまれる姿を間近で見て気付いた。手足が不自由なので二扉や小型の大衆車では後部座席にうまく潜りこめないのだ。不自由な身体（からだ）をよく知り、使いこなしておられる。
鐘宮と城河公は後部座席に並んで座る。鐘宮の見るところ、城河公は顔の造作はまずくない。だが、警戒心が顔に出る。周囲の者をとりあえず疑う顔、ウサギの顔だ。性欲も兎（うさぎ）並みに強い。運転席の褐色侍女はやはりお相手なのだろうか。

奥手な城河公に御せるのだろうか。この咲という娘からは、面倒くさい女のにおいがする。

兄の石麿は、実戦経験がある。相応に強いだろう。もちろん自分ほどではないという自負はあるが、それとは別に石麿の困り顔は可愛いとは思う。鐘宮は子供のころから、気に入った相手には意地悪をしたくなった。相手の中で鐘宮の占める割合が高まるのが好きなのだ。

断じて、加虐趣味ではない。

城河公は酒瓶を取り出す。帝国製の高価な蒸留酒だった。瓶を膝にはさんで封を切る。酒で口をゆすぎ、窓の外にはき捨てる。酒を頬にはたきかける。酒を窓から捨て、中身を減らす。

鐘宮は好奇心に負け、たずねる。

「それは何のまじないですか」

「まじないよりも験がある。打猿の知恵だ」

城河公は笑う。あのこそ泥の小娘を、まだ生かしておられるらしい。お気に召したのだろうか。身軽さを見るに、確かに脚は発達していそうだ。

そのとき、運転席の咲が言った。

「殿下、着きました。鷹原公のお屋敷です」

王族の屋敷の門には、必ず近衛隊の詰め所がある。

見張りの近衛兵は、連発騎銃を持った城河公の従士がふたり、車の踏み板に足をかけて車体側面に供乗(ともの)りしているのを見て、小銃(ライフル)をひっつかんだ。

「お役目ご苦労！」

酒精の匂いぷんぷんたる陽気な城河公が窓から顔を出すと、警戒が緩まる。

「城河公……、殿下。こちらの方々は」

この場の責任者らしい曹長が、反応に困って敬礼する。

「護衛を付けろと、みな煩(うるさ)い！　鷹原公(あにうえ)に会うだけだ、と言うに。お、どうだ、そなた達も」

城河公は、まだ六割方も残る酒瓶を差し出す。近衛兵たちは頂戴(ちょうだい)し、笑みをかわす。

ほぼ素通りで車を玄関前に付けた。完全に停車する前に護衛の従士が飛び降り、素早く車の左右に散った。城河公と鐘宮が車を降りて、立派な門をくぐる。

大会堂(ホール)は、人でごった返していた。鷹原公の支持者たちだ。

軍関係、官庁関係、報道関係、学術関係、実業家に思想家に芸術家に商売女たち。鷹原公をいち早く支持することで、隣の同輩よりも多い見返りを期待している無数の人びと。

どこで聞きつけたのか屋敷に押しかけ、鷹原公の後ろ盾である豪族たちと押し合いへし合い口論しているらしい。興奮と混乱はさらに広がり、互いの喧嘩(けんか)も始まっていた。

鐘宮は、警護任務中に見た顔をいくつか、群衆に認めた。普段あちこちで作った取り巻きが、それぞれの仲間を連れて支持に押しかけ、収拾がつかなくなっているらしい。

屋敷警備の責任者、鞍練(くらなおし)氏の男が来る。精悍(せいかん)な顔には、雑踏警備の疲労が浮かんでいる。

「城河公、ご用件をお伺いしてもよろしいでしょうか」

「鷹原公の御所望だ。おや、皆にも秘密だったか」

城河公がいやらしく笑って、鐘宮を示す。

細い肩ひもと短い裳袴は、隠すというより魅せている。肩も胸元も脚も。金の耳飾り。編んだ黒髪。眼鏡はつけていない。高級な商売女丸出しの鐘宮は艶然たる微笑を浮かべてみせる。

鞍練の者たちはあきらめ顔で、武器の有無だけ調べ、城河公を通すために人ごみに割り込む。似たようなことが以前から何度もあったのだと、近衛隊の記録を調べた鐘宮は知っていた。

鷹原公は少数の取り巻きに囲まれ、居間で酒を飲んでいた。王国軍内の鷹原公派というべき空軍将校、命知らずの特攻記者、商売女。いずれも古顔たちだった。

鐘宮には、なぜ大会堂の連中が中に通してもらえないのか察しがついた。

鷹原公は、どの取り巻きを信頼してよいのか、判らないのである。

「奇智彦、何しに来た」

鷹原公の目には敵意と疑惑があふれていた。

鐘宮の見るところ、鷹原公はそれなりに男前だが、顔つきに粗暴な自信のなさが表れている。

言うことなすこと不安だから、自分を大きく見せようと間違った男らしさを発揮するのだ。対する城河公は誠実そのもの、羊みたいに従順な顔つきだった。

「お目にかけるためです」

「何を」

「不出来な弟を」

取り巻き数人が、思わず、ふふ、と笑ったが、緊張した空気にすぐに口を閉じた。

「みな、外してくれ。宴はおひらきだ」

鷹原公の言葉に、取り巻たちは目線をかわした。この事態に彼らも困り果てている。

衣擦れと、人が動くときの雑然とした音。扉が閉まる。

「やりましたな、鷹原公！」

城河公は扉が閉まるやいなや、満面の笑みで握手を求める。

糾弾するつもりが拍子を外され、鷹原公は茫然と握り返す。

「やった……？」

「みなまで仰らずとも判っております！　この奇智彦、及ばずながら鷹原公のお力に！」

「待て、待て！　お前じゃないのか、その、例の件は」

大王暗殺は、とは流石に口にしない。

「ええ？　てっきり……。あの事で、と」

城河公(きのかわこう)は気になる口ごもり方をする。

「あの事とは？」

鷹原公(カモ)が食いつく。

「……いえ、故人の陰口は、はばかりが」

はばかりつつも亡き大王(だいおう)の件としっかり示唆(しさ)する。

「陛下か!?　長兄上(あにうえ)と何かあったのか!?」

「兄王(あにおう)と……、最後に」

城河公は一拍ため、流してもいない涙を右手で隠す。

「最後にお会いしたとき、鷹原公(たかはらこう)について厳しいことを仰(おお)せでしたので、あるいは、と」

鷹原公が多すぎる心当たりを探る。

「軍務に熱心すぎるとか、屋敷にしきりに人を呼んでいるとか」

「そんな、誤解だ！」

鷹原公は長椅子(ソファ)から立ち上がる。

「確かに兄王は誤解してらっしゃった。鷹原公はけしてそんな」

「ちがう、奇智彦(くしひこ)！　お前も誤解している！」

鷹原公は混乱して半泣き半笑いだ。

「では、誰が」

城河公が呟くと、鷹原公はもとの長椅子に乱暴に座った。手で顔を覆って。

冷たく重い沈黙。雰囲気には、確かに温度というものがある。

城河公は思案気な顔で杖の握りに噛みつき、斧を象った銀細工の下をねじのごとく回した。

仕込み杖か!?

暗殺を警戒して腰を浮かせる鷹原公。

屋敷で殺る気かと緊張する鐘宮。

杖から振り出されたのは銀色の細い筒。銀細工の携帯酒瓶だった。

王からお預かりした近衛隊の指揮杖を勝手に改造したのか!?

城河公は酒瓶の蓋に噛みついて本体を回して開け、当然のような顔で鷹原公に勧める。

当たり前だが毒を警戒されて拒否される。御自分で一口飲む。よこせと奪われる。

一気にあおって、鷹原公は眉をひそめる。

「何だこれ、みかん果汁水か？」

「今日は屋敷がいつになく賑やかですね。外はまるで暴動寸前でした」

城河公が何事もなかったかのように携帯酒瓶をしまう。

「ほとんどは、おこぼれを狙う禿鷲どもだ。あれこれ理由をつけるが全部お見通しだ」

鷹原公はそれを見抜いて賢い気でいるが、そんな友や支持者がたくさん押しかけ、昔からの従士と屋敷で喧嘩するのは、王族として駄目だということに気づいてない。

そして、『鷹原公は御自分の領域だと安心から気が大きくなり、余計なことまでペラペラしゃべるから』と城河公みずから危険をおして屋敷に乗り込んだのは、どうも正解だったらしい。

「それで奇智彦、何の用だ?」

鷹原公は不審げに尋ねた。疑惑も敵意も、最初と比べてはっきりと薄れている。

何の証明も何の誓いも、まだなされてもいないのに。

「鷹原公に贈り物がございます」

高額な保険を売りつける男の、頼れる笑顔で城河公は言う。

「その者か。確かに美しいが」

鷹原公の視線は、城河公の視線に負けず劣らずいやらしい。

「何故こんな大事なときに――」

「殿下」

私は前髪を搔き上げて額を見せる。金縁の眼鏡を取り出し、かける。

「あっ」

鷹原公が気づく。私が鐘宮近衛大尉だ、と。

この眼鏡は度が入っていない。鐘宮の視力は両目とも二・〇だ。これを着けたら誠実で温厚そうに見えると、勧められて着けたおしゃれ眼鏡なのだが、実はこういう使い方もある。

皆、鐘宮を制服と額と眼鏡で見分ける。近衛隊の兵士も街の者も、鐘宮のことを陰で『でこメガネ』と呼ぶ。だから私服で眼鏡をとり、前髪をおろすと誰も正体に気づかないのである。

「確か近衛兵だろ、そいつ。でこメガネ！」

鷹原公がおっしゃる。本人の前で言うか、普通？

「贈り物とは、玉座です。鷹原公」

城河公の穏やかな笑顔は、万病を癒す薬酒をいまだけのお値打ち価格で売る男に似ていた。

◇　◇　◇

「この王国を育てあげたのは祖父王と父王。その血を引くものが王になるべきだ！　血は尊い。血は濃い。力の正当性は血に宿る」

城河公は、にわか愛国者のごとくぶち上げた。

「叔父上、渡津公は大陸派遣軍の精兵八〇〇〇を握っている。王軍三万の、実に三分の一です！」

城河公はさりげなく割高に計算した。

「しかも嫡男の和義彦どのと、密かに電報のやり取りまで。叔父上が何を企んでいるにせよ、ことを起こす前に、誰かの尻を玉座にのせておかねば！」

城河公が鐘宮を杖で示す。

鐘宮は気合の入った敬礼をする。「近衛第二連隊、鐘宮陽火奈です」

面積が少ない服で敬礼したので、色々見えたのだろう。兄弟の目はすけべだ。この野郎。

「鐘宮大尉は連絡役です。ここだけの話ですが、近衛隊には鷹原公を推す者がいる」

「では、なぜ俺に直接言ってこない？」

鷹原公は怪訝な顔だ。

鐘宮は答えない。もっともな疑問だからだ。わざわざ弟を通す理由など見当もつかない。

「私は名誉職とはいえ近衛隊長官です。近衛隊の将校と頻繁に会っても怪しまれない」

とっさにひねり出したにしては、しごくもっともらしい理由に、鐘宮は内心舌を巻く。

「鷹原公！　金曜の王位継承会議の日、あなたに忠実な近衛兵で王宮を固めておくのです！」

城河公に焚きつけられて、鷹原公の目には人生のすべてがあった。

欲望、疑惑、興奮、焦燥、好色、恐怖、そして野心。

「……奇智彦、お前は王になりたくないのか？」

鷹原公がうたぐる。もっともな疑問だ。

「この腕と脚では。玉座までは遠すぎる」

城河公がお道化る。「酒瓶すらまともに開けられません」

この方はいつも、御自分の不自由な身体を笑いの種にする。この癖は苦手だ。反応に困る。

「確かに！」

鷹原公は容赦なく笑った。城河公の冗談に笑い、乗っかり、うまい事を言うのが、兄弟間の交流だと思っているらしい。駄目な人だ。きっと不味い王になる。なれたとしても。

ふと、鐘宮は気づいた。

あの酒瓶は小道具だ。左腕が動かないのを強調するための。

脚にはさみ、噛みついて開けるための。自分を演出するための。鐘宮の眼鏡と同じなのだ。

背筋に震えが走る。城河公は王族に生まれなくとも、世紀のペテン師になっていただろう。

城河公は鷹原公に、軍務に励むべきだとしきりに説いた。それも、御自分で考えさせて。

「民が望むのは強い王です！」

城河公は勝手に前提を設ける。

「そのためにするべきことは——？」

「新聞か？　おれの顔と考えを民にしらせる」

鷹原公が思いのほか良い案を出す。

「素晴らしいお考えです！　他には!?」

城河公はさりげなく別の案を引き出す。

「えーっと、白馬にまたがった写真を公開するとか」

妙案は、まぐれ当たりだったらしい。

「それもいい。もっと！」

城河公はしんぼう強く、鷹原公の御機嫌を取る。

「……空軍だ！」

鷹原公は、ようやく気付いた。

「それは——名案かもしれません！　事件以来、空が騒がしいとか」

「ああ、早くも大陸から偵察機が来た。政治的混乱時の防空能力の低下度を調べているらしい」

専門家は、どんなに阿呆でも専門分野には詳しい。

「ならば、やるべきことは！」

城河公が勢いでごりおすと、鷹原公は逸る。

「すぐに飛行場に行く！　俺みずから戦闘機に乗り、緊急発進をかける！」

かくて、鴨は針に食い付いた。

「しかし、誰かが王宮神殿に居らねば。兄王のもがり、ご遺体の番をせねばならん」

鷹原公にも、もちろん、そのくらいの社会常識はある。

「私が行ってもよいのですが……」

城河公は行きたくない人の台詞を言う。

「和義彦どのに頼みますか？　誰の目にも触れない仕事ですし、誰がやってもよいでしょう」

思惑通り、鷹原公の目に阿呆なりの狡さが宿った。鷹原公はそそのかす。

「いや、ぜひ奇智彦(くしひこ)に頼みたい。やはり、ご遺体の番は実弟でなければ格好がつかん」

城河公は渋り、首をひねり、舌で頬を膨らませて、思案しているふりをする。

「……しかし」

城河公は『出来ません』から入る。

「この身体(からだ)では身の回りの世話をする者が必要で……」

「あのアフリカの兄妹か。王宮に控えさせればいい。北棟に部屋を用意させよう。きっと喜ぶ」

「……いや、しかし、私の身も不浄がたまっていることだし」

「おい何だ？　まさか……」

鷹原公が気づき、好色に笑う。

「妹か？　熊女(くまおんな)か？」

「できれば、南の神殿に近い方が、色々と……」

城河公はいやらしく笑い、杖(つえ)をもてあそぶ。

「やるじゃないか！　よい、王宮の南棟に控えさせろ。兄上の前では呼ばうなよ」

城河公なら、ほんとに兄の御遺体の前で夜這(よば)いしかねないな、とふと思う。若い男子という点を差し引いても、性欲きわめて旺盛(おうせい)だ。女の影がないのが、むしろ不思議なほどに。

「鷹原公の仰(おお)せとあらば、仕方がありませんな」

城河公は笑う。会心の笑みで。

屋敷の全員が、王宮に入り浸っていても、これで怪しまれない。

最初とはうって変わってもてなしの良い帰り際、扉の前で城河公はまたもや種をまいた。

「それより鷹原公、ご注意を」

一拍置いて、何を注意すべきか、あれこれ想像させる。

「毒は弱者の武器です。身体の不自由な者、老人、病人、子供、あるいは……」

「女？」

鷹原公はまたも自発的に思いつかされた。

「王妃が殺したというのか？」

「そう思いたくはないが、兄王と最後にお会いしたのは王妃です。身体の不自由な者と女が容疑者で、前者はおのれが無実と知っているので。ともかくご注意を。誰も信じてはなりません」

城河公は勝手に前提を設け、勝手にひとり棒引きして、都合のいい『容疑者』を残した。

鷹原公と城河公が大会堂に姿を現すと、熱狂は頂点に達し、従士たちが必死に押しとどめた。

城河公奇智彦。狡い人。堂に入った嘘吐き。鷹が飛ぶ世を生きのびるウサギの知恵だ。

王族に生まれ付いた世紀のペテン師。

世人はそれを、賢王名君と呼ぶ。

やはり鐘宮(かなみや)は、当たり籤(くじ)を引いたらしい。

◇　◇　◇

咲(えみ)は、主の自動車の扉にもたれて、鷹原公の屋敷を値踏みしていた。

主の従士で運転できる者は、咲と兄と従兄弟(いとこ)だけで、男衆の手がふさがっている今は咲しか運転手がいない。それで鷹原公のお屋敷まで運転してきたが、主と鐘宮さまが鷹原公とお会いしている間は特にやることがない。屋敷の前庭の隅に車を止めて待機している。

護衛のふたりは銃を手に、左右に離れている。

固まっていると一斉射撃を食らったとき、一撃で三人とも死ぬからだそうだ。

恐ろしい。でも合理的。合理を突き詰めて出来あがるものは、時々すごく恐ろしい。

鷹原公の屋敷は、咲の主の物より二回りほど壮麗だった。手入れも行き届いている。

前庭に噴水。彫像は舶来品(はくらいひん)。屋根の下に隠し銃眼。車庫には流線形に銀色の二人乗り車(ツー・シーター)。

さすが、金回りはよい。問題はお金の使い方だ。

「嬢ちゃん、どこの屋敷の子だ?」

酒の匂いをさせて、屋敷の警備係らしき者が言った。

「この美しい肌は、ひょっとして弟君の……?」

片方がわいせつな手真似をすると、二人組は呵々と笑った。

咲は可愛らしく微笑む。武装もない。咲に危険がないと確かめるまで、片方が一歩半後ろで備える知恵もない。女子に一人で話しかける度胸もない。これでは豪快ではない。軽薄だ。

仲間の従士たちが割って入ってくれるのを、こっそり手で制す。これはよい機会だ。

「あの、お二人はひょっとして、鞍練さまの?」

鷹原公の後ろ盾である豪族の名を出す。

咲が不安そうに眉をちょっと下げると、男たちは自己顕示欲に振り回されて食らいつく。

「違う、違う。おれたちはそういうおっかないのじゃない。殿下の朋友だ。トモと読む」

「鷹原公は、身分にこだわっていてはいかんとお考えなのだ。ひらけた方なんだよ、うん」

二人は笑った。咲も笑う。こいつらのごとき詰まらぬ友を持つから、この有様なのだろう。

鷹原公の屋敷は、音楽堂みたいな混沌状態だ。主の統率力のなさが窺える。鷹原公の腰が定まらないので、下につく連中も点数を稼ごうと勝手な真似をし、互いの足を引っ張り合う。

この二人も、正式な警備係なのか、勝手に名乗っているだけか、分かったものではない。

「おい、お前ら、何をしてる!」

横柄な声に、咲たちは振り向く。鷹原公の古顔の取り巻き、主が『仕切り屋』と呼ぶ男が、屋敷から出てきて咲と警備係たちをにらんでいた。警棒を持った手下を連れている。

「警備が持ち場を離れるんじゃねえぞ！　おや？　そこの女、確か、足曲がりの――」

『仕切り屋』は咲に気付いて、横柄に一歩踏み出す。

連発銃を持った咲の従士仲間が静かに前にでると、男は素早く笑顔をつくった。

「これは、城河公（きのかわこう）の従士の方ではありませんか」

『仕切り屋』は、それ以上、一歩も近づこうとはしなかった。しかし去りもしない。

咲から声をかける。

「何か不都合がありましたか」

「いえ、そんな。いえいえ」

『仕切り屋』はお道化て誤魔化す。その視線は、屋敷の警備係二人組をじっと見ている。

「このお二人は、あなたの部下なのですか」

「部下なんて、そんな。鷹原公のために駆（か）けつけた義士たちです。みんな平等ですよ」

『仕切り屋』たちは、威圧する態度でしばらく粘っていたが、咲たちが引かないと見ると、じっとにらんでから屋敷に消えた。屋敷の警備係二人組は口々に言う。

「助かったよ。あいつら無茶苦茶するから」

『仕切り屋』はゴロツキ数名を手下に従えて、屋敷に駆けつけた者たちを勝手に自分の配下に加えているという。鷹原公の無関心を良いことに、手下の手下をぞろぞろ連れてきたり、屋敷の台所で勝手に飲み食いしたり、鞍練氏に横柄な態度をとったり、やりたい放題らしい。

二人の愚痴を聞いて、咲は確信した。

お屋敷はすでに機能不全に陥っている。

二人が正式な警備員か、自称なのか、鷹原公にもすでに判断がつかなくなっている。

人間は逆境で測られる。港の深さを引き潮のときに測るのと同じだ。鷹原公はきっとひどい王になる。仮に志があっても、ろくな手足がいないため実現不可能なのだ。

二人が何も理解していないと訊きだし、あとは架空の恋人の話をした。優しくて、背が高く、青い二輪車で迎えに来てくれる（ということはお金持ちだ）。こんなに愛されていいのかしら。

二人は急に用事を思い出し、去った。二人の顔と名前は脳の容量の無駄なので削除した。

主は鷹原公に見送られて、屋敷の玄関まで来た。非常に親密なご様子だった。

当たり前だ。主に言い寄られ、誑かされない者の方が少ない。

咲は幼い頃、確かにこの目で見た。主と咲を殺すために乗り込んできた暗殺者が説得されて、逆に依頼主を殺すように仕向けられたのを。

主にかかれば、きっと咲も誑かされる。否応のないことだ。いつ来ても覚悟はできている。

問題は、主の方で御覚悟ができていないことだ。

「おい、本当に運転だけだろうな」

咲が、主のために後部座席の扉を開けるのを見て、鷹原公がひやかす。

「いや、鷹原公！　いやいやいや！」

主はひとり前の遊び人ぶって笑い、堂々と車に乗り込んだ。しかし、本当に何もない。淡白なわけではない。性欲は旺盛だ。九歳のときには咲の兄から春画を借りていた。今もお持ちだ。寝室の肖像写真裏、隠し金庫にため込んでいる。何より風呂上りなどに視線を感じる。とくに脚をご覧なので、咲の私服は脚の見える短衣と、素足に履く革鞋ばかりだ。

だが女子を遠ざける。女子が怖いのではない。女子に怖がられるのが怖いのだ。可愛い人。

「ここだけの話ですぞ」

「内密に事を運ぶのです」

しきりにおべんちゃらを使いつつ、主は車に乗り込む。あまりの媚ように、隣に座る鐘宮さまが若干引いている。この方はこの方で度し難いのだが。部屋に入れば襲撃方法、人に会えば壊し方を常にはかっている印象がある。蛇の目だ。加虐趣味というやつに違いない。

主は別れ際、窓から右手を伸ばして鷹原公に握手を求める。

後窓から手を振る。角を曲がり屋敷から見えなくなる。

手を振るのをやめ、真剣な顔つきで鐘宮さまに話しかける。

「うまくいったようだが、鐘宮はどう見た？」

「完全に信じ込んでおられます。ここだけの話だと。われらが鷹原公の味方だと」

「王族を二十一年やっておいでなのに、分かっておられんのだ。『ここだけの話』など無いと。

――ここだけの話だけども」

絶妙な呼吸に、鐘宮さまは思わず笑う。主は冗談の巧みな方だ。

「それにしても見事なのは、殿下のお手際」

鐘宮さまがおべんちゃらをつかう。

「おいおい、よしておくれ。いくら欲しい？」

皮肉の効いた主の冗談に、二人はどっと笑った。

「それから鐘宮、うちの護衛の従士の件だが」

「車に供乗りしている二人ですか？　船便で王都に呼んだ里の者たちですか？」

鐘宮さまは表面上穏やかに言った。

「さすが、話が早いな。従士を何人か呼んだ。気を悪くしないでおくれ。近衛隊の護衛を信頼しているとも。だが、近衛にばかり頼ると、従士が拗ねるのだ」

「ええ、もちろんです。殿下」

二人は穏やかに会話する。鐘宮さまを街角で降ろし、道路を走って角を折れる。

背後で鐘宮さまの姿が消えると、主は人好きのする笑顔から、さっと無表情になる。

私的な場所では、主はいつも仏頂面だが、不愛想と不機嫌はちがう。今は不満げだった。

「なにか、お気に召さぬことが？」

咲は訊いてさしあげる。殿方は見栄を張るから、しゃべるのにきっかけが要るのだ。

主はぶすっとした調子で口を開いて、悪態をつく。

「大王にだいおうなれるわけがないだろ、玉座の六〇〇〇メートル上空にいて！」

「なれると思わせたのは殿下では？」

「ああもたやすく信じるとは。もう少し落ち着いてもらわねば困る」

ああ。この方はこうなのだ。

兄をだますのと兄にしっかりしてほしいの、両方本当なのだ。

末っ子は冗談がうまい、そうでないと一人前に扱ってもらえないから、と以前主は言った。

咲は知っている。主は他人ひとが怖いのだ。

だからふざけ、おどけ、悪態をつく。楽しませているあいだは襲われないと知っている。

他人と違う者が他人を恐れるのは、猫が犬を、女が男を、人が暗闇を恐れるのとおなじだと咲は思う。臆病とはまたちがう。身を守るうえで当然の備えなのだ。

それが習い性となり、どこまで冗談でどこまで本気か、もうご自身にも判わからなくなっている。

恐ろしい人。でも、すこしだけ可笑おかしい人。このふたつは両立する。

「こちらは首尾よくいった。鐘宮が暗躍しても怪しまれない。葬儀担当の役職も手に入った。うちの者が王宮に入り浸びたっても怪しまれない。それと、何と言ったか、あの取り巻きの馬鹿」

「『仕切り屋』ですか？」

「そう。『仕切り屋』の手勢に屋敷を任せろと鷹原公たかはらこうに言っておいた。乗っ取るだけの土台がないから安心だと。他にもあれこれ吹き込んだ。で、そちらは？」

「兄から言伝が。栗府ノ里より正丁六名、王都に到着しました。いずれも口の堅い者だ、と」

「行先は旅籠だな？」

「お屋敷には近づかせていません。葬儀の手伝いと言ってあります。周りにも本人たちにも。他の豪族方と、近衛隊がどれだけ把握しているかは、何とも。近衛はそれが本職ですから」

「よい。里の男たちに観光はもうさせたか？　王都の地理は呑み込んだか？」

「今ごろ兄と従兄弟と、それに異父弟が案内しているはずです」

「よろしい。たいへんよろしい」

機械的に告げられて、内心ですこしほっとする。

主が誰かに笑いかけるのは、騙したいときだけだから。

王宮の丘の、殺風景なお屋敷街を走る。斜面に造成したのと、防犯上の理由で、自動車道から見ると塀と石垣ばかりが目立つのだ。鉤の手に折れた道路を曲がるため、速度を落とす。

「兄上の……陛下の、な」

窓の外、屋敷の壁と、護衛の従士の背を眺め、主はぽつりと言う。

「話を出したときに、つい、涙が出てしまったよ。鐘宮に柔弱だと思われただろうか」

「鐘宮さまはきっと、そら涙と思われたでしょう」

咲は心から言う。あれはそういう女だ。

そして、家族のためにちゃんと悲しめる主は、真っ当にやさしい人でもあるのだと思う。

「打猿（うちざる）だが、機嫌よく過ごしているか？」

「ええ、問題はありません。かしこい娘です」

打猿が来た当初、どうにもヤンチャだったので、女衆で風呂場を急襲してお話しした。

両者合意し、かくてお屋敷の秩序は保たれた。

荒良女（あらめ）をもてなしてあげたときと同じ要領だ。女子（おなご）には女子のやり方というものがある。

「乱暴なことは、しすぎないようにたのむ」

背後からの見透かすような一言に、思わず室内鏡（ルームミラー）を見そうになるのをこらえる。

主は見ている。かしこい人。

では、誰が見張りを見張るのか。すこしだけ、怖い人。

ほどなく屋敷につく。主はずりさがるように車から降りる。咲は主の一歩半、後ろを歩く。

前を行く背中。宮廷服を着て身体（からだ）を左右に振り、王族のわりに背が低くて、猫背なので頭の高さは咲とさほど変わらない。でも咲が主の記憶を探ると、いつも巨人として思い出される。

やさしい人。怖い人。かしこい人。恐ろしい人。可笑（おか）しい人。可愛（かわい）い人。

奇智彦（くしひこ）さま、我が主。わたしは知っている。わたしだけが。

・大王(だいおう)死亡後月曜日夕刻　帝国軍司令部からの報告書　帝国公文書館所蔵（機密指定解除）

機密区分　Ⅱ級
発　王国駐留帝国軍司令部
宛　帝国国家安全保障会議事務局
概容【王国　大王死亡の件　続報】
本文
【現況】
・大王死亡を確認。日曜深夜に死亡した模様。死因は不明。王国当局は捜査を打ち切った。
・大王死亡の事実は現在、王国内で非公表。戦況を口実に国内の警備が強化された。
・王国政府は事態をおおむね掌握している。国内の動揺は最小限である。
・王都に若干の混乱がある。警備強化が一時的な品不足と物価上昇を招いている。
・大陸戦線への影響は最小限である。大陸派遣王国軍は、帝国側と非常に協調的である。
【対応】
王国に駐在する帝国大使館、軍、親衛隊は、以下の措置をとった。
Ⅰ、帝国市民保護のために必要な作業を開始した。充分な輸送船、輸送機は確保可能。

Ｉ、軍司令部の警備を強化した。大使も司令部に移動。

Ｉ、大王の死亡状況は不明な点が多いが、遺体は王宮神殿に安置中であり、調査は不可能。

【将来】

Ｉ、一層多大な努力を要するものの、帝国は大陸での戦争を、王国脱落後も継続可能である。

Ｉ、王室の影響力低下は、現在のところ考えられない。

　国軍と近衛隊（このえたい）は王室を支持している。合法／非合法な政治団体、司法、実業界、宗教団体、労働組合、報道機関、そのすべてが王室を支持しているか、現王室を転覆する実力を持たない。

　合法的な改憲も、武力による体制転換も、現在のところ不可能である。

　王族の誰かが即位し、当面は現政権と協調して、政府を運営する可能性が高い。

　次王候補となる成年の王族は以下の通り（年齢順）

・渡津公（わだつみこう）　先代『父王』の弟。海軍将官、同盟軍司令官。帝国と協調的。王国軍内部で不人気。
・鷹原公（たかはらこう）　死亡した現王の弟。空軍大佐。軽薄との噂があるが、即位の可能性は一番高い。
・和義彦（にぎひこ）　渡津公の嫡男（ちゃくなん）。海軍少佐。優秀で人気がある。帝国留学の経験あり。
・城河公（きのかわこう）　身体（からだ）が不自由で、軍歴がない。性格に難がある。若く、知名度も影響力も低い。

この中のいずれかが次の大王になり、王国の実権を掌握すると思われる。

王が死んで二日目だが、その事実を知っているのは、ごく限られた者だけだ。

宰相テオドラの公用車は、王都の早朝の渋滞に、すっかりはまり込んでいた。

「本当に、鷹原公はつかまらへんの？」

テオドラは車の後部座席で、隣に座る秘書官、王国人の若い女に確認する。

「はい、宰相。申し訳ありません。軍務でお忙しいようで」

「鷹原公は、王宮におられへんのね。屋敷にも？」

テオドラの王国語は、帝国訛がいまだに抜けない。

三つの顔がテオドラにはある。帝国東部出身の高級官僚。善き母、善き妻、善き友たらんとする私人。そして王国行政府の首班、宰相。すべて本当で、そこに継ぎ目はなかった。

「はい。鷹原公は、昨日、空軍の飛行場に行かれて、そのまま泊まられたようです」

「誰か人をやって、呼びに行かせたの？」

「いえ、電話で……。軍の敷地ですから」

聞こえよがしに舌打ちすると、秘書官は首をすくめた。

こいつは言われたことを忠実にやるが、言われたことしかできない。

だから秘書官に選んだ。妙な気を利かせて『あの政敵を暗殺しときました』と事後報告してくることはないからだ。王国は物騒な国なのである。

舌打ちしたのは、単に腹が立ったからだ。テオドラは若いころ年増(としま)女が嫌いだった。近ごろは若い女が嫌いだ。ちやほやされやがって、いい気になるな。今だけだぞ、馬鹿め。

王が亡くなった日の早朝、テオドラは緊急に閣議(かくぎ)を開いた。帝国大使にも事態を説明した。

それから、二日。

テオドラは目覚まし代わりに窓の外を見る。寝不足の目に朝陽がまぶしい。

駅の方で盛んに警笛(クラクション)が鳴る。荷を積んだ貨物車(トラック)が渋滞する。少ない列車に人が群がる。

検問強化と鉄道ダイヤ混乱のせいで、旅客も商品も円滑に出入りできなくなっている。

警察が道路を封鎖し、通行証を確かめていた。それらも不可避の渋滞を生み出す。

警官たちも、王の死を知らない。

車載ラジオは検問強化の原因を『警備上の理由』とだけ伝えていた。

そのとき、誰かが運転席の窓を叩(たた)いた。見やると、軍用小銃(ライフル)を担いだ男だった。

まさか、謀反(むほん)か。テオドラは一瞬、身がまえたが、幸い違った。

車を止めたのは、軍が管理する王都自警団だった。

地元住民で、中年から老人くらいの年齢、そろいの腕章をつけ、武器は雑多な私物だった。テオドラの運転手が身分証を見せて抗議するが、相手は素人（しろうと）同然、話は通じない。どうやら行き当たりばったりに車を止めているらしい。こいつらに警備なんかできるか。

近くの巡査が気付いて飛んで来る。近所の爺（じい）さんを止める手つきでなだめ、車を通す。

「稲良置（いらき）大将軍……勝手なことを」

テオドラは毒づく。王の命令もなく、行政府の要請もなしに、よくも大それたことを。

王が死んだ日の朝、大将軍は独断で自警団に出動を命じた。さらに王都周辺の軍部隊を勝手に動かし、王都にいたる要衝を封鎖した。いまや軍用列車すら臨検を受けずには通れない。

王国の鉄道網は、王都を中心に蜘蛛（くも）の巣状（すじょう）に延びる。中心の王都でこんなことをされては、旅客も物流も軍事輸送も大混乱になる。地元警察や商工業者や帝国から文句が来る。テオドラはその抗議で初めて事態を知る。あの耄碌（もうろく）じじい、事後報告でこんな大事を。

混乱はどんどん広がっていき、そうして宰相テオドラの元には、大量の書類が来る。

「応援に呼んだ警官の出張手当？　こんなの警察で処理せえや！」

車に持ち込んでいた書類に、テオドラは毒づく。なんで宰相がこんな物まで決裁するんだ。文句を言いつつ署名する。王国の役人は経験不足で機転が利かないから、破綻するまで隠すか、何でもかんでも報告するかどちらかなのだ。そして後者の方が経験上、ましなのである。

書類を片付け、テオドラは隣席の秘書官に、ぐっと気合を入れて念を押す。

「いつの間にか、城河公が葬儀の責任者にならはった。王室、行政府、王国全体にもかかわることを、宰相に一言もなく王弟二人で決めてもらっては困ります。そやから、王宮に登城して事情を訊きに行きます。宮廷用語で〈殴りこみかけて談判する〉いう意味よ」

「はい！」

秘書官が両こぶしを握って気合を入れる。やる気はあるのだ。やる気だけは。

テオドラは内心で嘆息する。扱いやすい鷹原公がいない以上、面倒な城河公に会うしかない。

それにしても、とテオドラは考える。何故、鷹原公はこの大事な時に王宮を離れるのだ。

鷹原公は確かに馬鹿だが、そこまでの馬鹿だったか？

王宮はいつ見ても城塞のようだ。

実際、城塞なのだ。

白煉瓦造り三階建てに赤い屋根。大理石の玄関階段に、巨大な柱廊。

広大な敷地を囲む塀はぶ厚いコンクリート製で、砲弾すら受け止める。

建物の壁は厚く、小銃弾を防ぐ。隠し銃眼があちこちにある。

生垣も噴水もない殺風景な中庭は兵士の集合広場に、大集会場は避難所に転用できる。

近衛隊分舎もあり、常に近衛兵が詰めている。

籠城用の物資倉庫も、井戸も、通信網も、地下司令部もある。王の従士たち、『使用人』というより『家来』に近い者たちも、多くは従軍経験者だ。王国は物騒な国なのである。

監視塔付きの正門は、日中は開け放し(あけはなし)だ。近衛兵(このえへい)が棹(ポール)を上げ下げして車を通す。

国旗や王室旗が掲揚された車回しを走り、正面玄関に乗り付ける。

大理石の階段の先に、柱廊式玄関(ポルチコ)。やはり昼間は開けてある扉の所で近衛兵の身体検査。

勝手知ったる大会堂(ホール)を横切って南棟に行きかけ、出迎えた面長の侍従に呼び止められる。

「城河公(きのかわこう)が母屋(おもや)でお待ちです」

面長の侍従はそう言って、先に立ち案内する。

すこし意外だった。南の事務棟に案内されるかと思っていた。

王宮は南北に二分されている。北棟は王室の私的空間で、南に行くほど公的空間だ。宮殿というより役所か兵営みたいな造りだが、実際に役所で兵営なのだ。機能が『城』なのである。

面長の侍従に案内されたのは、なんと母屋の二階、大会議室だった。

王の御前(ごぜん)に大臣がずらり並んでの閣議(かくぎ)や、外国要人との会談などに使う部屋だ。

王が死んだ日、テオドラはここに大臣たちを招集した。

何故(なぜ)、こんなご大層な部屋に？

従者たちが待機する次の間を、遠慮会釈(えしゃく)なく通り抜け、やたら豪華な部屋に入る。

赤絨毯(あかじゅうたん)。酒の硝子戸棚(キャビネット)、珈琲台車(コーヒーカート)。大臣たちが座る長卓子(テーブル)に、天鵞絨(ビロード)張りの椅子。

人数分の廻転盤式電話機(ダイヤル)。天井には飾電灯台(シャンデリア)。

部屋の奥、上座の背後に国旗と王室旗、初代王の巨大な肖像画。

黒外衣(フロックコート)に結った白髪(しらが)、明らかに偽物のひげに石斧姿(いしおの)の、奇妙でちぐはぐな肖像画。

テオドラにはいまだにわからない。なぜ王国人たちは誰も疑問に思わないのだろう。

その肖像画の前に、居た。黒い宮廷服。黒手袋。杖(つえ)の握りと左脚の添え骨だけが白い。

「これは、宰相どの！」

城河公奇智彦(くしひこ)の笑顔は、背後の祖父王の峻厳な顔にどこか似ていた。

◇　◇　◇

「王族二人が合意したのだからよいでしょう。直系の王族は兄弟と渡津公父子(わだつみこうおやこ)だけだから、五〇パーセントの合意だ。いや、私は半人前だから……、いくらかな？　三十五パーセント？」

大会議室の豪華な椅子に悠然と腰かけ、城河公は不自由な手足を笑いの種にする。でも、対面に座るテオドラは笑わない。城河公が繰り出す、その手の冗談に笑ったことは一度もない。

ひとつには道義にもとるから。

ひとつには、城河公は笑った相手を忘れないだろうから。

肉体的に恵まれず、知能は高い人間にはありがちだが、城河公は自尊心が強い。劣等感を刺激されるのが怖いから、自分で茶化す。その程度の人間鑑定眼がなければ宰相にはなれない。

テオドラは城河公（きのかわこう）をじっとにらみつける。

「殿下、王族方でもがりの担当者をお決めしはるんは、何も問題ないのです。宰相が口だしすることやありません。しかし、決めたと御一報いただかないと、宰相府としても何方（どなた）に御連絡したらええかと困るのです」

「申し訳ない。しかし宰相どのもお耳が早い。連絡を忘れていたのに、この早さ」

「あっちやこっちや、風の噂で」

テオドラには王国と帝国の要路のあちこちに『友人』がいる。

「どうでしょう、宰相どの。どのみち、王族の誰かが葬儀を執（と）り仕切らねばならぬのですから」

城河公は可愛（かわい）くお願いする。テオドラは女をやって長いので知っている。意識的にこういう顔をする男にうかうかと引っかかったら、女の一生は台無しになったも同じなのだ。

城河公の困り顔はそっくりだ。テオドラの最愛の夫と、生前の『父王』に。

「宰相殿は、父王の侍従長だったね」

心を読んだかのように、城河公が話を振る。

「はい。長年、お仕えいたしました」

その通り、テオドラは侍従長だった。

生家に財産がなかったので学資奴隷として身を売り、高等学問所（アカデミー）を卒業し、帝国で奴隷官僚をやり、元老院議員に目をかけられて規定年限前に解放され、政策担当の秘書官になった。

そこで今は亡き父王、当時は『遊学中の異国の王子』に見込まれたのが運の尽きだ。

王国の大枠を作ったのは初代王だが、制度を整えたのは父王と兄王、そしてテオドラである。

見返りに侍従長にしてもらった。実入りのいい仕事だ。テオドラの野心と義理は精々そこまで。

だが、そのころにはもう、周りが足抜けを許してくれなくなっていた。

父王が崩御した後、即位間もない兄王が、宰相になってくれと言ってきた。

王国議会の有力政党はだいたい氏族政党で、当時五十九党あった。さんざん揉めた末、十六党連立で何とか過半数を獲得したが、どの党から宰相を出しても血を見ることは明らか。氏族の背景がなく、権威と実務能力があるテオドラくらいしか宰相適任者がいなかったのである。

城河公は、たずねる。

「父王の侍従長なら、先例にはお許しいだろう。女性の王も過去にはいただろうか」

「外国生まれの王はあらしませんよ」

テオドラは警戒する。これだけ尽くして、まだ疑うのか!?

思った後、気づく。

氏族同士の力関係が直接反映される議会制度にしたのも、権限が王に集中する制度にしたのもテオドラだ。王国の現状からして、それ以外では機能しないだろうから。

しかし、現在の状況をうかがった後知恵で見ると、『悪い宰相』テオドラが、ずっと簒奪を企んでいたようにも見えてしまう。

なんと壮大な因果応報。自分の足跡を自分で拭いて歩いている。

ああ、もう。

「この際ですから、はっきりと申し上げます、殿下」

テオドラはお上品に啖呵を切る。

「行政府は、少なくとも行政府のうち豪族の影響力が弱く、宰相の命令が届く部分は、王位継承に関しては、つとめて公正中立にふるまうつもりとお考え下さい」

城河公の顔がぱっと明るくなる。

「なんと！　素晴らしいお振る舞い！」

この言質が欲しかったらしい。明るい作り顔が可愛いのが、じつに腹が立つ。

「王国と先例に忠実な社稷之臣……ああ、先例といえば、次王を決める会議の場のことですが」

「主だった豪族方をお呼びし、大集会場で行う手はずですが、何か問題が」

「あー……、すまない。いま使用中だ。陛下のご遺体は神殿から大集会場にお移りいただいた」

「ご遺体!?」

テオドラは一瞬、聴き間違えたのかと疑う。

「なぜそのような」

「神殿は日当たりがよすぎて。南の隅にあろう。次王即位と国葬の前にご遺体が傷んでしまう」

「それは……」

理はある。秘書官をにらみつけると、確認のために退室し、走った。テオドラは呟く。

「王宮神殿が竣工したのは兄王陛下の御代です。初めて葬られはる方なので、先例がない」

「設計のとき、日当たりのことまでは考えていなかったらしい。普段は無人であるし」

テオドラは卓子の上で指を組み、豪華な天井を見上げて、内心で頭をかかえる。

なぜ自分の任期中にこんな重大事が。テオドラは渡来人の初代、どこまで行っても『よそもの』なのだ。伝統や祭礼に口を出したら首が危ない。この国では物理的に。

宰相就任時、子の教育にかこつけて家族を帝国に戻したのは正解だった。

「私は侍従長のとき、君側の奸だと刺されたことがあります」

テオドラは頭を回転させるついでに呟く。

「理由は母屋の執務室ではなく、便利な南の事務棟を使ったからで」

「先例は大切でありますね、宰相どの。王位継承会議はどうしよう。ご遺体にまたお移り願うか？　あるいはこの閣議室を使うか。それとも食堂か、大会堂、あとは運動場か大浴場……」

「この閣議室で行いましょう」

テオドラの決断は速い。気まぐれな豪族に振り回されるのには、悲しいほどに慣れていた。

「つぎは係の者に諮ってから、お願いします」

「もちろんだ。任せてくれ」

ぜんぜん頼りにならない。城河公は利があると平気で嘘をつく。

「大集会場(バシリカ)が使えへんとなると、豪族方の従士(とねり)をあまり王宮に入れられませんね」

テオドラは思考をつとめて実際的な方向に向ける。

「ああ……」

城河公(きのかわこう)は考えていなかったらしい。

「制限するしかないだろうか。各自、四人とか」

「豪族方には王宮の大会堂(ホール)か朝儀堂(カンファレンス・ホール)、従士衆には中庭で待機していただくとして、招待する人数、掛(かけ)るところの。左様(さよう)ですね、豪族方は各二名、王族方は各四名まで。それで調整を」

「わかった。案内状にそう書いておく」

城河公はもう仕切る腹でいる。どついたろかしら。

「それと、大集会場は広すぎます。ご遺体の警備を増やさなあきません」

「あ、大丈夫だ。うちの従士が警備している」

さっきの今で、城河公はとんでもないことを！

テオドラは部屋の奥にずんずん歩いた。一番奥にある上座、大王(だいおう)か宰相のための席に行き、廻転盤式(ダイヤル)電話の受話器をとって耳に当てる。王宮の館内電話交換室に自動でつながった。

『はい、交換台！』女の子のはきはきした声。

「内線で。大集会場につないで。受話器はどれでもええから」

『受話器はそのままでお待ちください！』

つながるまでの間、城河公に非難げな視線を向ける。宮廷用語で〈ガンをつける〉の意味だ。

「飯代、足代（あしだい）、布団代はこちらで持つ！」

城河公は的外れな言い訳をする。

「そんなことやありません！　武装した従士を王宮に入れはったんですか!?」

「武装と言っても、屋敷の壁に飾ってあった品だけだ。猟銃の散弾銃、拳銃……、あと石斧（いしおの）」

ほどなく電話がつながり、聞き覚えのある能天気な声が響く。

『もしもし！　大集会場です、もしもーし！』

「こちらは母屋（おもや）の大会議室。あなた、名前は？」

『城河公にお仕えする、栗府石麿（くりふのいしまろ）です！　もしもし！』

とりあえず優しく話しかける。

こいつも元気だけは良い。

「石麿くん、元気がええね。電話をかけるん、初めてかな？」

『いえ、二回あります！　一回目は――」

「誰か近くに居てる？」

『います！　もしもし！』

「代わってくれる？」

『はい！』

代わる間、少し間があく。城河公（きのかわこう）をにらむが、素知らぬおすまし顔だ。しばきまわすぞ。

『もしもし、代わりました』

咲（えみ）の声だ。落ち着き払い、乙（おつ）に澄（す）まして、相変わらず憎たらしい。

「わたしが誰なんか、わかるよね？」

城河公に唇を読まれないよう、受話器を抱え込む。

『はい』

かしこい娘だ。身元は明かさない。この会話は交換手も聞いている。

「あんたはわかってるよね、自分が何さらしてけつかるか。ね、どういうつもり？」

『申しつけられたとおり、仕事をはたしているだけです』

「それですむんは、小学生とアホだけよね。あんた、どっち？」

『あら、わたくし小学生だったのかしら』

「いやな女」

『ごめんあそばせ……あら？』

受話器の向こうで、ごそごそと音がする。話し手が交代するときの雑音。

ほどなくして、息を切らした秘書官の声が流れてきた。荒い息が耳に気持ち悪い。

『大集会場（バシリカ）に、ゼエ、ゼエ、陛下のご遺体と、武装した褐色肌の、ハア、男たちが……』

「何人？　武器は？」

『見える範囲で五、いや六人。武器は拳銃に、ハア、鉄砲です。あと、あれは何だろう、鍬？』

「ああ、やっぱり」

テオドラが呟くと、秘書官が受話器の向こうで戸惑う。

『え？　やっぱり？』

「いいから、戻りな。かけ足」

テオドラは、電話をがちゃりと切る。それから、油断ならない王族に向き直る。

「母屋には、従士を入れないでいただきたい」

「もちろん！」

城河公は受けあう。こいつも返事だけは一人前だ。

「あ、宰相どの、もしご遺体を母屋に移すときは……」

「そのときは、入っていただいてけっこうです」

テオドラは、硬い声で、それだけ言った。

このバカ兄弟が組んで何を企んでいるにせよ、テオドラの知ったことではない。王室の事は王室で決めてくれ。面倒が少ない方法で。血の気の多い豪族どもに、宰相が恨まれない方法で。

◇　◇　◇

和義彦は、閣議室の次の間で、奇智彦どのと宰相どのの面会が終わるのを待った。

随行員が待機する空間は、いまは和義彦と副官、それと侍従しかおらず、がらんとしていた。

王宮の館内放送から、国営ラジオが流れている。落ち着いた放送朗読員の声。

『明日、正午に、重要な放送があります。明日のお昼から、とても大切なお知らせがあります。なるべく多くの人が聞くようにしましょう。近所にラジオを持っていない人がいたら、放送のことを教えて、なるべく一緒に聞くようにしましょう』

それから同じ意味のことを、帝国語で繰り返した。

今日、時間を変えて何度も流されている放送。街頭ラジオ、公共施設、商業施設、市役所の宣伝車で繰り返し流された放送。なるべく多くの人にわかるよう言い回しは易しい。

和義彦の副官は、次の間の壁かけ電話を借りていた。親しい海軍高官の自宅や職場に、しきりに電話をかけるが、なかなか捕まらない。戦争に加えてこの事態で、軍幹部は多忙だった。

副官は短い言葉をやり取りして、礼を言い、電話を切った。

侍従が閣議室内に入った。二人きりになった隙に、副官は和義彦に小声で伝える。

「王都の沖に、帝国海軍の艦がいます。王都港と太宰府港に、帝国の旅客船がカラ荷で待機中。帝国軍司令部の警備が強化されました。帝国大使も、司令部に移動したようです」

「確かな話かな」

「確かです」

和義彦は内心で、頭を抱えた。えらいことになってしまった。

軍艦に旅客船。帝国は、自国民の撤収準備をしているのだ。何のために。

決まっている。玉座争いがこじれて、王国が内戦になったときのためだ。

和義彦は今朝、三時に国際電話で起こされた。帝国の友人が、和義彦の身を案じて大王(だいおう)死亡の疑惑を報(しら)せてくれたのだ。帝国本土では、新聞に漏れて、すでに騒ぎになっているらしい。

侍従が、閣議室から出てきた。

続けて、すごい剣幕の宰相が出てくる。和義彦はあえて話しかけず、目礼で済ませた。

この後、ずっと付き合わされる秘書官たちが気の毒だった。

部屋に入る前、手鏡で自分の姿を確認する。

整えた髪、伸びた背筋。海軍の制服は埃(ほこり)ひとつない。

白い上衣に開襟、襟締(ネクタイ)、金の袖章(そでしょう)。しかし、左胸の勲章は階級の割に少ない。

和義彦がまだ二〇歳なのに少佐にしてもらえたのは、父・渡津公(わだつみこう)が王弟だったから。血筋だ。

だから和義彦は常に自分に問う。血が、立場が求める振る舞いを、己(おのれ)はできているだろうか。

閣議室に入ると、中にいた人が、立ち上がって出迎えてくれる。

「和義彦どの。お待たせしてすいません」

奇智彦どのは、いつもの陽気な笑顔だった。しかしこの方の場合、笑顔でも油断がならない。

以前、わが父、渡津公が言った。

『奇智彦は怖いやつだ。にっこり笑って人を討つ手合いだ』

そのときは判らなかった。今は少し判る気がする。ちょうど父自身がそういう手合いなのだ。

「和義彦どの、いかがですか、軍務のほうは？」

「〈三輪〉に乗り組むことになっていましたが、何しろこの事態で」

和義彦は控えめに答える。自分の話は、すこし言い足りないくらいでちょうどいいのだ。

「ええ、まったくとんでもない事態です！　なんということだ！」

奇智彦どのは妙に愛想がいい。和義彦はどうも、この方からすこし嫌われているらしいのに。どちらも理由が判らない。何を企んでおいでなのか、何か粗相をしてしまったのだろうか。

「渡津公は健やかであられるか。大変なつとめでしょう。大陸の派遣軍を率いておられる」

「供の話では、毎日釣りばかりしているそうです」

和義彦は苦笑する。父上なら、比喩ではなく本当にそうでも不思議はない。和義彦が生まれた日も夜釣りをしていた御人だ。

「渡津公は父王の弟君です。次の王を決める場に、ぜひいらしてもらいたいのだが、やはり？」

「奇智彦どのの助言の通り、ひそかに電報を打ったところ、今朝連絡機で封書が届きました。葬儀と、王位継承会議の件は、嫡子の和義彦、わたくしを代理人としてこれを一任すると」

書類鞄から封書を取り出し、長卓子の真ん中に置く。奇智彦どのは右手を封書に伸ばす。

「ああ、ならば結構です。貴方がいてくれて安心だ、王室も。海軍も。封書はこれ一通ですか」

「……一通ですが、なぜ？」

いきなりの質問に内心ひやりとしたのを、見破られたろうか。

「予備がないなら、汚してはまずいですな。ほら、口にくわえないと封が開けられないので」

「ああ、けっこうです。どうぞ」

城河公は口も使って白封筒から封書を取り出す。ざっと読みながら、さりげなく切り出す。

「王の寝室では、申し訳なかった。取り乱してしまいました」

「取り乱して当然です。御家族なのですから」

もう何年も前、和義彦も、母上がお産で亡くなったときに泣いた。奇智彦どのはうなずく。

「鷹原公にも、いますこし御酒を控えていただかねばなりません」

「と、おっしゃいますと？」

話が読めない。

「いやなに、大事な身体であられるから」

奇智彦どのは意味深長に言葉を切った。明らかに質問させようとしている。あるいは、意味深長に見せようとしているだけかもしれない。奇智彦どのはそういったことに長けている。

「あの晩に、鷹原公は御酒をお召しではなかったですよ」

だから、和義彦は話題をすり替えた。サメと水辺でたたかって、よいことはひとつもない。

「なんと、珍しいことだ」

「抱き合っても酒精の匂いがしませんでした」

抱き合ったときの感触を、ふと思い出す。

「どういう理由でか、ご存じですか」

「飛行機を組み立てていたそうです」

「……自分の手で？」奇智彦どのは、たぶん本気で困惑していた。

「構造の単純な飛行機を、分解した状態で売っているのだそうです。自分で組み立てて飛ぶ、そういう趣味が帝国にはあるのだとか。詳しくは訊ねませんでしたが」

「え、それで、飛んだのですか？」

「いいえ、組み立てていた、としか聞いていません。完成したのかどうかまでは――」

話の途中で、扉がガチャリと開く。

部屋に入ってきたのは、赤い儀礼用軍服の美丈夫。滑らかな、軽やかな、戦士の脚運び。

「殿下、会議の警備の打ち合わせで――あ、失礼しました」

宝石色の形良い瞳がおびえる。

「すみません、和義彦どの。いいから下がっていなさい、石麿」

奇智彦どのが言う。

宝石色の瞳がへにゃりと崩れる。人懐こい大型犬の顔。その印象を裏切る、左目下の傷跡。

体つきは細く締まっていた。褐色の肌はなめらかで張りがあった。きっと触れると吸いつく。

石麿が辞去する。形のいい尻に、思わず目がひきつけられる。腰が甘くしびれる。

「うちの従士がなにか粗相を？」

奇智彦どのが、たぶん和義彦の視線をたどってきいた。

「いえ、宮中だというのに、拳銃を佩びていましたので」

慣れた調子で誤魔化す。

とても話せない。女性に関心がないとは。

善友との交際は良い。だれも止めない。むしろ尊敬される。相手が見事な男だととくに。

だが、王弟の嫡子が女性と交われず、いつまでも子を成さないとなれば別問題なのだ。

奇智彦どのが笑う。

「石麿に、ご遺体の番を命じました。まったく、しょうのないやつだ」

この方は石麿とずっと一緒に過ごしてきて、家族のごとく慕われているのだ、とふと思う。

家族以上になりたいと、この方がおっしゃったら、あの美丈夫は喜ぶのだろうか。

ただの嫉妬だということは分かっている。

奇智彦どのは善友に興味がないのも、恐らく和義彦のことを嫌っているのも分かっている。

けれど、少し、奇智彦どのがうらやましい。

辞去したあと、胸元をそっと触(さわ)る。内懐の封書を。

父から届いた、二通目の封書。たった二行の封書。

『恨まれるな。中立を保て。お前ならできる』

『奇智彦(くしひこ)から目をそらすな』

奇智彦どのは、まさかご存じではあるまいか。我が胸のうちを。

第八幕　生きる事は戦う事だ。

Vivere est militare.

石麿（いしまろ）はみんなから馬鹿だと思われている。自分ではそんなつもりはないのだが、親戚からも、お屋敷の仲間からも、従軍時代の戦友からも馬鹿として知られてきた。蹴鞠倶楽部（フットボールクラブ）の友達たちも「お前は走れ、考えるな」と言って、なんど頼んでも司令塔にしてくれない。

道端でたまにやる盤双六（バックギャモン）でも、名人のホッさんから「馬鹿の打ち筋だ」と笑われる。妹の咲（えみ）だけは「そんなことありませんよ」と言ってくれるが、盤双六で負けて帰って、小遣いの前借を頼むときの冷たい目などを見るに、どうもお世辞で言ってくれているらしいと最近気づいた。

これだけみんなの意見が一致するということは、恐らく石麿は馬鹿なのだろう。でも代わりに考えてくれる人がいるので全然困らない。咲、軍の上官、倶楽部の主将、それに奇智彦さま。

「いよいよ水曜日だ。この後、兄王（あにおう）の死が発表される」

奇智彦さまは、王宮の閣議（かくぎ）室をぐるりと見まわし、そう言った。

きらびやかな閣議室に集まっているのは、石麿、咲、鐘宮（かなみや）さま、荒良女（あらめ）に打猿（うちざる）だった。

「各自の進行状況を確認する。まず、荒良女。準備は？」

石麿は奇智彦さまの声が好きだ。不思議な魅力、不可思議な説得力があるのだ。

大臣さま方が集まる部屋なんて、こんな事態になるまではあることすら知らなかったが、黒い布地に金糸の宮廷服を着た奇智彦さまは、さすがにお似合いだ。

「熊を着て、中央広場で民衆に呼び掛けた」

熊皮に巫女服の荒良女は、驚くほど似合わない。

「新聞記者や兵士にも。打猿の伝手で集めた胡散臭い連中にも。名を呼び、新王万歳と叫んだ」

「歓呼の声は？」

奇智彦さまは機械的に訊く。

「わからない」

「聞こえなかったのか？」

「カンコの意味が分からない」

「民衆は叫び返したか？　新王万歳と叫んだか!?」

奇智彦さまが怒る。漁師が潮に詳しいように、石麿は奇智彦さまの怒りように詳しいので、そんなに怒っていないと分かる。良かった。

荒良女のことは嫌いではない。生意気だが、相撲が強いし、身体がエロい。

「叫んだのか、打猿？」

荒良女は傍らの打猿に訊く。王国語が判らないのだ。

「叫んでないっす、姐さん」

打猿が答える。この少女はさっそく荒良女の子分におさまった。

「荒良女たちは、そのまま仕事を続けろ。文字通り首がかかっている。次、鐘宮大尉？」

「主だった将校は同意しました、殿下。反対しそうな者には王宮外の警備を命じました」

「よろしい。大変よろしい」

奇智彦さまは無表情にうなずく。考えることがたくさんあると、ひとは表情を作る余裕がなくなって無感動に見えるのだ。以前、ホッさんに教えてもらった。

鐘宮さまを見やる。冷静沈着、豪胆で、他人を支配したがる。こんな上官を持つと苦労する。

「ところで、そこの」

鐘宮さまの視線に、打猿が射すくめられたようになる。

「備品がなくなったら、価値一〇銭ごとに一グラムずつ肉を削ぐ」

「えへへ、近衛の姫さま、勘弁してくださせえよ、そんな畏れ多い」

打猿がぶりっこすると、鐘宮さまは微笑む。

「左物入の金箔張りの鉄筆立ては、いま出したら許してやる」

打猿は無言で鉄筆立てを取り出し、卓子において、荒良女にすがりついた。なんてやつだ。

咲が、秘密の帳簿とにらめっこしながら、荒良女に訊いた。

「資金は足りそうですか？」

「いまのところ足りそうだ。なぜだ？」

荒良女が答える。打猿の方は何故か目をそらした。

「助かります。陰謀はお金がかかる。近衛隊の接待費、護衛の旅籠代。出ていくばかりです」

かたわらの算盤の珠をカタカタうごかす。咲はとても賢い。自慢の妹だ。

荒良女は狡猾そうに笑い、奇智彦さまに片目をつぶってみせた。

「あの粒金を、まさかこんな使い方するとはな。出所の知れようがない資金は便利だ。例の、使い古した帝国の小額紙幣もな。ところで、あの大量の札束はどうやって集めたのだ?」

「荒良女が知る必要はないよ。王族には秘密の金づるが居るのだ」

奇智彦さまはそう言って、快活に笑った。

石麿は、奇智彦さまの笑い声を聞いていると、いつも勇気が出る。

大陸の戦場で目の下を負傷し、本国に後送されたとき、軍医どのに言われた。目の周りは神経が集まっていて、眼球が無事でも両目とも失明することがある。手術は全力を尽くす、と。

包帯が取れるまで、石麿は寝台で考えた。他にすることもないので毎日考えた。目の見えない人生って、どういうものだろう。包帯を取り換えてくれる看護婦さんは、経過は順調だと教えてくれた。従軍神官さまは、神々にはお慈悲があると教えてくれた。それでも。

ある日、見舞いに来てくれた奇智彦さまに打ち明けると、笑っておっしゃった。

『目が見えないでもできる仕事が、何か屋敷にあるだろう』

石麿は幸せだ。爺さまがいて母さまがいて咲がいて仲間がいて、世界一すばらしい主がいる。

何か訊くことを探す。忘れられたようで寂しいので、何かしゃべりたかったのだ。

「宰相さま、和義彦さま、大将軍さまの御三方は、御味方につけないでよろしいのですか」

「よい。宰相も和義彦も中立を保つ、とおれは読んだ。宰相は豪族に担ぎ上げられた実務屋で、王室の騒動から距離をとりたがっている。和義彦は渡津公から、中立を保ち、経過を報告しろと指令を受けている。二通目の封書でな」

「あるのですか!?」

どうやってのぞいたんだろう？

「和義彦にカマをかけたら、本気で困っていた。大陸にいる渡津公が、息子の和義彦に封書を届けるため、わざわざ連絡機まで飛ばしたのは、電信係からの情報漏れを防ぐためだ」

奇智彦さまは説明しながら、すでに頭を働かせている。双六盤を前にした名人の顔だ。

「渡津公は王位継承会議に介入しない。したくても、できない。介入するなら渡津公が自ら王都に乗り込まねばならん。しかし生憎、あの古狸はいま王都には帰れない。王国軍の一部に、渡津公の排除を目論む不穏の動きがあるからだ」

「そうなのですか？」

どうやって知ったのだろう！

「おれが一昨日でっち上げた」

「ええっ……!?」

「そういう話をでっちあげて、渡津公と親しい者、数名に教えておいた。近衛隊長官や葬儀委員長としての仕事中に、宮廷で知った危険な噂話として。『ここだけの話です』『どうぞ内密に』と触れて回ったから、今ごろもう渡津公の耳に入っているだろう」

荒良女が、感心とあきれ、ない交ぜの声でうなる。

「無茶苦茶もいいところだ。そんな噂を流したら、内戦になってしまうぞ」

鐘宮さまは、ちらりと奇智彦さまをうかがう。

「一定の説得力を持つ噂ではあります。渡津公は、先の大乱時に日和見に徹したために、軍の長老たちから根強く恨まれております。また大陸遠征軍の司令官を務めておられ、政変時にあっては難しい立場です。加えて現在、王都周辺の軍は厳戒態勢ですから……」

鐘宮さまは、もの問いたげな視線を、奇智彦さまに投げかけていた。

「この奇智彦が軍を動員できるわけないだろ。そっちはおれじゃなく、稲良置大将軍の仕業だ。まあ、噂の真実味を増してくれたが。稲良置大将軍といえば、まさに軍の長老の代表格だ。

……、そして、あまりにも動きが読めない人だ。将軍には、変に働きかける方が危ない」

奇智彦さまは本当にすごい。頭が発動機みたいに回転しているとき、奇智彦さまはとても生き生きしている。強くて、暖かくて、すこし冷たい。恐ろしい、でも頼もしい。王の声なのだ。

奇智彦さまに命をくれと頼まれたら、石麿は差し上げる。人生には正念場という物があると、石麿は戦場で知った。でも石麿は馬鹿なのでそのときがきっとわからない。奇智彦さまなら誤ることはないだろう。殺してくれと頼まれたら、そのときは相手によるけれど。

そのとき王宮の館内放送に電源が入った。みなが耳を澄ます中、しばし雑音が流れる。

やがて、国営ラジオの放送が流れ始めた。

『これから、大切な放送が始まります。ラジオを聞いている人は、なるべく多くの人が放送を聞けるように、周りの人に声をかけて――』

奇智彦さまは、腕時計をじっと見ていた。

「鐘宮、時間は？」

「正午の五分前、ちょうどです」

同じく時計を見ていた鐘宮さまが答えると、奇智彦さまは静かにうなずいた。

「兄王の死から三日目の、正午だ。かん口令が解かれた」

それから、みんなで放送を聞いた。


放送の後、沈黙を破って、荒良女が口を開いた。

「なあクシヒコ、タカハラコウが大王を殺した線は本当にないのか」

「ない。あれは事故だ。転んで頭を打たれたのだ」

「いやに自信があるな」

「あの日、鷹原公から酒の匂いがしなかった。和義彦も同じことを言っていた」

「それで？」

「鷹原公(たかはらこう)に、素面(しらふ)で暗殺する度胸はない。他人(ひと)に毒をもらせても、成功の報(しら)せを待つ間、ベロンベロンに酔っていたはずだ。偶然で説明できることに、陰謀を持ち込んではならん」

奇智彦(くしひこ)さまは、兄君や目上の人を、少し馬鹿にする癖(くせ)がある。よくないことだ、と石麿(いしまろ)は心配する。『ここだけの話』なんてものはない。『ここだけの話だ』と咲(えみ)が教えてくれたのだ。

荒良女(あらめ)は腕組みした。

「なるほどな。それで、クシヒコの次の手は？」

奇智彦さまは楽し気に笑った。

「お前の言ったことだぞ。女を落とすなら泣いているときだ」

◇　◇　◇

祈誓姫(うけひめ)は先ほど、姫二人と一緒に放送を聞いた。娘の気丈さが、かえって悲しかった。

王の寝室は、あの夜のままだ。なのに、我背(おっと)はもうこの世にいない。

我背の葬式も済む前だと言うのに、色々なことが決まっていく。

やさしい人だった。東国からわずかな供をつれて輿入(こしい)れして、頼る者のない自分に親切にしてくれた。子もふたり育った。待望の長男が、神々に連れていかれたときも共に悲しんでくれた。女胎と陰口をたたく者たちから守ってくれた。

なぜ、わたしより先に。わからない。

わからない。なぜ、弟たちより先に。

あのどうしようもない上の弟と、いま兄の寝室で泣いている、この情けない末弟。

「私は兄王を殺していない！」

奇智彦は王の寝室の卓子にすがりつき、涙ながらに訴えた。

「自分には兄を殺す理由などありません。この不自由な体では玉座に登れない。豪族や民衆は私を王に戴かない！　皆が何と言っているかご存じでしょう、『足曲がりの王子』ですよ！」

大の男がべそべそと泣く。気の毒をとおりこして、いくぶん見苦しい。

「あなたの兄上に会ったそうではないですか」

思いのほか冷たい声が出た。

「ええ、毎日お会いしております。王宮に泊まり込んで、もがりのため」

「鷹原公のほうです！　今と同じことを、鷹原公にも仰ったのですか？」

「鷹原公は……、その、最初は、私が殺したと思い込んでおいでのようでしたが」

「でしょうね」

祈誓姫はきびすを返す。

「そんな、義姉上！」

「姉と呼ばないで」

ぴしゃりと言うと、奇智彦は精一杯、自分を頼れる男に見せようとした。

「鷹原公はあなたを排そうとする。強く野心ある男を王にしたら、貴女の背の血を継ぐ者はいずれ殺される。幸月姫さまも、妹君さまも。わたしのような道化をこそ、友とすることです」

「その前に、あなたも殺されるでしょうね」

思わず吐き捨てた。どこまでみじめな男なのだ。

「わたしの死を望まれますか、王妃よ。この義弟に死をお命じになるのですか？」

「もう命じました」

奇智彦は息をのみ、いつも持っている黒い杖を投げ捨てて、寝台に駆け寄る。

天蓋の柱から延びる、装飾棒の一本を右手で握る。祈誓姫はいぶかしむ。何をしている？

奇智彦は棒をひねり、引き抜く。鋭利な刃がそこにある。

仕込み短剣だった。

衝撃を受ける。刃物を隠し持つ男と、寝室で二人きり、何も知らず同室していたことに。

奇智彦が足早に近づいてくる。

悲鳴を上げなければいけないのに、身体が動かない。

しかし奇智彦は、短剣の柄を祈誓姫の手に握らせ、刃を自分の首に押し当てた。

「もう一度お命じください、義姉上！」

わたしが、殺すのか？

奇智彦の手のひらが熱い。思わず短剣を取り落とす。相手はすかさず拾ってまた握らせる。

「もう一度、さあ！　押し込むだけでいい！」

奇智彦は、祈誓姫の目を食い入るように見つめる。その目から、祈誓姫も目が離せない。

刃先が肉に、血管に食い込んでいると、柄の感触でわかる。

押してはいけないと直感が言う。押せと倫理が言う。

普通と逆だ。なぜ。わからない。

「もうやめて」

一瞬遅れて、祈誓姫は自分の声だと気づいた。

「信じていただけたのですね？」

奇智彦の声はすがるようだった。

「貴方が王になろうと同じことです。娘たちも私も」

「私は王になれない！」

「王の血を継いでおられます」

「御覧くださいッ！」

奇智彦が曲がらぬ左腕を右手で差し上げ、黒の革手袋を嚙み、引き抜く。

とっさに覚えたのは恐怖。ついで嫌悪感。そして、恐怖と嫌悪感を覚えたことへの罪悪感。

奇智彦の左腕は、右腕に比べて一回りは細かった。青白く、だらんと垂れていた。左手の、親指以外の四本指がすべて癒着していた。手というより鰭に見えた。サメの鰭。

「あなたはこれを王の手と呼ぶのか！」

奇智彦は左手を掲げ、突きつけ、乞うように恫喝した。

「民はこの手を神聖とみなすか？　この手に触れられて、病が癒えると思うか⁉」

奇智彦の手は、あの日すがりついた我背の手、死人の手にどこか似ている。どうしてだろう。わからない。

「しまってください」

それだけ言うのがやっとだった。

奇智彦は後ろを向き、右手と口だけで器用に革手袋をはめた。

祈誓姫は、じっと、その背中をみた。

「私は貴女方、母子の味方です。その証拠を、王位継承会議の日にお見せします」

丁寧に暇乞いをして、奇智彦は去った。何の証拠もなく、何の合意も結ばれていないのに、何かが片付いた。片付けられてしまった。去っていく奇智彦の後姿は、なぜか我背に似ていた。我背は優しく、少し怖かった。実家の父とどこか似ていた。どう似ているのか。わからない。我背と奇智彦はなぜ似ているんだろう。体つきが全然違うし、兄弟にしては顔もさほど似ていないのに。我背と父は何故似ていたんだろう。共通点は何なのか。それがわからない私は、きっと王妃として失格だったのだと今になって気づいた。涙があふれて止まらなくなった。

第九幕　まさかの友 Amicus certus.

さちは、母上と、それからまだ赤子の妹と一緒に、王宮のお家でラジオを聞いた。

「父上が亡くなられました。さち、泣いてはなりません。強く生きるのです」

母上はそうおっしゃったけれど、ご自身は泣きはらして目が真っ赤だった。さちには、亡くなるというのが何なのか分からなかったので、お聞きしたら母上は泣いてしまわれた。

さちは乳母にひそかに訊ねた。母上がお困りなので、お助けするにはどうすればいいかと。

乳母は『時は最良の薬』だと言う。しかし、さちには時を進めるちからも戻すちからもない。

父上からいただいた時計で修行した所、調子のよいときは一分を五十八秒に縮められたが、乳母に教えてあげたら気のせいだと言われた。

さちは、このままではいけない気がした。でも、どうすればいいのか分からない。

そこでまず『亡くなる』とは何なのか調べることにして、家庭教師に訊いたり、一緒に講義を受けている子分たちに訊いたり、父上の書斎で難しい本を読んだりした。

しかし子分たちもよく知らなかった。難しい本は難しかった。家庭教師の言うことはもっと難しかった。役立たずの手下ばかり抱えたさちは、しょうがないので自分で調べることにした。

いま父上が亡くなっておられるので、王宮神殿に行ってじかに父上にお訊きするのだ。

さちは、お家がある北棟からそっと抜け出した。近衛兵が見張りに立っているが、ここに八年も住んでいるさちに土地勘で勝てるわけはない。北棟が建つ土手から渡殿廊下の壁沿いに盛り土をたどり、空き部屋の窓からもぐりこむ。土で汚れた靴はここで取り換える。

ここから先は、あえて隠れない。堂々としていたらみんな、さちは何か用事があって居て、乳母がすぐ近くにひかえていると思い込むのだ。おとなは意外とばかなのである。

母屋の二階に出て、父上の執務室にやすやすと入る。北棟は少し高い所に作られているので母屋と階の数が食い違い、初めて来た人はよく迷う。背伸びして執務室の扉を開ける。

「誰だッ！」

鋭い、女の声。軍服を着た女が、何かを背に隠して振り返る。

「これは姫殿下、御無礼を」

「あなたは――」

さちは金縁眼鏡とおでこを見て思い出す。

「くしさまと会ってた人？」

「くし……、城河公と自分がですか？　いつご覧になられました？」

さちは直感した。この女は何か隠している。殿方がするという『うわき』を見つけるのはきっとこんな感じだ。だから、さちは続けてこういった。

「ねえ、さちになにか、おっしゃることはない？」

「……さあ、何のことなのか」

女の兵隊さんは、あいまいに答えた。

「くしさまと以前から親しいの？」

「いえ、このような事態となってから、職務でお会いしています」

「何か内緒話(ないしょ)をしていたようだけど」

「内緒話を？　この鐘宮(かなみや)は内緒話などいたしません！」

女はばればれの嘘をつく。

「でも曲馬団(サーカス)のことはご存じだったようですね」

「曲馬団!?」

女は数秒間必死に考えるふりをし、それから思い出したふりをする。

「ああ、城河公(きのかわこう)には確かに友情を賜(たまわ)りました。熊(くま)を解放した、祝宴の日に」

「さきほど、お知り合いではないとおっしゃったばかりですけど？」

「この事態で知遇を得たのです。まさかのときの友こそ真の友(アミークス・ケルトウス・イン・レー・インケルター・ケルニトウ)、と昔から申します」

さちは確信した。この女はくしさまの『御愛妾(あいしょう)』なのだ。きっと一緒に曲馬団を見たりお花見をしたりラクダに乗ったりといった、ふしだらなことでたらしこんだのだ。そのために父上のお部屋からお酒をくすねに来たのだ。とっさに背中に隠した瓶を。なんて女！

「勝ったと思わないことね！」

さちは捨て台詞をはいて、右の扉に駆けて去った。

右の扉の先は隠し廊下になっている。隠し武器庫、閣僚応接室の後ろを通って、小食堂に通じていた。さちは通路に出しっぱなしだった弾薬箱を踏み台に、閣僚応接室の覗き穴を使う。大臣さまたちが悪いことをしないか、父上はこうして見張っていたのだ。

中には、近衛兵が何人か、面長の侍従、それと褐色肌の男と女。くしさまの従士、石麿と咲だ。さちは油断なく部屋を見渡した。とくに咲は『はらぐろい女』なので油断してはいけないのだと、くしさまがまえに教えてくれた。『石麿はあまり気にしないでいい』とも。

さちは咲がおいたをしないようじっと見張るが、話が難しくてだんだん飽きてきたので、今回はこのくらいにしておいてやることにした。人がいないと確かめ、隠し扉から小食堂に入る。

その物音にはっとした者がいて、そのはっとした音に、さちははっとした。

お互いに不意打ちを食らったふたりは、がらんとした小食堂で向き合う。

白い服を着た、背の低い女だ。髪を短くして勾玉の耳飾りをしている。さちより大きい。でも、まだ本当のおとなじゃない。困った。このくらいの年長の子が、一番たちが悪いのだ。ちからにまかせて無茶をするから。さちの背筋にいやな汗がふきだす。

「何だよ、てめえ。どこから入った？」

背の低い女がすごむ。声は甲高いが発音は荒っぽい。

どうしよう、どうしよう。さちは考える。

いつものように、考える。くしさまならどうするだろう、と。

「ずいぶんきれいな服着てるな。どっか金持ちの娘か」

女がさちの伝統服をじろじろ見る。

そのとき、さちは気づく。女が握りしめている銀食器に。

急に勇気がわいてくる。さちはぐっと強気に出た。

「その肉刺（フォーク）、どうするの？　あなた、まさか、盗賊？」

「もちろん、この打猿（うちざる）さまは大盗賊さ！　怖いか！」

背の低い女は得意げに高笑いした。

「盗賊の打猿なんですって、屋敷神（やしきがみ）さま」

さちは手近な豊穣（ほうじょう）女神の壁画に話しかけた。

すこしの間、二人とも黙った。

「うそだ」

打猿が決めつけたが、その声には自信がなかった。よかった、盗賊でも天罰は怖いらしい。

「屋敷神さま、お腹がすきました。キャラメルをください」

と言ってさちは身体（からだ）をゆすり、王室に伝わるもう誰も意味を知らない呪文を唱える。

それから何でもない顔で、結った髪からキャラメルを一粒取り出した。

「あの、神さま、この銀食器はちょっと見ていただけで……」

打猿は肉刺を机に戻す。

「打猿ってのも偽名で……本名は鐘宮陽火奈（かなみやのかがな）っていうんです。天罰はそっち宛てに」

さちと打猿は、だだっ広い小食堂の椅子にならんで座り、キャラメルを食べた。

「あなた、どこの子なの？　お父（とう）さんとお母さんは？」

「王都の生まれですけど、父ちゃん母ちゃんにはあまり縁がなくて」

「ふうん……」

突然、食堂の扉が開いて、さちと打猿は肝をつぶす。

「ウチザルよ、何を手間取っている」

相手の姿を確かめて、さちはもっと驚く。熊（くま）だ。二本足で歩く熊が、のっしのっしと食堂に入ってきた。そして、打猿と隣のさちをじっと見て「むふん」とうなる。なんという迫力。

さちは気づいた。くしさまが何故（なぜ）かお屋敷に住まわせているという外国の熊だ。ときどき人間になるので、たぶん外国の神さまのみ使いなのだろう。

熊は打猿の顔を威嚇（いかく）的に覗き込む。

「汝（なれ）はお手洗いに行ったのに、なぜ食堂にいるのだ？」

「いえ、姐さん、こっちの御方に呼び止められまして……」

打猿はすぐ嘘をつく子らしい。

「すごいんすよ！　神さまとお話しできて、魔法を使ってキャラメルを出すんです」

「ふうん」熊はさちに鼻面を近づけて、ふんふんと鼻を使って見定める。「ふうぅぅん」

さちはしたり顔で呪文を唱え、襟の折り返しからキャラメルを取り出し、手のひらにのせる。

熊は素早くキャラメルをつまみ上げて、ふっふっふ、と笑った。

「安く見られたものだ。熊をキャラメル一個で買収しようとは」

さちは驚く。なんとずるい熊だ。取ってから言うとは！

さちは靴下から、もう一個取り出す。今度は互いに警戒している。

「やめだやめだ。熊の国際相場はキャラメル六個だ」

熊は見えすいた吊りあげ交渉を目論む。

「あら、そう？」

さちが手のひらをすっとさげる。

「だがまあ此度は」

と熊が手を伸ばす。さちは内心でため息をつく。なんと高くつく熊だ。

熊は頭の毛皮をとる。茶色い髪に赤い目。外国の熊だから、やはり外国人に化けるのだ。

熊がキャラメルをほおばって聞く。

「ふたりは友達なのか？」

「いえ、そんな」

という打猿の言葉を、さちがさえぎり、打猿の手を握る。

「そうよ。さっきお友達になったの」

熊はうなずく。

「まさかのときの友こそ真の友（アミークス・ケルトウス・イン・レー・インケルター・ケルニトウ）だな」

「あの兵隊さんと同じことを言うのね」

「けしからん女だ、熊の真似をするとは。熊一頭につき一〇〇万人の模倣者（エピゴーネン）がいる」

「それじゃ、さちは用があるので、これで」

「どこに行くのだ？」

手を振る打猿のとなりで、熊がたずねる。

「父上にお会いしに行くの、神殿まで」

「ならば、大集会場（バシリカ）に行くがよい。汝（なれ）の父上はそちらにおられる」

さちは驚き、振り返る。熊はいつの間にか毛皮をかぶっていた。

「どうしてご存じなの？」

「熊は何でも知っている」

熊は打猿が放置した肉刺（フォーク）を、正しい場所にきちんと置いた。

王宮は三つの部分に分かれていて、局（オフィス）で区切られた渡殿廊下（コロナード）ですべてがつながっている。

北棟には、さちたちのお家と大浴場と運動場がある。

一番立派な母屋（おもや）には、父上の執務室、大臣たちの会議室、小食堂や映画館がある。

そして南には、謎の事務棟と、でっかい大集会場（バシリカ）。そして王宮神殿。

さちは『当然ここにいますよ』という顔で警備をやり過ごしつつ大集会場を目指す。

大会堂（ホール）につながる中央階段を使うと目立つので、王妃応接室の陰の小階段で一階に降りる。

廊下のあちこちで大人たちが忙しく立ち働いている。王室番の新聞記者や宮廷広報官がいる部屋の前を潜り抜け、宮廷写真館の壁にたくさん飾ってある昔の人の写真にじろじろみられ、人のいない接客室を通り抜け、王宮散髪屋や王宮売店の前を通って廊下を歩く。

さちは考える。

さちが小さい頃、父上はぽつりとおっしゃった。自分はきっと寝台で亡くなることはできないと。そんなことはなかった。ちゃんと寝台で亡くなっていた。母上（ははうえ）にそう教えてさしあげたら、すごく泣いてしまった。なぜだろう。母上は寝台で亡くなるのがお嫌いなのだろうか。

大集会場は広いし、たくさんの人が出入りするので、劇場みたいな立派な扉が四つある。でも四つぜんぶに見張りはいない。手薄な扉からもぐりこみ、壁際の列柱に隠れる。広間は椅子が全部片づけられてがらんとしていた。自転車が乗り回せるほど広く、電球の交換に梯子（はしご）がいるほど天井が高いのに、いまは人がほとんどいないので、うち棄てられた家のように寂しい。演台の壇上に、祭壇のようなものがしつらえられている。褐色肌と王国の肌色の兵隊が半々。それに椅子に腰かけて祈っている人がひとり。さちはその後姿を見る。

黒に金糸の宮廷服。床に伏せた黒い杖。黒い胡袴の上から、左脚に銀の細工。

さちは考える。

父上はこの間、熊を解放した次の日に、ぽつりと仰った。

「ちからを振りかざす者は多いが、使いこなせるものは三〇人に一人もいない」。

父上はおっしゃった。たとえ王族でもそうなのだと。いま王族できちんとちからを使いこなせる方は、大叔父さまの渡津公と、あとは一人――。

「くしさま」

さちが声をかけると、周りにいた兵隊さんたちがぎょっとした。

「さちさま」

さちの叔父、奇智彦さまが、祈禱をやめ、従者の手を借りて立ち上がった。

右手で添え骨の蝶番を器用に締める。立ち上がり方が滑らかなので今は演じておられない。

さちは気品をふりまいて舞台に、祭壇に向かう。そして、気づく。

「父う――陛下なのですか？」

「左様です」

くしさまの声は落ち着いていた。

くしさまに促され、さちも祈る。

どう祈っていいか分からない。何かがさっきまでと違う。

何かが。何か、さちがまだ知らない何かが。

「亡くなるとはどういうことですか?」

つい、口に出してしまう。

「体が動かなくなって、心は天に行き、もう会えなくなるのです」

くしさまはおごそかに言う。

「でも、天からきっと、さちさまを見守ってくださっている」

「こどもだましですね」

「そうですね、子供騙しだ」

くしさまはあっさりと認める。

ふたりでじっと祭壇を見る。豪華でうつろでさびしい。住む人がいなくなったお屋敷だ。

「もっとお近くでご覧になりますか」

くしさまに促されて二人で階段をのぼる。

父上のお顔をじっと見る。立派な服に結髪におひげ。でも何かが足りない。からっぽだ。

「お葬式をするのですか?」

「葬儀の前に、次の王を決める会議を行います。そこで選ばれた新王が葬儀を取り仕切る」

さちは思った。なら、父上から抜けたものは『王さま』なのだろうか。

「父上は寝台で亡くなったと言ったら、母上は泣いてしまわれたの。どうしてでしょう」

「お母さまは寝台で亡くなるのがお嫌いだったのでしょう」

くしさまはいつも物知りだ。でも。

さちは一生懸命に言葉を探して脳みそをしぼる。

「ねえ、くしさまは……、何を考えてらっしゃるの」

「さちさまと同じ年の頃、離宮から出た奇智彦にとって、お父さまは、ただ一人の味方でした」

くしさまはあいまいにほほ笑む。

「その恩を、どうお返ししたものかと考えています」

「くしさま……」

優しい、けど、優しいだけじゃないひとに、贈る言葉をさちは考える。

「くしさまは、ときどきすごく、父上に似ています」

くしさまは困ったように笑った。

「口説いているのなら、最悪の文句ですよ」

王さまを決める会議の日は、あっという間にやってきた。

宮殿はすごく立派な建物で、打猿(うちざる)の知ることばでは言い尽くせない。海の底にあるという水神さまの御殿はこんな感じなのだろうか。白くて赤くてずっしりしている。

前庭には彫像が並んで、車がぐるりと走るあれがある。軍服や黒外衣(フロックコート)や氏族の祭服(さいふく)を着た偉い人と、その御付きが、なんと自分の車で（！）やって来て、玄関や中庭に通される。

みんないかにも偉いやつばかりだ。

偉いやつは打猿を気にしないか、奪うかなので、打猿は外套預室(クロークルーム)の窓枠に隠れる。

打猿には手の届かない外套(コート)が、五〇も一〇〇も並んでぶら下がっている。

銀色の懐中時計や、宝石をはめた杖(つえ)が、『ひろい世間を見せておくれ』と言っている。

腹の奥でちらと迷う。いくつかお助けしておこうか。

やめとけ、と打ち消す。いまは大仕事の前だ。今日盗む品は、打猿の命よりも価値がある。

それに、面倒を起こしたら、あのでこメガネになぶり殺しの責め殺しにされる。

いや、面倒を起こさなくても同じかもしれない、とふと思う。

城河の殿さまは確かに、徳のある御方にみえた。弱いものに優しい。打猿みたいなやつでも人なみに扱ってくれる。飯もお家来衆と同じものをくれる。風呂も使えるし、間食(おやつ)まで出る。

でも、都合の悪いやつを見えないところで殺させるのも、偉い人の徳の一部だ。

逃亡資金として、粒金をいく粒か借りたが、あの熊は気づかないふりをしてくれた。

荒良女はいいやつだ。

ときどき気まぐれに打猿を痛めつける。でも、手加減できるし、話も分かる。すごく強いうえ無差別に痛めつけるので、危ないやつが恐れて近寄ってこない。

荒良女の近くにいると、悪くしても下手投げくらいで済む。

たいしたやつだ。頼れるやつだ。死ななければいいと思う。

そのためには打猿が今日うまくやらねばならない。

さて、どうするか。迷う間もなく新たな車が前庭にきた。

打猿は外套預室の窓、鉄格子の隙間から車体の小旗を確かめる。

はっとする。教えられた通り、斧をつかんだ鷹の旗だ。

しかし、と一瞬迷う。鷲だったらどうしよう。

観音開きの扉から、軍服に勲章を目いっぱいつけ、肩から飾り帯や金色の編みひもをつけたあからさま偉い男と、妙にへいこらした城河の殿さまが出てきて、目当ての車だと察する。

車から出た男は、他に五人。ひとりは褐色肌なので殿さまの家来だろう。他の四人はあの勲章男の家来だ。後ろから城河の殿さまの車が来て、褐色肌を三人降ろしていった。

殿さまは勲章男の腕を引き引き、こちらに来た。

打猿は頭をさげ、外套預室の窓の下に潜む。

二人は玄関わきの長椅子(ベンチ)に座ったらしい。打猿(うちざる)が潜む窓の、真下にある長椅子に。

風に乗って、やりとりが聞こえてくる。

「大会堂(ホール)に入る前に手順をおさらいします、鷹原公(あにうえ)」

殿さまの声だ。やたらと愛想がいい。

「まず、会議で主導権を握る。この奇智彦(くしひこ)が王妃の野心を糾弾し『鷹原公(たかはらこう)を次の王に』と推す。鷹原公は一旦(いったん)、断る。ここが肝心なところです。私欲からではないと示すのです。散々もったいぶってから王になると宣言する。王妃が文句をつけたら、もうこっちのもの」

「鷹原公の席の下、電話機の裏に取り付けた押釦(ボタン)を押す」

勲章男は緊張で声がこわばっている。

「そのとおり！」

殿さまは大げさに褒(ほ)める。たぶん、勲章男のやる気を引き留めるために。

「我らの味方が、事前に配線しています。押すと男子便所で電球が光る。それが合図。従士(とねり)は今回、王族一人につき四人までと定められています。鷹原公は、鞍練(くらなおし)の中でも――？」

「とくに腕利きを連れてきた。一騎当千の猛者(もさ)たちだ。全員、王宮二階の便所で待機させる」

「男子便所です」

「いまそう言おうとしたんだ！　お前が先にいうから」

勲章男はむきになる。短気なやつらしい。

「それで、武器は？」

「一番左の個室の貯水槽（タンク）の裏に。拳銃を人数分と、銃身を切り詰めた散弾銃が」

「たったそれだけか？」

「どのみち王宮内は丸腰の者ばかりです。便所で力んでいるときに大立ち回りはできません」

「一度断る、宣言する、押釦を押す」

勲章男が口の中で繰り返す。緊張しきっている。

「押釦を押せば、味方が武器を手になだれ込んでくる。ご安心を。おお、そろそろ行かねば」

合図だ。打猿の出番という。

外套預室（クロークルーム）の姿見を見て、打猿はぴしゃりと頰に一発くれた。


玄関に、お仕着せをきた侍従と、近衛兵（あおぼうし）どもがいて、客の外套（コート）と武器を預かっていた。

殿さまと勲章男が入ってくると、玄関の大会堂にいた偉いやつらがじっと見る。

やっぱりこの二人はすごく偉いらしい。

殿さまは、いつもは持っていない拳銃や剣を預ける。家来衆もだ。

しかし勲章男は預けない。係の連中をじっとにらみ、銃と剣を帯びたまま王宮に入る。

偉い人みんなが息をのむ。きっとものすごい無作法なのだ。

殿さまは驚いていない。勲章男のことをよく知っている。

だから打猿を呼んだ。

軽く跳び、足拍子を踏む。

ちりん、ちりんと鈴の音。足首に着けた鈴が鳴る。

勲章男がこっちを見て、驚き、それから笑う。

「これは――王宮に子猿が迷い込んだと見える」

猿を模した面の隙間から、自分と相手との距離を測る。

とん、とん、とん、と拍子をつけて、飛び石を踏むように勲章男に躍り寄る。

彩り豊かでひらひらの舞装束が風になびく。

サルの子供そっくりの仕草で、打猿は銃と剣をさぐり、ねだり、両手を差し出す。

「これは、かなわんな。子猿の所望とあっては」

勲章男は笑って、皆に聞こえるように言い、武器を打猿に渡す。余興だと思っている。

打猿は柿を手に入れたサルそっくりの仕草で喜びの舞をおどり、偉い人たちみんなが笑う。

殿さまと勲章男が去る。打猿は頃合いを見て武器を係の者に渡し、鈴をとり、車がいっぱい停めてある方へ歩く。一台の窓から褐色の手が招く。助手席に乗り込み、ほっと息をつく。

「まだ取らないでね、お面」

運転席の咲が鋭い声で言う。

怖い女だ。殿さまや男衆の前では猫をかぶっているが、屋敷の女衆は、荒良女を含めて皆、咲を恐れている。しかも女なのに車の運転ができるだなんて。きっと下宿のおバアや福富のおやっさんがいう『帝国かぶれの尻軽女』だ。

咲が正門詰所の近衛兵に話す。媚び顔に、少し高い声。

「余興に招いた芸人です。王宮に届くはずの小道具が、手違いで屋敷に。急いで探させます」

近衛兵は丸腰の女二人が出ていくのを、とくに見とがめもせずに通した。

武装した男たちで鈴なりの車が入ってくるのを、止めるのに手いっぱいだったのだろう。

もういいだろうという頃合いに面を外して、打猿はほっと息をつく。

力の入らない両手をみて、自分が緊張していたことに初めて気づいた。

第十幕 ――

奇智彦は、贅を凝らした閣議室をじっと眺めた。

最初はその豪華さに圧倒されたものだったが、葬儀を取り仕切っているうちにすぐ慣れてしまって、当初の感動はもう無い。それが自分で不思議だった。

大会議室の長卓子には、天鵞絨張りの椅子が七脚、置かれていた。

銘々のための鉄筆立て、書類、廻転盤式電話機。名札が計六枚。

上座からみて右手に三枚、「城河公 奇智彦」、「宰相 テオドラ」、「渡津公子 和義彦」。

左手に二枚、「王妃 祈誓姫」、「大将軍 稲良置」。

そして上座には「鷹原公 牧生彦」。

いま一脚は美観のため置かれた空の椅子だった。

名誉ある出席者たちは、会議まで少し時間があるので席についていなかった。長すぎる卓子に少なすぎる出席者とあって無人の、閣議室の中央から後方にたむろしている。

沈んだ顔の王妃が前方の自分の席にいて、みんな気まずくて近づけないのだ。

和義彦が口を開く。

「裏庭に、何か檻のようなものがありました。布がかかった。あれは……?」

宰相が奇智彦をにらみつける。

「城河公の従士が運び込んだと、私は伺いましたが」

「わたしは贈り物としか聞いていません。鷹原公、何かご存じか?」

奇智彦が話をそらすと、鷹原公は確信なくさらに話を手渡す。

「おれも知らん。本当に檻なのか? 将軍は何かご存じか」

「なにをですか?」

将軍は話を聞いていなかった。軍服の物入をしきりに叩いている。

宰相が教える。

「檻があるという話です、裏庭に」

「どこの裏庭です?」

「それは……、この王宮の裏庭です。北棟の、大王一家の私的庭園に」

「裏庭に檻が? 誰がそんなものを」

「いま、その話を」

相変わらずの将軍に、宰相はいらだちを押し隠す。

どん、どどん。午砲の音がした。

「お、正午だ」

鷹原公が舶来品の腕時計をみて、うん？　と疑問を抱く。

「いま一発、多くなかったか？」

「はて、誰か数えた方は？」

窓辺に立っていた奇智彦は、そう言って中庭をのぞく。近衛兵が中庭の従士たちを誘導し、北の大浴場の方に移動させていた。北棟の陰、大会議室からは見えない場所に。

誘導するのは鐘宮の近衛兵だ。

遠くて顔は判らないが、なるほど、歩き方に見覚えがあった。

一階の大会堂でも同じことをしている頃だ。豪族たちを北のどん詰まり、朝儀堂と多目的室に移動させている。大会堂では少々手狭でございました、別室にお席をご用意いたしました。

「見えるわけないか、ここからじゃ。……そろそろ会議の時間ですね」

奇智彦はなんでもなく言って、席の方に歩く。何となく皆が続く。

「雷でも落ちたかなあ」

将軍が適当なことを言う間に、秘書官や速記者らが専用の席についた。

鷹原公は会議を仕切るつもりで、皆が座る前に口火を切る。

「今日、しかるべきものがそろっ」

「ちょっと！」

将軍が容赦なくさえぎった。

「皆さん、座る前に椅子を確かめてください。眼鏡がないか」

「眼鏡？」

鷹原公はいら立ちながらも、おうむ返しに戸惑う。

「わしの老眼鏡です。うちの者がせめて、書物（しょもつ）を読むときと、銃を撃つときくらいはかけろと。見当たらん。さっきまでここにあったのに。ついさっきです、受付で記帳（きちょう）したとき」

「お額の、それでは？」

宰相が卓子（テーブル）ごしに教える。

将軍は額に手をやり、気づき、喜ぶ。

「おお、こんなところに！」

「では改めて……」

「この眼鏡なるものはまことに信用ならん」

鷹原公がまた仕切ろうとし、将軍の話に続きがあって気まずく口をつぐむ。

「普段は割れてないか曇（くも）ってないかと気を揉（も）ませ、邪魔ばかりする癖（くせ）に、要るときになると隠れる！　まるで名声(めいせい)か猫か女子(おなご)みたいなやつだ！」

将軍は、宰相や王妃の前で堂々という。

「そんな女ばかりやありませんよ」

宰相は無表情に、淡々とたしなめる。

「しかしいますよ、そういう女。宰相どのはお嫌いでしょう、そういう若い女」

「それは……いや、そんなことは」

宰相は一瞬、言いよどんだ。嫌いだったらしい。

「しかるべきものがそろった！」

いい加減にしろと言わんばかりに、鷹原公(たかはらこう)は仕切りなおす。

それを合図に、侍従や秘書官が一斉に背後で椅子を引き、全出席者が席に着く。

「行政府の代表、宰相。軍の代表、大将軍。さきの王妃。そして、成年の王族三名。和義彦(にぎひこ)少佐は、とくに父王の弟君、渡津公(わだつみこう)の名代(みょうだい)として参加されている」

名を呼ばれて、皆が会釈(えしゃく)する。

「われわれが決める。次の王になるのは、だれか」

「あるいは、女王か」

奇智彦(くしひこ)が宙を見て、聞こえよがしにつぶやく。

目の端に、王妃がぎょっとするのが見えた。

「宰相どの、確か以前にもうかがったと思うが、女性が玉座に登った例はかつてあったかな」

「祖父王さまの叔母上に当たる方が、玉座に登らはった例は御座います」

宰相は硬い声で言う。

どちらも事実だけを告げている。

だが、いっけん宰相が奇智彦に味方しているようにも見える。

鷹原公にちらと視線をやる。鷹原公は、王妃祈誓姫(うけひめ)をいわくありげな目でご覧になっている。

王妃はそれを意識している。強く、強く。

狐(きつね)が狼(おおかみ)を恐れるように。女が男を恐れるように。

「偉大なる初代王、祖父王の血を継ぐものこそが王になるべきだ」

鷹原公は厳(おごそ)かに言う。

「血は尊い。血は濃い。血の正当性は血に宿る」

鷹原公は人から聞いたそれらしい言い回しを真似する癖(くせ)があった。

そして間違えて覚えていた。血の正当性が血に宿ったら循環論法(トートロジー)だ。

「まったく同意です。力の正当性は血に宿る」

奇智彦が訂正しつつ賛同し、ちらと王妃を見る。

「……同じ意見です」

そっけなく王妃が言う。続いて、将軍、宰相、和義彦も同意する。

当たり前だ。これは既定路線なのだから。

奇智彦が茶々を入れねば話題にもならなかった。

奇智彦は会議室の全員を見る。奇智彦を信頼しきっている鷹原公。不審気、恨めし気にらんでいる王妃。さっぱり読めない将軍は飛ばし、空席。そして静かに警戒する和義彦と宰相。

それとは知らずに、歴史を作る場に居合わせた人々。

皆、気づかない。次の間で聞き耳を立てている者たちに。

「父王の血を引いて、彼女は立派な王となられるでしょう」

奇智彦は朗々と告げた。

会議室の扉が開く。開けたのは咲だ。その方を優しく、だが有無を言わせず押し出す。

てこてこと入ってくる。低い背丈。結髪。民族衣装。

そして、困惑してなお凛々しい眉毛。

「さち！」

王妃が驚きに声を張り上げる。

「兄王の!?」

鷹原公があっけにとられる。

「新女王、幸月姫陛下です」

奇智彦は高らかに宣言した。

◇　◇　◇

幸月姫は、部屋の扉の前にちょこんと立ち、唖然（あぜん）とする大人たちを見回した。なかに心安い顔を見つけて、にわかにいつもの元気を取り戻す。

「くしさま、ラクダです！　裏庭にラクダがいました！」

「ほう、ラクダが！」

奇智彦は大げさに驚いてさしあげる。

「さわりました。ごわごわです！」

幸月姫はぴょこたんぴょこたんと駆（か）け寄ってくる。

「なんと！」

勢いよすぎる幸月姫を、奇智彦はなんとか受け止める。

「くさいのです！　ほら！」

ラクダに触（さわ）ったらしい右手を掲げるので、奇智彦はかぐ。

幸月姫の肌と汗と白粉（おしろい）の匂いしかしない。

「ラクダとは、こんなにおいが！」

「ラクダのそばにアラブの人がいました！」

「あの者らはインドですよ。おそらくペルシア系でしょう」

奇智彦と幸月姫が話している間にも、会議は続く。

鷹原公が反対し、王妃が賛成して一歩も譲らない。すでに鷹原公と王妃は、憎み合う関係になっている。王妃はさっきの視線で、鷹原公が自分と娘を警戒していることを確信していた。

まったく、なぜ人は仲良くできないのだろう。さっそく鷹原公が声を荒らげた。

「どういうつもりだ、奇智彦！　まだ八歳だぞ!?　政務も執れない！」

「〝力の正当性は血に宿る〟」

と言って奇智彦は動く方の肩をすくめる。

「十六歳で成人されるまで、補佐する者がいりますな、たしかに」

奇智彦は都合よく話をすり替えた。『政務代行者がいるなら幸月姫が女王でも問題ない』と。

考える暇をあたえず、奇智彦は宰相に問う。

「大王が幼少の場合はどうするか、法で定められているだろうか」

宰相はもちろん法の通りに答える。

「王国継承法によれば、王族のうち成人した者より一名を選んで摂政をおき、大王が成年に達せられるまで政務を補佐します」

鷹原公は宰相をじっと睨み、尋ねる形式をとって催促する。

「摂政の規定は？　例えば兄の方が、とか」

「特にございません。『王族のうち成人した者』と」

「何もないのか？　例えば最年長の者が、とか」

「ございません」

宰相は言質をとらせない。

「王族で最年長の方なら、渡津公ですな」

将軍が素知らぬ顔でひげをひねる。

鷹原公は二人をじっとお睨みあそばす。奇智彦の一味だと、すでに信じ込んでいる。

沈黙。それから、敵意。主に鷹原公と王妃の間で。

「宰相、王位に関して、あなたはどのように思われるか？」

鷹原公は自分が王になりたいので、誰かに推してもらいたい。その程度の知恵は流石にある。

「王位は……、ふさわしい御方がお継ぎにならはるべきです」

宰相は玉虫色の回答をした。鷹原公がいら立ち、矛先を変える。

「和義彦どのはどのように思われるか」

「私は……父の名代としてここにいます。考慮は慎重にいたしたく」

和義彦も曖昧に答えた。

どちらも、鷹原公も奇智彦も推さない。勝つ方に賛成するかまえだ。

鷹原公は王妃にはわざと訊かず、将軍を見てひとめで飛ばし、それから奇智彦を見る。

少し迷う。

流石にやめた。そうしたらもう他に出席者が居ない。

一縷の望みを込めて、壁際の速記者や秘書官を見やる。全員、当惑の表情。当たり前だ。

沈黙を切り裂いて、たたきつけるような声がした。


「私、王妃 祈誓姫は推薦します。王弟 城河公奇智彦を、摂政に！」


王妃が右手を差し上げていた。

奇智彦は王妃を見た。王妃は奇智彦を見ていた。交わる視線。

「鷹原公をさしおき？　なんだか差し出がましいようですね」

奇智彦はわざと一回断って見せた。

「そのようなことは」

王妃は食い下がる。必死だ。鷹原公が王になったら娘も自分も命はない。

「私、王弟 鷹原公は、王弟 鷹原公を摂政に推薦する！」

鷹原公はしょうがないので立候補した。

自分を自分で推薦して、出しゃばりな印象を少しでも抑えようと小細工を弄す。

誰も推さない。王妃は「反対！」と即座に言った。

鷹原公は袋小路に陥って、頼りないことこのうえない将軍を頼る。

「王位について、将軍はいかが思われるか」

「どうでしょう、間をとって和義彦どのでは？」

「ええっ、私ですか!?」

将軍がとんでもないことを言い出し、当の和義彦が声を上げて驚く。

さすがのいい人からも、はた迷惑さが漏れている。

「「反対！」」

鷹原公と王妃がほぼ同時に声を張り上げる。当然だ。

今の王室は、祖父王、父王、兄王と続いてきた血統である。色々と問題ある鷹原公が継承の有力候補なのも、幼い幸月姫に継承の目があるのも、ひとえに父王の、兄王の血筋だからだ。

人品立派な和義彦に継承の目がうすいのは、王弟渡津公の子だから。ようは分家だからだ。

この混乱期に、信望ある和義彦が摂政になったらどうなるか。

和義彦の父、王族最年長の渡津公が、政治に強い影響力を持つのは確実。

そんなことになったら、父王の血統から渡津公の血統に、王室の正統が乗っ取られかねない。

鷹原公も王妃も、それでは元も子もない。しかし、といって代わりの妙案もない。

会議は泥仕合となり、長びき、紛糾した。

鷹原公は、宰相や和義彦にせっつく。

返ってくるのは、あいまいな答えか、沈黙。

奇智彦はあえて何も言わない。言うべきことは会議開始前に言い尽くした。糸を垂らし撒餌を投げて、魚が針に食いつくのを待つ釣り人の倦怠感で、全身を耳にしてひたすらに待つ。

みなが苛立ち、疲れる。

舌が乾く。思考がぼやける。空気がよどむ。

「祖父王が昔おっしゃられた。王とは、意志とちからを兼ね備えたものでなくてはならぬ」

そんなときに将軍がとつぜん言い出して、奇智彦含めて全員がぎょっとする。

「ちからとは何ですか、と問うと、こうおっしゃられた」

「あの、将軍、長くなりますか?」

宰相が小声で訊き、将軍はあっさりと無視した。

「ちからとは意志である。では意志とは、と問うとおっしゃられた。意志とはちからである」

唐突な思い出話に、唐突な循環論法で、会議室は困惑に包まれる。

和義彦がそっと口を開いた。

「では、えー」

「わしは五〇年もその意味を考えてきたが」

将軍の話に続きがあったので、気まずく黙る。

「この齢（とし）になってようやく、ぼんやりと分かるような気がしてきた。ちからを求める意志こそが、人をひきつける。ひきつけられ人が集まり、ちからになる。ちからがあるからこそ、さらなるちからを求め、行きつく先に玉座がある。意志とちからが、王を王たらしめる」

将軍が思いのほか本質的な話をし始めたのと、それがどこに着地するかさっぱり読めなくて、会議室の全員は落ち着かなげに見守る。その不安は原始人が火山を恐れるのに似ていた。

「ここに、ちからがある」

と言って将軍は鷹原公（たかはらこう）をさす。鷹原公は推されたかとにわかに喜ぶ。

「ここに、意志がある」

と言って幸月姫（さちひめ）と奇智彦をさす。鷹原公は苛ついて机を平手でたたく。

「意志と、ちから、どちらを取るべきか――」

将軍はここにきてもったいぶる。鷹原公が苛ついて怒鳴った。

「どちらを取るべきだ！　早く言え、このヒゲ！」

将軍は、ひげを震わせて呵々大笑（かかたいしょう）する。勝利に接した石器人の喜びで。

「選ぶまでもないこと！　勝利するのはつねに意志です！」

「この稲良置（いらき）は、王国軍を代表して、女王幸月姫ならびに摂政（せっしょう）奇智彦を支持します！」

続けて当てつける。

「どうせお嬢さん方から選ぶなら、若い方がまだしも鍛えようがある！」

奇智彦は隠しようもない喜色を隠そうとした。

「なんと、わたしに二票か！　はっはっは！」

和義彦と宰相、浮動票二人は、盤が傾くと大勢にしたがった。

「奇智彦どのならば、立派に務めを果たされるでしょう」

「では、宰相としてそのように処理いたします」

呆然とする鷹原公以外、皆がほっとしていた。

「まだ、お受けするとは申しておりませんよ」

奇智彦がわざとらしく驚いてみせると、皆が固まる。

「ほら、こう言っているし、ここは俺が」

鷹原公があがく。

「叔父さんが摂政になってくだされば、娘も安心でしょう！」

王妃の笑顔は必死だった。

「俺だって叔父だ！」

鷹原公が珍しく正論を言う。

「ええ、それは……、でも、こんなになついているし」

王妃が基準点を動かす。

「奇智彦どのもお人が悪い。皆があなたを支持しています」

和義彦が話をまとめようとする。

「『いやよだめよと　娘は言うが　乳帯(おび)の解き方(と)　教えてる』」

将軍がひげと猥歌(わいか)一句をひねる。

「……」

宰相はさも思案気に黙って時間を稼ぐ。こいつは根っからのコウモリだ。

「暑いな、四月とは思えん。すごい熱気だ」

奇智彦は思わせぶりに立ち上がる。

窓辺に近寄り、皆から顔が見えない位置に立ち、静かに開けた。

ここちよい風を受けながら、白い手布(ハンカチ)で汗をぬぐう。

中庭にいる鐘宮(かなみや)が合図を確認し、拳銃を握った右手を挙げる。

窓を閉め、席に戻って、奇智彦は言った。

「否応(いやおう)はないでしょう。摂政の職、謹(つつし)んで拝命(はいめい)させていただきます」

「奇智彦(くしひこ)ぉ！」

すごい勢いでつめよってきた鷹原公(たかはらこう)に、胸ぐらをつかまれる。

「奇智彦！　なんの恨みがあって、貴様！」

どうやら恨まれてないつもりだったらしい。

「鷹原公(あにうえ)、恨みつらみは問題ではありません！　王国人民六〇〇万、生かすか殺すか」

「いやお前の！　いやお前が！」

鷹原公はすさまじい馬鹿力で奇智彦の首を絞め、奇智彦は息が詰まってもがく。

和義彦(にぎひこ)が割ってはいってくれて、奇智彦は救われ、空気をむさぼった。

「宮中でございます！　宮中にございます！」

奇智彦を狙って暴れる鷹原公を、和義彦は羽交い絞めにして引きはがす。

「くしさま、頭突きです！」

と応援する幸月姫(さちひめ)を抱いて、王妃は乱闘から距離をとる。

将軍は軍杖(バトン)を軍配団扇(うちわ)のように持って「八卦(はっけ)よいやよいや」と怒鳴り、宰相が止める。

「豪族たちが納得すると思うか？　民が幼子(おさなご)を崇(あが)めるか？　民が足曲がりの名を叫ぶか!?」

鷹原公は息を切らして自分の席に歩み寄り、電話の受話器を取る。

「もしもし、交換台？　外線につなげ。鷹原公の屋敷に——もしもし？　もしもし！」

宰相テオドラは、鷹原公の様子をじっと見つめる。たぶん早くも勘づいている。

「鷹原公、どうしはりました？」

「切れた、何も言わずに」

鷹原公は戸惑ったまま、手癖(ぐせ)で受話器を戻した。

和義彦が足早に窓辺に寄って、中庭が無人なのに気づく。緊迫した声で尋ねる。

「宰相どの、王宮の電話交換室はどこに？」

宰相は深く息を吐いて、無感動に答える。

「南の事務棟です。電報室も、館内放送設備もそこに——」

館内放送の拡声器(スピーカー)から、雑音交じりの声が流れはじめた。

ラジオ放送の音だった。

「信じがたい光景です！　中央広場を、民衆が、数万の民衆が埋め尽くしております！」

放送朗読員(アナウンサー)の声は興奮していた。群衆の熱気にあてられたのか。

「ただいま広場の議事堂側から中継しております。民衆の声(ヴォックス・ポプリ)をお聞きください」

マイクロフォンを動かす雑音。雑多な声と熱気。

音源からやや遠いが、しっかと聞き分けられる台詞(セリフ)。

「幸月姫女王、万歳！　幸月姫女王、万歳！　王国万歳！　熊(くま)の女神万歳！」

どうやら、うまくいったらしい。

熊を使った民衆煽動も、打猿を通して集めたサクラも、近衛兵の放送局占拠も。

「大演台のうえに、毛皮を着た者がいます。あれは——熊です！　熊の皮を着た異国の女です。あ、飛び降りました！　すさまじい馬力で人波をかき分けこちらに近づいてきます。その美貌は女神のごとし、色は白く、髪は栗色、瞳は緋色。その歩き方は……すこしガラが悪いような」

これは打ち合わせにない。おい荒良女、何をする気だ？

「すごくデカ、もとい体格がよく、歩き方からして、まさに熊のような、あっ、うちの助手ともめております。助手が肩を押しま——おっ⁉　熊が両差しに組み付いて……、投げたっ！　あざやかな下手投げ！　助手は悶絶、下が石畳なのは痛かった！　あ、音響係と現場監督がかまえました。二人がかりで取り押さえ——ああっと！　熊の凄まじいぶちかまし！　監督が吹っ飛び、でんぐり返り二、いや三回！　音響は戦意を喪失。熊は悠々たる足取りで……、ちょ、何するんですか！　マイクロフォンに触らないで」

実況の声が途切れ、次の声は帝国語だった。

「熊にひれふせ！」

大会議室内の全員が、正気をうたがう顔で奇智彦を見た。

奇智彦は手で顔を覆った。赤面を隠すためだった。

「おい、どうした、早く来い！　女王の顔を熊にみせてくれ、飽きて蜜を食いに行く前に！」

純真無垢で、呑気で、優しく、意外と知的で、だからこそ凶暴な笑顔がありありと浮かぶ。

放送が止まった。放送事故もいいところだから局の方で止めたか、機材が壊されたか。

聴取者を繋ぎとめるためだろう、音楽が流れる。

甘い歌声。帝国語の歌詞。あの時と同じ曲。

『もちろん判っているよ　きみの心は　だから　ぼくの心も　わかっておくれ』

鷹原公が城河公をにらむ。奇智彦は次兄上をじっと見つめ返す。

二人ともわきまえている。王権の秘密を。玉座争いは、勝つか死ぬか。

『ぼくの秘密を　教えてあげる　スイッチひとつで　判るのさ　電気灯みたいにね』

鷹原公が電話の下を探り、押釦を押す。鞍練たちを呼ぶために。たぶん奇智彦を殺すために。

奇智彦は祈る。万全を期した。あとは従士を信頼するべきだ。でもやめられない、祈るのを。

鷹原公の両眼は、興奮と緊張で感情が失せていた。きっと奇智彦も同じだ。

扉をじっと見る。大会議室の全員が。皆が悟っている。ここからちからが来るのだと。

『ぼくは　すこしの間　旅に出るんだ　そう思っておくれ　お願いだか――』


放送室が中継を止めた。同時に、扉が勢いよく開かれる。銃を手に突入してくる男たち。礼服。軍服。そろって褐色の肌。先頭に立つのは連発騎銃を手にした石麿。

栗府一族の男、八名。里から呼んだ六名に異父弟に石麿。よかった、誰も死んでいない。

室内全員が慌てて両手を挙げる。奇智彦も右手を挙げた。間違えて撃たれたらかなわない。

扉のかげに咲を見つけて、歩み寄る。

「俺にも馬を！　馬を！　馬の代わりに何でもくれてやる、王国以外は！」

咲は裳袴の下から拳銃を取り出し、手渡してくれた。武器はこうやって密輸したのだ。

「奇智彦、貴様――っ！」

そのとき、背後から怒声がした。続けて奇智彦の身体は誰かに引っ張られる。


すべてが同時進行し、すべてが奇妙にゆっくりと動いた。

鷹原公が、奇智彦の拳銃を奪おうと飛びかかる。

栗府氏の異父弟が、止めようとして弾き飛ばされる。

咲が、体を張って奇智彦をかばおうとする。

奇智彦は、揉み合いの中、誰かに引っ張られて身体の釣り合いを崩す。

栗府氏の男たちは、味方が邪魔でとっさに撃てない。

会議室の面々が流れ弾を恐れて伏せる。

石麿が、連発騎銃の銃床で、鷹原公の顔をぶん殴った！


鷹原公はたまらず床に倒れる。身を起こして、歯がそろっているか確かめる。

そして、いま硬い木材で自分をどついたとは思えない、石麿の人懐こい顔を見あげる。

馬鹿は悪気無く馬鹿力でどつくので恐ろしい。

「痛そうだ。可哀そうに」

奇智彦が咲にささやくと、咲は何故か困ったように笑った。

鷹原公は混乱し、呆然自失の体だった。

「お、おれの従士は!?　手練れの戦士を四人、便所で待機させて――」

そこまで言って、鷹原公は気づく。石麿の頬、古傷の下に血が付いている。

「殺したのか」

石麿はにやりと頼もしく笑い、頬の返り血をぬぐった。

稲良置将軍はひげをひねり、もの慣れた落ち着きで品評する。

「逃げ場のない便所。個室の扉も薄いから、銃弾はとても防げない。一方は銃を佩びた八人。

もう一方は丸腰の四人。これでは勝てる方がどうかしている。わしでもごめんだ」

和義彦は記憶を探り、つぶやいた。

「そういえば午砲が一発多かった。あれはまさか一斉射撃の音？」

「おれの従士も銃を持っていた！　個室の貯水槽の裏に隠して！」

鷹原公は食って下がり、自分から陰謀を自供して、宰相を見上げ訴えた。

「その武器は、ご自分の従士に隠させはったのですか？」

宰相が尋ねると、鷹原公は気づき、愕然として肩を落とした。

奇智彦は咲にささやく。

「おやおや、みんな名探偵だ。国の要人より作家の方が向いている」

石麿が、鷹原公に、元気よく言った。

「摂政 城河公のご命令です、鷹原公。ご同行をお願いいたします！」

「罪状は何だ」

鷹原公はあきらめきれぬ顔で訊く。

「知ってさえいれば、自分もお教えできるのですが」

石麿は法的根拠がないと朗らかに明かす。あのばかたれは後で説教だ。

「王母さま」

奇智彦はどさくさ紛れに、元王妃・祈誓姫にささやく。

「すぐにご静養ください。ひどい顔色だ」

「静養？　ですが、我背……大王陛下の葬儀もまだ」

「津守離宮に素晴らしいお部屋を御用意しました。海の空気は新鮮です。一発で健康になる」

「離宮って、あの岬の端っこにあるお城ですか？　住江大社や午砲台がある？」

「その通り。まさに難攻不落」

脱出困難を巧みに言い換え、奇智彦は声を低めた。

「安全のためにもよろしい。鷹原公派の襲撃があるやも。葬儀の日までは、あちらで過ごしていただくのがよろしいかと」

「……さち」

少し迷ってから、祈誓姫が娘を呼ぶ。

幸月姫が、てこてこ、と母に駆け寄る。

奇智彦の黒手袋と杖が、母娘をさえぎる。

「陛下には王宮にいていただかねば」

母と叔父のあいだで視線が交わされる。

「いや」

「否応(いやおう)はありません」

「さち、行きますよ！」

祈誓姫が声を張り上げる。幸月姫は母の剣幕に迷う。

「さちさま、ラクダで広場を行進(パレード)しましょう」

奇智彦の言葉に、幸月姫は目を輝かせる。

「娘なのよ」

「わたしは叔父です。信頼していただきたい。可愛(かわい)い姪(めい)っ子だ。眉(まゆ)毛がお母さんそっくり」

「あなたに何の権限があって――」

「摂政(せっしょう)の権限です」

奇智彦の声に、自然と有力者の迫力がこもった。

「私は摂政だ。あなたがそう言った」

祈誓姫は、雷に打たれたように立ち尽くして、それから両手に顔をうずめる。

「それは命令なの？」

「今はお願いです。命令にしてほしければ、どうぞおっしゃってください。……鐘宮(かなみや)大尉！」

「はい、殿下」

鐘宮は会議室の次の間に控えていた。さすが、仕事が早い。

「王母さまを離宮(りきゅう)へお連れしろ。厳重にお守りするのだ。王宮とわが屋敷の警備、鷹原公(たかはらこう)の屋敷の警備も抜かるな。それから議事堂前の大演台にも兵をさくのだ。あと、あの熊(くま)見張っとけ」

「お任せください。王母さま、どうぞこちらへ」

鐘宮(かなみや)は敬礼して、丁重に、だが有無を言わせず、祈誓姫(うけひめ)を案内した。

元王妃、現王母、祈誓姫は、近衛兵(このえへい)たちに付き添われて去り際、つぶやいた。

「そっくり……」

幸月姫(さちひめ)と奇智彦(くしひこ)がラクダに相乗りして中央広場に現れたとき、民衆は一瞬戸惑い、それから歓声を上げた。護衛の近衛兵と、広場にいた巡査たちが、群衆を整理しようと悪戦苦闘する。

きっとまた歌ができるだろう。『ラクダにも乗れる王子』。

大演台には荒良女(あらめ)がいた。打猿(うちざる)も。軍曹も。荒良女から距離をとっている放送局員たちも。

荒良女は恭(うやうや)しく、幸月姫を抱きおろした。姫は熊の迫力に目を真ん丸にする。

荒良女は奇智彦に手を伸ばす。

奇智彦は温(あたた)かく頼もしい手を取って、ラクダから降りた。

歓声のなか、大演台に登る。民衆が持つ手持ち看板には、幸月姫の顔写真が印刷してある。

よくこんなにたくさん、こっそりと作れたものだ。

大演台の背後には、かねて用意の巨大な写真。軍事行進（パレード）のとき撮ったおあつらえ向きの。

王国の伝統衣装を着た幸月姫と、姫を右腕で抱いた奇智彦。

帝国伝来の黒い宮廷服を着て、左脚に帝国製の銀の添え骨。

不自由な左手には、斧（おの）の銀細工が施（ほどこ）された黒い杖（つえ）——斧鉞（ふえつ）は軍権を象徴する。

幸月姫はつま先立ちした。演台の手すりが高すぎる。

奇智彦は女王を右肩に抱き上げる。

マイクロフォンを右手でこつこつ叩（たた）いて、繋がっていると確かめ、声を吹き込む。高らかに。

「摂政（せっしょう）　城河公（きのかわこう）奇智彦が、今、皆に御紹介しよう！　新女王 幸月姫陛下を！」

われんばかりの歓声を聴き、ぼんやりとした予感が確信に変わる。

彼は勝ったのだ。


——第十幕　人民の声は神の声（Vox Populi, Vox Dei.）。

終幕　彼は王であり、望むことだけを行う臣民ではない。

Regnat non regitur qui nihil nisi quod vult facit.

まだ陽ものぼらぬ早朝の空気を、帝国語のラジオ放送がかき混ぜていた。

『……護民院議員の広報担当者は〈彼らが嫌疑と呼ぶものはまったく証拠を欠いていて、嫌疑と呼ぶにも値しない〉と容疑を否定しました。帝都検事局は〈現在は捜査をなすときであり、ふれまわるときではない〉と発言を控えました。

次の報知です。一昨日の午後、極東の王国で謀反が発生しました。クチヒコ王弟が親衛隊と国軍を味方につけ、他の王族を逮捕して実権を掌握した模様です。帝国国防省の報道官は〈この出来事によって両国の戦友としての信頼が損なわれることはありえない〉と表明しました。

次は明るい出来事です。帝都動物園でパンダの赤ちゃんが生まれました」

奇智彦は苦笑して、ラジオを切る。帝国公共放送の海外向け放送が、ふつりと途切れた。

「やれやれ、たったこれだけか。かなわないね、朽彦とは」

宰相が落ち着いた声で言う。

「他人事など、こんなものです――摂政殿下」

大王執務室は、『摂政執務室』と室名札だけ替えられていた。

部屋の外の秘書席には、栗府(くりふ)氏の男二人と、咲(えみ)がいる。

机の下には通報押釦(ボタン)や、拳銃や、銃身を切り詰めた散弾銃が隠してある。もちろん。

奇智彦は宰相に訊(き)く。

「兄王(あにおう)の御遺体の件だが、検視の結果は？」

宰相は書類をみせ、応える。

「殿下の言わはった通りでした」

奇智彦はざっと読んでうなずく。

「これが新たな先例となるだろう」

書類をまとめて去り際、ふと、宰相が訊く。

「和義彦(にぎひこ)少佐と先ほどお会いしました。軍艦勤務から宮廷付(きゅうていつき)海軍武官(ぶかん)に異動にならはったと」

「大変な仕事だが、和義彦どのなら果たしてくれるでしょう」

奇智彦は素知らぬ顔で言う。

賢くて信望と良識があるやつは、放(ほう)っといたら脅威なのだ。武力と切り離し、目の届くところに置き、可能なら取り込む。きっと少しは取り込みやすくなったはずだ。事情を知らぬ者の目には出世させたように見えるから、いまごろ和義彦も一味だと思われている。ざまあみろ。

宰相は一礼して退室――、する前に、執務机の左手前、扉の近くの物に目を留めた。

見慣れない車椅子が、そこに置いてある。

だが、脚の不自由な奇智彦には必要なのだろうと、とくに詮索せず出ていく。

かしこい宰相だ。こうして用いる立場に立つと、あの厭な女が出世できた理由がよくわかる。

宰相と入れ違いに、制帽を小脇にかかえた稲良置将軍が入ってきた。

「やりましたな、殿下！」

やはり、なぜか嬉しそうだった。

奇智彦はうなずき、自分のやったことのとんでもなさを想って、すこしだけ笑ってしまう。

「ああ、やった。やってしまいました。申し開きのしようもない」

「殿下はもはや、誰に申し開きをせずともよろしい！　勝てばよいのです、勝てば！」

「将軍、それで軍の方は？」

「今のところ平静です、大陸派遣軍も内地も。都護要塞と堅城要塞にはわしの判断で警報を出しました。鞍練の氏族兵が王都に進軍するなら、どっちかを通る。両方まだ平穏無事です」

奇智彦はその報告を疑わない。将軍が最初に言ったとおり、軍は王の味方だ。

就任間もない、まだ失敗しようがない女王と摂政を、除こうとする理由は見つからない。

すこし、沈黙が下りる。

「将軍、私のやったことは正しかっただろうか」

「何故わしにおたずねに？　馬鹿だと思ってらっしゃるのに」

「多様な視点は、大切であるから」

馬鹿だと思っていることは、とくに否定しなかった。

「左様、正しかったかわかるとしても、まず十四年後ですな」

「と、いうと？」

妙に具体的な数字に、根拠があるのかいぶかしむ。

「八年後に幸月姫さまがご成人遊ばされ、五、六年経ればご器量も判ってくる。殿下が三〇を超えて立ち、色々と思うところも整理される。で、十四年です」

そこそこ根拠があって、奇智彦は驚いた。

「長いな」

「ええ、まったく。わしは生きてはおらんでしょう」

「ご謙遜を。あなたは九〇まで生きる」

奇智彦は笑い、それから、ふと弱気になる。

「いまも思うのだ、間違っていたらどうしようと」

「間違っているでしょう」

「ええ!?」

さっきの今でいうことが違う。

が、老将軍は呵々大笑（かかたいしょう）する。

「ひとは間違うために行う。失うために得（え）、裏切られるために信じ、死ぬために生きる。ひとは企み、天はお笑いになる。しかし始めねば、間違うこともできん。間違うことは人間的だ」

奇智彦（くしひこ）は思わず力が抜ける。はたして歳を経（へ）た戦士の英知なのか、てきとうなじいさんの思い付きなのか。それも分かる日がくるのだろうか。いつか、生きていれば。

「もうしばらく、軍を預かってもらえるでしょうか、大将軍」

「謹（つつし）んで、拝命（はいめい）いたします」

将軍は恭（うやうや）しくお辞儀し、額の眼鏡が床に落ちた。

将軍が出て行ってから、三〇分ばかり、奇智彦は執務室の椅子に座っていた。

兄王（あにおう）とここで最後の盃（さかずき）をかわしたのが、わずか一週間前だとは、何だか信じられなかった。

奇智彦は執務机や、豪華にしつらえられた内装をぼんやり眺める。

この感動も明日には薄れてしまうのだろうか。日常の持つ力は、すごい。

呼出押釦（インターコム）の電球が点灯し、呼出音（ブザー）が鳴る。それらしい押釦（ボタン）を探して押す。咲（えみ）の声がした。

「鐘宮さまがお見えです」

「すぐに通してくれ」

奇智彦は答えて、机上の新聞を手に応接長椅子へ行き、卓子に新聞を置く。

扉を開いて入ってきた鐘宮は、執務室の豪華な内装を見回し、ため息をついた。

奇智彦は思わず笑い、鐘宮を応接長椅子に案内する。

青帽子に、糊の利いた褐色の制服。近衛少佐の真新しい階級章。

拳銃も剣も執務室の受付で預けていた。おそらくは拳鍔も。

「ようこそ、鐘宮──少佐！」

奇智彦が言うと、ふふふふ、と鐘宮が満足げに笑う。

「光栄です、城河公──摂政殿下！」

鐘宮が言うと、ふっふっふ、と奇智彦は愉快気に笑う。

型どおりの言祝ぎあいのあと、鐘宮は書類鞄から一冊の書類綴じを取り出した。

「鷹原公の屋敷に集まっていた、取り巻きたちの名簿です」

「屋敷の現状はどうなっている」

「頭数は、往時の半分以下になりました。豪族たち、空軍将校、民間人。鷹原公が不在ですし、元々全体をまとめられる者がいないようで、これといって動きもありません」

奇智彦は、資料をざっと読む。

「では、処分はこうしよう。鞍練（くらなおし）氏の本領を安堵（あんど）する」

「よろしいのですか」

鷹原公（たかはらこう）の支持勢力筆頭だ。奇智彦（くしひこ）にとっては強力な敵になりうる。

「もちろんだ、鷹原公に忠義を果たしたのだからな。ただし、鷹原公の領地は、側近の豪族に管理させる。鞍練の次に勢力のある氏族にな」

「それは、名案かと存じます」

鷹原公派の有力豪族が、互いに疑心をもって張り合うことになる。

主君・鷹原公が失脚した直後に、新政権の手で得をした同輩は、明らかに怪しい。

「空軍将校たちの処遇は、空軍に任せよう。将校の人事に首は突っ込まん。この奇智彦が自（みずか）ら、空軍高官たちに会った折り、鷹原公へ忠義篤（あつ）き者たちを激賞しよう」

「そしてこの鐘宮（かなみや）は、殿下の一手に対する、空軍内の反応を調査するわけですね」

「できるか」

「お任せください。空軍中央には士官学校時代からの友がいます」

「民間人の取り巻きの内、一番顔のきく者には……、そうだな、鷹原公への忠勤をたたえて、まとまった現金と匿名の贈り物を渡し、王都から逃げるように忠告する。これでどうだ」

「完璧かと存じます。逃げても逃げなくても、この上なく怪しい」

「そう？　そう思うか？」

「どれも真っ当な事後処理であるのに、それでいて全勢力が互いを内通者かと疑い合うことになります。殿下こそはまさに人の心に不和をまく天才」

「ほめるな褒(ほ)めるな」

二人は、快活(かいかつ)に笑った。その後、鐘宮は問う。

「鷹原公は健(すこ)やかですか？」

「近衛隊(このえたい)でも知らぬことがあるとはな」

「離宮(りきゅう)や王母さま、屋敷や広場の警備で手いっぱいのうちに、いつの間にか消えていました」

「まだ生きているとおもうのかい？」

奇智彦のどぎつい冗談に、鐘宮は快活に笑った。

「市民たちは、思っていないらしいよ。どれ、これなど良い出来だ」

奇智彦は、新聞の投書欄の風刺詩を、ひとつ読みあげる。

『犬猫(カニス・カトウス)、蛇(サーペンス)と　可愛い仔熊(エト・レピドウス・ウルス)　選んだ王さま(レックス・レーム)　サメの王(ザブ・ビストリス)』

なかなかの妙詩(みょうし)に、ふたりは朗(ほが)らかに笑った。

「詠んだ者を、いかがいたしますか？」

鐘宮がにこやかに尋ねる。

「勘弁してやれ、みごとな詩才に免じてな」

奇智彦も穏やかに笑う。

そして、思わせぶりに杖をいじる。

「犬猫、蛇と……可愛い仔熊と子猿についてどう思う？」

「付き合ってみれば、可愛げのある連中です」

鐘宮は笑顔で言う。

「しかし、ご用命とあらば」

「熊や猿は、ひとを襲うからなあ」

「なるほど」

奇智彦がほのめかすと、鐘宮はそれとなく了解した。

「それから、従士を何人か探している」

「栗府一族から呼ばないのですか？」

鐘宮は話の方向性を探る。

「忠義者だが、なにぶん枝が細い。摂政の仕事にも関わることだし」

「叔父が喜びます。鐘宮氏は王室とともにある」

鐘宮が請け負う。

奇智彦は少し沈黙する。意味ありげに立ち上がり、歩き、執務机に右手を載せて立つ。

「ほかの従士は里に帰すとして、石磨と咲。あの二人はなにぶん、多くを知りすぎたので……」

鐘宮はさすがに沈黙する。

弱小とはいえ王国を構成する氏族の立派な一員、流れ者やこそ泥を消すのとはわけが違う。

なにより奇智彦には幼少時から仕えている。それなのに。

摂政、近衛隊長官、城河公奇智彦殿下は、おのれの近衛兵にいわくありげな視線を向ける。

「鐘宮は王の矛とお考え下さい」

少し考えて、鐘宮はそれとなく了承した。

「ありがとう。手間を省いておいた」

奇智彦は執務机の押釦を押す。

同時に二か所、扉が開く音。

執務机の左手、護衛の扉から、車椅子に革帯でかたく縛られた荒良女と、連発騎銃をもった石磨たちが飛び出す。机の正面の出入口から、こちらも武装した栗府の男たちが入ってくる。

鐘宮はとっさに腰に手を伸ばす。

そして思い出す。剣も銃も、受付で咲に預けたことを。

「兄王のご遺体をひそかに検視したところ、毒物が検出された」

奇智彦は鐘宮に告げる。

「偶然では説明できない。陰謀だ。となると犯人がいる」

◇　◇　◇

「兄王を殺したのは鐘宮だ」

奇智彦は名探偵の如く推理を披露する。

「実行役は部下。私が卓子をひっくり返したとき、酒瓶や水差しを拾ってくれた近衛兵だ。顔は覚えていなかったが、歩き方で思い出した。会議の日、中庭にいた。それに、警備は毎朝八時に交代する。次の日の明け方に鐘宮が王宮に詰めていたということは、あの日、警備についていたのは鐘宮の部隊だ。

毒を入れたのは、おそらくあの酒だろう。兄上は弱いくせにいつも生で飲まれた。私はたっぷり水で割る。水で薄めたら自然に排泄される量の毒を酒に混ぜ、瓶をすり替えたな？

荒良女が酔ったふりで場を乱し、出家を明日に延ばさなかったら、おれは今頃神官になっている。壁に投げた酒瓶には、水たまりができるほど大量の酒が残っていた。呑んでないのだ。荒良女がおれを助け起こさなかったのは当然だ。酒を口に含んだだけとばれる」

奇智彦は二人の囚われ人を見る。

呆然とする鐘宮。口枷をはめられた荒良女。

「おれの兄に毒を盛ると、最初に言い出したのはどっちだ？」

鐘宮が必死に熊を指さし、荒良女が必死に蛇をしめす。

「まあいい。兄王を殺して、おれを擁立しようとした。家族を殺され、自分も殺されるかもしれないときに寄り添った。女を落とすなら泣いているとき。水を売るなら砂漠で。成程、お前らの武を一番高く買うのは、剣を握れぬ者だ。奇知湧くがごとく、武はもたない」

奇智彦は愛想よく鐘宮に近寄る。

「いい計画だな」

「あ……あの……」

「自慢の作戦だろ？　なあ、少佐どの」

「殿下、わたくしは……」

「さあ、大王の椅子に！」

奇智彦は鐘宮の肩を抱いていざなう。

「そんな、殿下、なにを」

「どうされた、座りたかったのだろう？　王を殺して、王族を操って、求めたのだろう？」

「この鐘宮こそは一筋に殿下のため！　わたくしがなにを求めたとおおせですか！」

奇智彦はひとこと言った。

「ちからを」

鐘宮は荒い息で、微かに眉を下げる。

「殿下……、奇智彦さま。かように申されては恐ろしくて」

「鐘宮の戦士にも恐ろしいものがあるのか」

鐘宮の匂いがする。甘いかおり。

「鐘宮は殿下が恐ろしゅうございます」

笑む。ゆっくり、ついで深く。女の貌で。

「では、教えてくれないか？」

奇智彦は慎重に訊く。鐘宮の切れ長の目をとくと見て。鐘宮は艶めいて微笑む。

「はい。何なりと……。鐘宮のすべてを、お知りになってください」

奇智彦は笑って尋ねる。

「蛇を寝所に入れる者がどこにいる」

「そんな――、おい、貴様ら何を！」

石麿たちが鐘宮の両腕を取り、罪人を電気椅子に導くように玉座に座らせた。

「ほら、王冠をかぶって。これは近衛隊の指揮杖だ。なんと似合うではないか、凛々しいぞ。

新女王鐘宮陽火奈陛下だ。こうしたかったのだろう？　これが貴様のしたかったことだッ！」

「お許しください、お許しを！」

玉座からすべり落ちて土下座しようとする鐘宮を、石麿たちが引っ立てて再度座らせる。

「おお、いかん。こうしていては頭が高い。失礼いたしました陛下、わたくしはあなたの下僕、

陛下のおおせの通りに踊る道化の奇智彦でございます」

奇智彦はお道化て恭しくお辞儀する。代わって、冷厳冷酷たる声。

「さて、もう心残りはないな?」

「おじ、お慈悲を」

鐘宮はほとんど呼吸もできないありさまだった。

「王族を害した罪人に、近衛隊ではどういうことをするのだろう?」

鐘宮は何か言おうとして、声にならず、陸でおぼれるような咳をした。

倒れるように玉座からすべりおち、力なく床にくずおれる。

今度は誰も触れようともしなかった。

咲が入室する。銀の盆に、拳銃が一丁載っていた。

カッシアスⅣ。黒く無骨な六連発。

「おまえに下賜する」

その意味が分からない者は、この場にいなかった。

「……鐘宮の忠義をお試しですか?　銃の弾を抜いて?」

鐘宮が笑顔らしきものを浮かべる。

「なんと!　弾を抜いたのがわかるのか!」

「まことですか!?」

「嘘かもな」

奇智彦がそっけなく言うと、鐘宮の目と顔が希望と絶望でぐちゃぐちゃになる。

奇智彦は思った。偉そうなやつをいたぶるのは、確かに楽しい。

鐘宮は銃口をくわえる。手が震え、銃身が歯に当たってカチカチと音がする。

「お願いします」

鐘宮がささやく。

「なにか願える立場なのか？」

奇智彦がやさしく問う。

「お願いします。私欲からではなかったのです。信じてください、どうかそれだけは」

「引き金を引いたら信じよう」

息の詰まる沈黙。熊に出くわしたかのような。熊の檻に身を投げる女を見たかのような。

「王国万歳！」と叫んで息をつめ、鐘宮は引き金を引く。撃鉄が落ちた。

◇　◇　◇

撃鉄はかちんと金属音を立てて、それだけだった。

鐘宮は力が抜け、床に両手をついた。自分がまだ生きていることを確かめるかのように。

「そなたは一度死んだ。次こそは二心なく仕えるのだ」

鐘宮は、栗府の男たちに引っ立てられ、というよりは支えられて退室した。

その背に奇智彦は言う。

「忘れるな。王が与えるものは、王が奪う」

鐘宮が出て、扉が締まる。

心の中で一〇数えてから、奇智彦は荒良女の口枷をはずす。

「な？　おれが言い出さなくても、おまえは鐘宮に殺されていた。まさに死人に口なしだ」

「わかっている。昨日、寝室で汝が言った通りだ」

◇　◇　◇

昨夜、荒良女を寝室に連れ込み、石麿たちが銃を向け、最初の会合と同じ状況になった。

奇智彦は荒良女に語りかけた。

「王の遺体から、毒物が検出された。犯人はおまえと鐘宮だな」

「これはこれは、名探偵さんだ。汝は国の最高権力者より作家の方が向いてるんじゃないか？」

「気の毒なことだが、おれはこの国の最高権力者だ」

「証拠はあるのか、殿下」

「確信だけだな。いまのところ」

熊は闘志をみなぎらせて唸る。石磨たちは異様な迫力に緊張する。

殺し合いが始まるか。皆がそう思った。奇智彦以外は。


「恨んでいるか」と荒良女がいった。

「恨みたかった」と奇智彦がいった。


荒良女がなぜ、兄王を毒殺する？

この熊なら、どこででも生きていけるのに？

王族暗殺の仕事を引き受けても、引き合わぬと知っているのに？

理由は一つ。守るため。おのれを、そして誰かを。

荒良女と鐘宮は、『黒外衣の男』から真の依頼人の名を聞いた。非常にちからのある依頼人の。

最初は父王の遺命だと言われて信じた。

王位継承会議の日に、近衛兵の歩き方を見て、記憶がよみがえり、疑念が生じた。

近衛隊ではなく、宰相を通して王都警察にひそかに調べさせたあと、確信が持てた。

父王ではない。父は死んでいる。死後も有効な令状はない。

つまり、奇智彦の死を望んだのは。

「やっぱり、そっくりでしたよ——兄上」

荒良女と鐘宮は、暗殺計画の黒幕が兄王だと知ってしまった。となると、それだけでもう命が危ない。そこで兄王を謀殺し、奇智彦を擁立しようとした。ところが手違いが二点。

鐘宮の計画したような武装蜂起では、成功の目が薄かったこと。

『鷹原公が毒殺した、このままではあなたも危ない』と奇智彦をたきつけるつもりが、たまたま兄王が頭をぶつけていたため、肝心の奇智彦がかたくなに事故死と思いこんだこと。

「原因は、卓子の脚一本。なるほど、他人ごとなら笑える」奇智彦はひとり呟く。

「おれの家族を殺して、おれの命を救った。差し引きすると、借り方はこちらにあるようだ」

「……」

荒良女は無表情で警戒する。極度に五感を研ぎ澄ますと、人は無表情になる。

「ただ、次はおれの許可をとれ」

「約束する」

「ちゃんと考えたのか。約束するのが早い」

「遅いよりいい」

奇智彦は笑う。荒良女らしい返答だ。

「鐘宮にも同じ約束をさせたい。ついでにちょいと脅かしておこうと思うんだが、乗るか?」

◇
◇

「うまくいったな、摂政（せっしょう）デンカ！」

車椅子の上で荒良女が笑う。

「まったくだ。鐘宮のやつめ、ひーひー言っていたぞ」

「歴戦の戦士こそ、これとたのむ得物がないと恐ろしい物なのだ」

荒良女が敏（さと）い目を向ける。

「カナミヤが依頼人のこと、わが身可愛（かわい）さに一言でも漏らしたら？」

「居てもらっては困る、そんな近衛兵（このえへい）は」

奇智彦は、何でもなさげに首を振る。

「鐘宮はできたやつだ。野心と心中する覚悟がある野心家。有力氏族だし、武名も高い。一緒にいて学ぶことも多い」

「くわえて、感度がいい。責める女は、責められるとよく啼（な）く」

荒良女が猥褻（わいせつ）な冗談を言い、二人はどっと笑う。

奇智彦が荒良女の肩をどやしつけ、縛られた荒良女は身をよじる。

「ところで、早く枷（かせ）を外してくれ。鐘宮を脅かすのに、こんなに厳重に縛る必要があったのか？」

「鐘宮を脅かすためではない。素早く強い熊を捕らえるためだ」

荒良女が怪訝な顔をしたところで、咲が入室してきて、奇智彦に耳打ちする。

「館の方で仕度が整いました、殿下」

「館？　なんの仕度だうぐっ！」

石麿が不意打ちで、荒良女に口枷をはめた。奇智彦はそれを眺める。

「耳のいい庇護民はぜひとも欲しいものだ」

奇智彦は、荒良女に聞かせるために続ける。

「寝台の手枷足枷は頑丈か？　熊が市街地で暴れると困る」

「頑丈だそうです。牛にひかせてもちぎれないと」

「みな、口が堅くて、詮索せず、指先の繊細で、女をいたぶるのが巧みな女なのだろうな」

「はい。そういう趣味をもつ裕福なご婦人を顧客とする店が、王都にはあるそうで」

荒良女が悟って、恐怖に目を見開く。うーうーと唸り、暴れようとするが、自分から罠に飛び込んだ熊の悲しさ、あっという間にぐるぐる巻きにされ、目隠しの黒い袋をかぶせられる。

「幸運な熊だ。あれだけの事をして、半日責められるだけで済むとは」

奇智彦は荒良女に聞こえるように言う。

車椅子に上から覆いをかけられ、毛布にくるまれた病人のような姿で熊は退室した。

その後で、咲が怪訝そうに訊く。

「殿下、半日とは……？　二日分の料金を、もう払ってしまいましたが」

「半日経った後、息も絶え絶えの荒良女に、あと一日半あると女たちが告げる。その方が、絶望感が増すそうだ。打猿の知恵だよ。確か、監獄で学んだと言っていたな。あやつも一緒にいて学ぶところが多い。このまま屋敷におこうかな」

咲はいわく言い難い顔を一瞬して、素早く取り繕った。咲は良識的で忠実だ。

だから呼ばう気になれない。忠誠心に付け込んでいるようで。

それに咲からは、面倒くさい女の気配がする。

「咲、鷹原公は健やかかな？　ああ、御滞在先はおれにも教えるな」

「祖父の話では、大変ご健康だそうです。食事もお口に合うようで。ただ御酒の量が」

「うん」

奇智彦はあいまいに返事をした。栗府一族が妙な気を利かせて鷹原公を殺したら困る。

扉が叩かれた。咲はいつもの端正な笑顔で扉へ行く。

奇智彦はがらんとした執務室を見回す。

ここはもうすぐ、署名を求める官僚、陳情に来る将軍、怒鳴り込んでくる議員で満たされる。

ちから。王の力。足曲がりの簒奪者。

後世、歴史の教科書になんと書かれるのやら。

たぶん一行、『王弟奇智彦が兄を暗殺し、摂政として実権を握った』。

当事者から見ても、そんなに分かりやすければ楽なのに。

「殿下、摂政職の印章指輪の見本が、いま届いたと！　お気に召せばすぐに――」

と言いながら、咲が足早に戻ってきた。そこで、気づく。

「あら、殿下、ずいぶん右手のお爪が伸びて……、削られていいないいのですか」

奇智彦は、心からの満足を感じて笑う。

「熊が自力で気づくのを待っている」

奇智彦は右手の爪を切らない。

寝室の隣、模型部屋の作業台に取り付けたやすりで、風呂あがりに爪をけずっているのだ。

完

あとがき　この世はすべて劇場なり

Totus Mundus Agit Histrionem

◇本編中のネタバレは一切ありません。

お読み頂き有難うございます。古河絶水です。「こが　たえみ」と読みます。

私は短文で面白さを伝える能力が著しく低いのですが、後書きに挑戦します。


私はもう一〇年、創作活動を続けてきました。有難いことに結構、面白いと言っていただけました。その後で「ジャンルは何?」と毎回聞かれました。毎回、答えられません。新人賞に投稿しても二次には行けるのですが、受賞には至りません。そんなわけでアマチュアでした。

今回賞をいただき、一番驚いているのは私です。

二次選考を通過したとき「クシヒコが編集者をたらしこんだ」と冗談で言っていました。受賞後に知ったことですが、本作も惜しいところで落選する寸前だったのです。

担当編集様は（あらすじが要領を得ないので）本作を最後に回しました。仕事なので編集会議の前夜に原稿を読み、徹夜で読み終え、会議の二時間前に「採る」と決断してくれました。

本当にクシヒコがたらしこんでいたのです。


「何かに書かされている」と感じることがあります。本作の初稿を書き上げたのは二〇二〇年、新型コロナ禍が本格化する前でした。その後いろいろありました。世界はご存じの通りです。私生活の上では、よい変化がありました。また一時、片脚を引きずる歩き方になりました。クシヒコが私の人生を乗っ取り、自分を書かせるためにお膳立てしているような気がします。

家族も創作友達も、一般の友人も、受賞を心から喜んでくれました。ありがとうございます。善い人に囲まれて幸せです。私もこの人たちにふさわしい善良な人でありたいです。

本作はシェイクスピア先生の「リチャード三世」をオマージュしています。両方ご存じの方はお気づきでしょうが、内容は全然違います。ぜひ読んで確かめてください。

授賞式で迷子になりました。東京は恐ろしい所で、どこまで行ってもビルです。お堀を目印にスマホで自分の位置を探しますが、水堀は地面より低いのでビルの影で見えません。さすが堅城です。担当編集様は救出してくれた後、ＳＮＳで拡散しました。ありがとうございます。

本作はフィクションであり、実在の人物、事件、団体、国家、民族、思想、宗教、地理とは一切関係ありません。全ては空想から湧いて出たもので、似ている部分は偶然の一致です。

本作の内容をいろんな人に説明しますが、要領を得ないので全然伝わりません。

ヨーロッパ風なのか和風なのか、ジャンルは何か、と発表後によく聞かれました。

それを一番知りたいのは私です。読んだ貴方が決めてください。


面白かったらぜひ、友人知人にお勧めしたり、SNSで発信をしてください。

読んでなくても、「シェイクスピアを元にした本があるよ」とでも言ってみてください。

シェイクスピア先生の知名度にタカるラノベ作家は、私が最初で最後かもしれませんね。


前述のとおり、私は滑り込みの形で受賞したため、スケジュールはほとんど離れ業に近かったように思います。「編集会議で推したのは自分だけ」と言う担当編集様に心から感謝します。

本作をあちこちで褒めてくれました。私の前でだけ、一切褒めません。そういうものです。


私の部屋には、投稿用のカレンダーがあり、書けた日には○をつけました。新人賞の期限も書いてあります。いまは〆切で一杯です。担当編集様いわく「作家になりましたね」と。

作家は常に締め切りに追われているモノとのことです。ありがとうございます。


カレンダーの一日の欄に、四つ並ぶ〆切を見て、作家になるということを噛みしめています。

謝辞

柳野かなた先生。私の友人で、先達で、最初のファンであり、「第ゼロの編集者」です。

ごもさわ先生。素晴らしいイラストを頂きました。すみません、説明が要領を得なくて。

「もっとも価値ある審査員特別賞」を頂いた武内崇社長。散々お名前を借りてすみません。

担当編集の岩浅様。一緒にいてとても学ぶところの多い方です。ありがとうございます。


友人の貴方。すべて貴方のおかげです。これからもよろしくお願いします。

家族へ。ありがとうございます。受賞しましたよ。ありがとうございます。

図書館、税務署、職場の人事の方へ。丁寧な説明をありがとうございます。

読んでくれた貴方。ありがとうございます。


これから読んでくれる貴方。面白いですよ、ぜひ！

GAGAGAGAGAGAGAGAGAGAG

董白伝
～魔王令嬢から始める三国志～

著／伊崎喬助（いざききょうすけ）

イラスト／カンザリン
定価：本体611円＋税

心を病んだ元商社マン、城川ささねは中華街で意識を失い——気がつけば、幼女になっていた。“魔王”董卓の孫娘に。——三国志世界をサバイブせよ！ これは、生存戦略から始まった、魔王令嬢の覇道の物語。

ガガガ文庫7月刊

いつか憧れたキャラクターは現在使われておりません。

著／詠井晴佳

イラスト／萩森じあ

19歳の成央の前に現れたのは、15歳の時に明澄俐乃のために作ったVRキャラ《響來》だった。響來の願いで再会した成央と俐乃は、19歳の現実と理想に向き合っていく――さまよえるキャラクターと葛藤が紡ぐ青春ファンタジー。

ISBN978-4-09-453133-6（ガよ3-1）　定価858円（税込）

かくて謀反の冬は去り

著／古河絶水

イラスト／ごもさわ

“足曲がりの王子”奇智彦と、“異国の熊巫女”アラメ。二人が出会うとき、王国を揺るがす政変の風が吹く！奇智湧くがごとく、血煙まとうスペクタクル宮廷陰謀劇！

ISBN978-4-09-453134-3（ガこ5-1）　定価891円（税込）

ソレオレノ2

著／喜多川 信

イラスト／KENT

虫樹部隊団長のリョウの次なる強敵はディナール。雀蜂型虫樹「ベニシダレ」を操る彼女は、リョウと幼い頃に心を通わせ同じ夢を見た麗人だった。砂漠の大地に平和をもたらすため、リョウとセンは新たな戦いへ！

ISBN978-4-09-453135-0（ガき3-5）　定価858円（税込）

氷結令嬢さまをフォローしたら、メチャメチャ溺愛されてしまった件

著／愛坂タカト

イラスト／Bcoca

アリシアは厳しい言動から『氷結令嬢』と呼ばれている。そのためか、唯一心を許している使用人・グレイにフルパワーで甘えてしまう!?　お嬢様は貴族、グレイは平民。絶対にこの溺愛には、耐えなければならない！

ISBN978-4-09-453140-4（ガあ18-1）　定価814円（税込）

変人のサラダボウル5

著／平坂 読

イラスト／カントク

中学生活を満喫するサラと、ますます裏社会へと足を踏み込んでいくリヴィア。登場人物たちの意外な一面も明かされる、予測不能の群像喜劇第5弾。今回は恋愛成分多めでお送りします。

ISBN978-4-09-453136-7（ガひ4-19）　定価792円（税込）

星美くんのプロデュース vol.2 ギャルが似合わない服を着てもいいですか？

著／悠木りん

イラスト／花ヶ田

ジル（星美）と心寧は、ショッピング中に女性とぶつかってしまう。お詫びに女性の経営するカフェで働くことになるも、そこには折戸の姿が!?　更には、伊武から折戸の好きな人を探るように頼まれてしまい――。

ISBN978-4-09-453137-4（ガゆ2-4）　定価792円（税込）

魔王都市 ―空白の玉座と七柱の偽王―

著／ロケット商会

イラスト／Ryota-H

魔王都市を治める七柱の王、その一柱が殺された。均衡が崩れ極度の緊張状態に陥る中、事件の捜査に臨むのは勇者の娘と、一人の不良捜査官。暴力と陰謀が入り乱れる混沌都市で、歪なコンビの常識外れの捜査が始まる。

ISBN978-4-09-453138-1（ガろ2-1）　定価935円（税込）

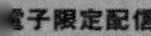

電子限定配信

ロメリア戦記 外伝 ～魔王を倒した後も人類やばそうだから軍隊組織した～

著／有山リョウ

イラスト／上戸 亮

ギリエ峡谷の魔物を駆逐したロメリアは、港の建設に乗り出していた。そして港を運営すべく、メビュウム内海にあるメルカ島に協力を求め旅立つ。本編で語られることのなかったロメリア達の海洋での戦いが明かされる。

定価1,430円（税込）

GAGAGA

ガガガ文庫

かくて謀反の冬は去り

古河絶水

発行　2023年7月24日　初版第1刷発行

発行人　鳥光 裕

編集人　星野博規

編集　岩浅健太郎

発行所　株式会社小学館
〒101-8001 東京都千代田区一ツ橋2-3-1
［編集］03-3230-9343 ［販売］03-5281-3556

カバー印刷　株式会社美松堂

印刷・製本　図書印刷株式会社

Printed in Japan ISBN978-4-09-453134-3

第18回小学館ライトノベル大賞 応募要項!!!!!!!!!!!!!!!!!!!!!!!!!!!

ゲスト審査員は宇佐義大氏!!!!!!!!!!!!

（プロデューサー、株式会社グッドスマイルカンパニー 取締役、株式会社トリガー 代表取締役副社長）

大賞：200万円＆デビュー確約
ガガガ賞：100万円＆デビュー確約
優秀賞：50万円＆デビュー確約
審査員特別賞：50万円＆デビュー確約
スーパーヒーローコミックス原作賞：30万円＆コミック化確約
（てれびくん編集部主催）

第一次審査通過者全員に、評価シート＆寸評をお送りします

内容 ビジュアルが付くことを意識した、エンターテインメント小説であること。ファンタジー、ミステリー、恋愛、ＳＦなどジャンルは不問。商業的に未発表作品であること。
（同人誌や営利目的でない個人のWEB上での作品掲載は可。その場合は同人誌名またはサイト名を明記のこと）

選考 ガガガ文庫編集部＋ゲスト審査員 宇佐義大
（スーパーヒーローコミックス原作賞はてれびくん編集部による選考）

資格 プロ・アマ・年齢不問

原稿枚数 ワープロ原稿の規定書式【１枚に42字×34行、縦書き】で、70～150枚。

締め切り 2023年９月末日（当日消印有効）※Web投稿は日付変更までにアップロード完了。

発表 2024年３月刊『ガ報』、及びガガガ文庫公式WEBサイト GAGAGA WIREにて

紙での応募 次の３点を番号順に重ね合わせ、右上をクリップ等（※紐は不可）で綴じて送ってください。※手書き原稿での応募は不可。

① 作品タイトル、原稿枚数、郵便番号、住所、氏名（本名、ペンネーム使用の場合はペンネームも併記）、年齢、略歴、電話番号の順に明記した紙
② 800字以内であらすじ
③ 応募作品（必ずページ順に番号をふること）

応募先 〒101-8001 東京都千代田区一ツ橋 2-3-1
小学館　第四コミック局 ライトノベル大賞係

Webでの応募 ガガガ文庫公式WEBサイト GAGAGA WIREの小学館ライトノベル大賞ページから専用の作品投稿フォームにアクセス、必要情報を入力の上、ご応募ください。
※データ形式は、テキスト（txt）、ワード（doc、docx）のみとなります。
※Webと郵送で同一作品の応募はしないようにしてください。
※同一回の応募において、改稿版を含め同じ作品は一度しか投稿できません。よく推敲の上、アップロードください。

注意 ○応募作品は返却致しません。○選考に関するお問い合わせには応じられません。○二重投稿作品はいっさい受け付けません。○受賞作品の出版権及び映像化、コミック化、ゲーム化などの二次使用権はすべて小学館に帰属します。別途、規定の印税をお支払いいたします。○応募された方の個人情報は、本大賞以外の目的に利用することはありません。○事故防止の観点から、追跡サービス等が可能な配送方法を利用されることをおすすめします。○作品を複数応募する場合は、一作品ごとに別々の封筒に入れてご応募ください。